FRANÇOISE DORIN

Françoise Dorin est la fille du célèbre chansonnier René Dorin. Après un détour par les cabarets, où elle interprète les sketches de Jean Poiret et de Michel Serrault, Françoise Dorin entreprend une carrière de comédienne. Elle joue d'abord dans les revues de son père au théâtre Des Deux Ânes, puis aux côtés de Michel Piccoli et de Roger Hanin au théâtre du Quartier latin. Parallèlement, elle écrit pour la radio et la télévision, des nouvelles, des articles, des romans et des chansons, dont la plus connue sera interprétée par Aznavour (*Que c'est triste Venise*). En 1967, elle connaît sa première consécration au théâtre, avec sa pièce : *Comme au théâtre*. Bien d'autres suivront : *La facture*, *Un sale égoïste*, *Le tube*, *Le tournan*t, *L'intoxe...*

En 1976, elle se lance dans le roman et connaît des succès ininterrompus, tant en France qu'à l'étranger : *Va voir papa, maman travaille* ; *Les lits à une place* ; *Les jupes-culotte*s ; *La Mouflette* ; *Les vendanges tardives* ; *La courte paille* ; *Les julottes*, et plus récemment, *Tout est toujours possible*, dont la suite, *Et puis après...*, a paru chez Plon en 2005.

ET PUIS APRÈS...

DU MÊME AUTEUR
CHEZ POCKET

VA VOIR MAMAN, PAPA TRAVAILLE !
LES VENDANGES TARDIVES
LA COURTE PAILLE
LES JULOTTES
LA RÊVE-PARTY
TOUT EST TOUJOURS POSSIBLE

FRANÇOISE DORIN

ET PUIS APRÈS...

PLON

ISBN : 2-266-15973-9

Chapitre 1

Vendredi soir.

Je rentre en Belgique. Dans un chez moi qui est un chez nous. Depuis deux ans déjà. Depuis deux ans seulement.

Dominique vient de me déposer devant la gare du Nord. Il ne pouvait m'accompagner. Il devait aller en Italie voir sa mère... sans doute pour la dernière fois. Il était triste à cause de cela. Moi, j'étais triste parce qu'il l'était. Mais pas profondément : c'est touchant, c'est rassurant, un grand garçon de quarante-six ans, bouleversé parce qu'il va devenir orphelin.

Je monte dans le train. Je m'installe à ma place. J'en photographie le numéro : 55. Clic-clac : « Mon âge ! » Clic-clac ! « Avant Dominique, je n'y aurais pas pensé ! » Par bonheur, le hasard éradique ma promesse de morosité : il a placé en face de moi une femme que je ne connais pas et que je souhaitais vivement rencontrer. Bien qu'elle soit plongée dans un magazine et que je sois discrète autant par nature que par éducation, je n'hésite pas à interrompre sa lecture :

– Excusez-moi de vous déranger, madame, vous êtes bien Françoise Dorin ?

Elle glisse ses petites lunettes cerclées de fer sur le bout de son nez, puis me lance par-dessus un regard inquisiteur avant de me répondre un « oui » dont le laconisme prudent ne m'empêche pas de poursuivre :

– Je n'espérais pas vous rencontrer si tôt.

– Ah bon ?

– Je viens de lire votre dernier livre : *Tout est toujours possible.*

Elle reste imperturbable, en auteur habitué sans doute au pire comme au meilleur après ce genre de phrase. Avec moi, elle n'a ni l'un ni l'autre (ni louanges ni critiques), simplement cette question :

– Qui vous a parlé de moi ?

– De vous ? Personne !

– Impossible !

Comme dans ses livres, elle plaisante :

– Allons bon ! Mes deux cent quatre-vingt-dix pages ne vous ont donc pas convaincue que tout est toujours possible ?

– Pas ça ! Vous n'avez pas pu inventer l'histoire qui d'un bout à l'autre est exactement la mienne !

Soulagée, ma « biographe » sourit avec un rien de condescendance. Elle m'explique qu'il arrive assez souvent que des lectrices – et des lecteurs – se reconnaissent, ou plutôt croient se reconnaître, dans les personnages de ses romans. Elle voit là une preuve que sa fiction a traduit leur réalité et, bien sûr, s'en déclare ravie. Malheureusement pour elle, je coupe court à sa satisfaction :

– Ne me racontez pas d'histoire ! Je sais comment procèdent les romanciers : ils picorent deci, de-là des faits réels, puis les déforment, les malaxent, les colorent et les décolorent de telle façon que ces faits deviennent méconnaissables, en gardant toutefois – quand leur travail est réussi – leur goût d'origine : un goût de vérité.

– Exact ! C'est bel et bien comme ça que je...

– Non ! Dans votre roman, je n'ai pas trouvé de vague ressemblance avec des événements que j'ai vécus, avec des gens que j'ai fréquentés, des sentiments que j'ai ressentis, des réactions caractérielles que j'ai eues. Non ! Dans votre roman, j'ai vu carrément *mon* double, suivre *mon* parcours, vivre *ma* vie. Ce n'est pas un texte original. C'est une reproduction. A part les noms et les lieux, tout dans votre livre est calqué sur la réalité. Vous avez devant vous votre héroïne en chair et en os.

Ma voisine d'en face a visiblement l'impression que je suis folle et lancerait volontiers un appel du genre : « Y a-t-il un psychiatre dans le wagon ? » Mais – relativement bien élevée – elle y renonce et préfère me raisonner :

– Voyons, chère madame, si vous êtes vraiment mon héroïne, comme elle devient romancière d'une façon subite et, pardonnez-moi, un peu tardive, vous devriez l'être, vous aussi.

– Mais je le suis ! Depuis deux ans ! Et en voici la preuve.

Ce disant, je sors de mon sac mon premier livre publié dans une collection de poche. Sur la couverture, elle repère le nom de l'auteur – un nom à particule – comme celui de son héroïne. Devant son absence de réaction, j'insiste :

– C'est mon nom.

– Ah ?

– Vous ne l'avez jamais lu dans la presse ou entendu à la radio ?

– Non, m'avoue-t-elle froidement, excusez-moi, je devais être enfermée avec mes stylos dans ma tour d'ivoire. Dans ces cas-là, je ne vois ni n'entends rien.

Passons... Ensuite, la peu diplomate Mme Dorin découvre le titre de mon roman qui indique clairement qu'il se présente sous une forme épistolaire... comme celui de son héroïne. Mme Dorin ne réagit toujours pas. Enfin, elle retourne l'ouvrage et tombe sur la photo de l'auteur – ma photo. Là, elle réagit enfin. J'y ressemble trait pour trait à son héroïne, à un détail près (elle, j'en suis sûre, dirait : « à un poil près »... vu qu'il s'agit de mes cheveux et qu'elle ne recule jamais devant une « badinerie » !). J'avais alors une crinière neigeuse de hérisson qui n'a évidemment rien à voir avec ma blondeur lisse d'aujourd'hui. Je ne laisse pas à ma joyeuse consœur le temps de se réjouir :

– A l'époque de cette photo, lui dis-je, mon éditeur qui est devenu par la suite l'homme de ma vie – comme dans votre roman –, mon éditeur donc, m'a conseillé pour accréditer mon image promotionnelle de quinquagénaire dynamique d'accentuer le blanc de mes cheveux gris, d'adopter une coupe courte et « en pétard »... comme votre héroïne.

Mme Dorin, quelque peu ébranlée sur ses bases – pourtant solides –, convient que ce sont là des coïncidences troublantes. J'en profite pour lui en citer d'autres et lui porter ainsi une estocade que j'espère définitive.

– Comme votre héroïne, j'ai un fils homosexuel et une fille par deux fois mère célibataire.

– Ça... ce n'est pas une exclusivité !

– Comme votre héroïne, j'ai une mère à forte personnalité qui sait allier modernisme et tradition.

– Ça... ce n'est pas si rare que vous avez l'air de le croire !

– Comme votre héroïne, j'ai quitté un époux macho mais sécurisant après de longues années de patience, pour un homme plus jeune que moi avec lequel je vis les excitantes incertitudes de l'amour.

– Ça... de plus en plus de femmes sont dans votre cas.

– Comme votre héroïne, j'ai une amie d'enfance qui m'est aussi proche qu'une sœur.

– Ça... vraiment, c'est courant.

– Admettons ! Mais cette amie, comme celle de votre héroïne, est peintre !

– Ah...

– Comme dans votre roman, elle a connu en même temps que moi une réussite semblable à la mienne après avoir quitté son mari – un ami du mien – pour se remarier avec... devinez ?

Enfin décontenancée, ma consœur suggère timidement :

– Un voyant belge ?

– Oui, figurez-vous : comme dans votre roman !

Cette fois, mon irréductible consœur est réduite d'abord au silence puis à une reddition, hélas, encore partielle. Elle ne qualifie plus « mes coïncidences » de troublantes, mais d'abusives. Cependant, elle s'obstine à nier que quelqu'un lui a parlé de moi, raconté mon histoire et qu'elle s'en est inspirée. Avec un sourire ironique – qui m'agace d'autant plus qu'il ressemble à celui que j'ai souvent – elle m'invite à ne pas insister puisque...

– Même si quelqu'un m'avait renseignée sur votre compte, je ne vous dirais pas qui. Vous savez bien que les auteurs, comme les policiers, ne donnent jamais leurs sources.

– Soit ! Mais alors, comment expliquez-vous que vous ayez pu imaginer avec autant de précision une héroïne dont le physique, le caractère, le parcours soient si proches des miens ?

– Peut-être parce qu'ils ne sont pas très éloignés des miens – ou ne l'ont pas été.

Son argument ne me convainc qu'à moitié. Elle aussi sans doute. Alors, sans se démonter, elle m'en fournit un autre :

– Comme beaucoup d'auteurs, j'ai peut-être une espèce de don de prémonition. Il m'est déjà arrivé de le vérifier à plusieurs occasions.

– Vraiment ?

– C'est un peu normal : à force de brasser dans nos têtes toutes sortes d'idées, d'envisager toutes sortes de situations, on finit parfois par en trouver une qui corresponde à une vérité vécue par quelqu'un. C'est peut-être ce qui s'est passé avec vous dans mon roman.

Tout d'un coup, il me revient que la dernière phrase de ce roman précisément laissait prévoir une suite. Je m'empresse de demander à ma prévoyante consœur si elle a mis son projet à exécution. Elle ne s'empresse pas de me répondre :

– Euh... oui... c'est-à-dire que... je suis en train effectivement d'écrire la suite... euh... avec votre plume.

– Comment ça avec ma plume ?

– C'est vous... enfin... c'est mon héroïne qui cette fois est en train d'écrire ce qui lui arrive.

– Si je vous demande quoi, bien entendu, vous n'allez pas vouloir me le révéler ?

– Bien entendu.

– Mais peut-être pourriez-vous me dire si dans l'ensemble c'est plutôt agréable ou plutôt désagréable ?

– Pour le lecteur – et la lectrice – j'espère que ce sera agréable. Mais pour vous... allez donc savoir !

– Je l'aurais parié : tout est toujours possible, n'est-ce pas ?

– Je ne vous le fais pas dire !

– Si ! Justement !

Je pense : « C'est tout à fait le genre de dialogue qu'elle aurait pu écrire. »

Elle s'enfonce dans son siège.

Moi aussi.

Elle rit des yeux.

Moi aussi. J'ai vraiment hâte de lire son livre.

Chapitre 2

– Où est le problème ?

C'est moi qui viens de me poser cette question, seule dans mon lit, en attendant sans impatience le sommeil. J'ai depuis longtemps l'habitude de me parler, de m'interroger, de m'inventorier, de me pousser dans mes derniers retranchements, de faire mon examen de conscience. Ou, mieux, mon examen d'inconscience. Courage ! Allons-y ! Et d'abord :

– Qu'est-ce que tu ressens au juste ?

Je m'introspecte en silence, puis, faute de mieux, je me réponds du bout des lèvres :

– Quelque chose de confus. De diffus. D'indéfinissable. Quelque chose que certains appelleraient « vague à l'âme ». Mais pas moi. Je ne suis pas quelqu'un qui a du vague à l'âme. Je suis quelqu'un qui a du « précis à l'âme ». C'est pourquoi je m'obstine :

– Où est le problème ?

Ma conversation avec Françoise Dorin cet après-midi dans le train ? Non ! Certes, je ne suis pas convaincue de sa bonne foi. Mais pas de sa mauvaise foi non plus. Après tout, elle a peut-être entendu parler par hasard d'une femme dont la vie est calquée sur la mienne. Certains êtres ont bien des sosies. Pourquoi certaines destinées n'en auraient-elles pas ? D'où cette précaution des auteurs de préciser parfois que « toute ressemblance avec des personnes existant ou ayant existé serait parfaitement fortuite ». Je dois reconnaître qu'aucun de mes amis, aucune de mes relations ne m'a associée à son héroïne. A la réflexion, je le regretterais presque : elle est sympathique, sa bonne femme. Presque plus que moi ! Je plaisante ! Voilà bien la preuve que le problème n'est pas de ce côté-là. Faut le chercher ailleurs, ma vieille !

La sonnerie du téléphone interrompt mon pseudo-dialogue. Au bout du fil : Dominique. C'est son troisième appel d'Italie. Le premier, de l'aéroport de Milan, pour me tranquilliser en sortant de l'hélicoptère. Le deuxième du jardin de la « maison médicalisée » – terme pudique – où s'éteint sa mère, pour me dire qu'elle avait réussi à lui murmurer que « tutto va bene ». Maintenant, c'est chuchoté de sa chambre d'hôtel, un appel pour rien. Pour entendre ma voix. Pour me souhaiter « une mauvaise nuit sans lui », un de ces appels pense-cœur qu'il m'adresse sans raison de ses bureaux bruxellois, ou français, ou milanais, ou de n'importe quel endroit où ses affaires le retiennent loin de notre « nid de vieux tourtereaux » près de Waterloo.

Le téléphone raccroché, je souris de loin à cet homme si présent jusque dans ses absences. Je soupire d'aise. Comme j'ai de la chance ! Tant de femmes voudraient être à ma place. N'empêche, au bout de quelques minutes, l'interrogation ressurgit :

– Où est le problème ?

– Honnêtement, je ne sais pas.

– Allons ! Sois méthodique : quels sont les moteurs de ta vie... sans ordre préférentiel ?

– La santé. La famille. Le travail. L'affectif. Et tous les quatre, ce qui est exceptionnel, fonctionnent actuellement sans raté.

– Apparemment. Mais peut-être qu'une faille presque invisible, une effilochure indétectable à première vue se cache quelque part.

– Ça m'étonnerait.

– Examine tes moteurs quand même d'un peu plus près !

Je m'obéis :

La santé ? Vraiment rien à signaler. Des examens récents impeccables. Une forme – sous surveillance – enviée par des congénères qui sont loin d'avoir pris comme moi leur cinquante-cinq ans le mois dernier. Entre parenthèses, drôle d'expression, « prendre des années », alors que ce sont les années qui nous prennent. Dieu merci ! les miennes m'ont à ce jour laissé le principal : le tonus ; la curiosité artistique ; l'exaltation physique ; l'envie. En prime, elles m'ont offert depuis deux ans les yeux de mon « Latin lover » qui sont pour moi le plus rassurant des miroirs. Et pas que ses yeux... toutes ces preuves d'amour qui sont les plus efficaces des thérapies anti-âge... au point que notre couple est resté à l'état neuf, bien qu'il vienne d'entrer dans sa troisième année. Zone que je considérai naguère comme dangereuse.

Je fais une pause. Je m'interroge :

– N'est-ce pas cette idée de durée qui te perturbe, te chiffonne ?

– Non ! Il n'y a pas de raison : notre ciel – tous nos ciels – sont uniformément bleus. Le septième : bleu vif. Les autres : bleu... horizon !

– Pas un nuage ?

– Non !
– Une trace de nuage ?
– Non...
– Méfie-toi de la presbytie du cœur ! Cherche encore !

Je finis par découvrir dans un diverticule de ma mémoire un souvenir vieux de deux mois : Dominique est revenu de ses éditions avec un manuscrit qu'il avait reçu par la poste. Sur la page de garde, le nom présumé de l'auteur : Ruth. Le titre de l'ouvrage : *Le Soliloque du phallus*. Une adresse e-mail : www.kama.soutoi.com. Dominique trouvait ça plutôt amusant. Moi, plutôt vulgaire. Sur sa demande, le soir même, j'ai lu sous la couette les quatre-vingt-dix-neuf pages de cet ouvrage que Dominique qualifiait d'érotique et moi de salace. Minime divergence. Pas de quoi fouetter un chat. Il estima que compte tenu du succès mondial remporté au théâtre par *Le Monologue du vagin*, on pouvait miser sur ce *Soliloque du phallus* pour obtenir un succès identique en librairie. J'en convins. A regret, mais j'en convins. Il argua dans la foulée qu'un éditeur avait vis-à-vis de son personnel des obligations de résultats et qu'en conséquence il se devait parfois de sacrifier ses goûts personnels sur l'autel de la rentabilité. J'en convins encore, mais fus quand même un peu agacée d'apprendre qu'il avait déjà joint l'auteur par mail et discuté son contrat. En revanche, je fus pleinement rassérénée d'apprendre que cet auteur était un homme. Ce qui à la réflexion me parut tout à fait logique. Après quoi, excitée à mon cœur défendant par ma lecture, j'ai permis à Dominique des audaces dont je m'aperçus après coup – si j'ose dire – qu'elles lui avaient été inspirées par son nouvel auteur.

Bref, je conclus mon dialogue sur ce chapitre-là en me disant :

– Ce fut un merveilleux souvenir et je ne peux décemment pas lui imputer la cause de mon inconfort moral d'aujourd'hui.

Je ne m'en tiens pas quitte pour autant et poursuis mes investigations sur mes autres moteurs :

La famille ? Du jamais vu : le beau fixe sans aucun avis de tempête en perspective. Maman – plus que jamais la « Régente » – règne sur son royaume des « Oublières » et sur sa cosmopolite descendance avec sa poigne de fer dans son gant de velours, et balaie – haut le sourire ! – les inévitables peluches de l'âge sur son corps.

Mes jumeaux s'émerveillent autant que moi de découvrir à la trentaine bien sonnée le calme après avoir traversé tant de turbulences : Florence, « ma papillonne », semble avoir trouvé un équilibre miraculeux chez sa grand-mère, entre Arnaud, son premier mari mais son troisième compagnon ; Elvis, son fils aîné franco-black ; Jean-Lotus, son fils cadet franco-asiate, et Clément, le petit dernier, son franco-chouan ! Quant à son frère Pascal, « mon orchidée », il forme avec Damien un couple qui pourrait servir d'exemple à bien des hétéros. Même leur géniteur, si longtemps choqué par l'« inconduite » de nos deux enfants, entretient maintenant avec eux et les conjoints de l'un comme de l'autre des relations détendues, voire affectueuses... au dire de la « Régente », ma mère, qu'il continue à voir et même plus souvent depuis notre rupture. Bref, il faut chercher mon écharde en dehors du moteur familial.

– Le moteur professionnel, alors ?

– Sûrement pas ! Mon deuxième roman a été accueilli aussi bien que le premier. Actuellement, je glane un peu partout des bouts d'idées pour mon troisième. Je le nourris. Je le rêve. Il va être génial. Son accouchement va être facile et sa mère porteuse encensée. Je sais bien que, face à la feuille blanche, tout va se gâter, que je serai dans l'angoisse du concret. Mais, pour le moment, je suis dans l'euphorie de l'espoir.

L'inspection de mes moteurs va être bientôt terminée et il ne m'en reste plus qu'un à regarder : l'affectif. Ça ne sera pas long. Je suis comblée sur toute la ligne, à la fois par la tendresse familiale, l'amour de Dominique et l'amitié des Bruggen : Aline, depuis toujours ma jumelle de cœur ; et Vincent, son voyant de mari devenu depuis deux ans mon gourou préféré. Rien ne nous sépare, même pas la clôture de nos jardins mitoyens que nous avons supprimée.

J'en étais sûre : mes quatre moteurs sont en parfait état de marche.

– Alors, bon sang, où est le problème ?

– Mystère. Je suis nerveuse comme les animaux avant un orage ou une éruption volcanique.

– Va consulter Vincent. Il pourra peut-être t'éclairer. Voir, lui, l'impondérable que tu ne vois pas. Ça ne serait pas la première fois.

– J'irai demain matin.

– Pourquoi pas maintenant ?

– Il est plus de minuit ! Il n'y a quand même pas...

La sonnerie du téléphone de nouveau m'interrompt. Je crains d'entendre la voix étouffée d'un Dominique orphelin. Surprise ! C'est la voix stridente d'Aline qui me perce les oreilles :

– Agnès ! Je t'en supplie ! Viens vite ! Vite !

– Qu'est-ce qui se passe ?

– Vincent est mort !

Abasourdie, je demande stupidement :

– Vincent ? Ton mari ?

– Mais oui ! Viens ! Viens !

Je raccroche.

Je m'en veux de m'entendre dire, presque soulagée :

– Je n'avais pas de problème ! Juste un pressentiment !

Chapitre 3

Pieds nus dans mes baskets, mon imperméable jeté sur ma chemise de nuit, je cours vers la maison des Bruggen. Je passe devant la serre où juste avant le dîner, de loin, j'ai vu Vincent couper l'une de ses précieuses roses pour Aline, histoire de compenser un peu en ce jour de fête des Mères l'absence de ses deux filles, installées de longue date en Amérique, l'absence de son fils Arnaud, marié en Vendée avec mon Isabelle et l'absence de Daphné, la fille de Vincent, à qui elle a donné sinon la vie, mais le goût de vivre, en l'initiant à la peinture – ce qui la sortit du silence où son handicap de naissance l'avait enfermée.

Aline en robe de chambre m'attend sur le pas de la porte. Elle me tombe en larmes dans les bras et hoquette :

– C'est affreux ! Affreux ! Affreux !

– Calme-toi ! Ça ne sert à rien !

Exactement les mots de ma mère ! Quelles que soient les circonstances, j'ai toujours entendu la « Régente » inciter les gens de son entourage à une certaine retenue. Je l'ai toujours entendue combattre les indignations rugissantes, les colères excessives, les chagrins ostentatoires avec le même pragmatique : « Ça ne sert à rien ! » En revanche, aujourd'hui comme hier, ma mère accepte volontiers les manifestations de joie ou de tendresse qu'elle considère comme utiles et positives. Moi aussi. Alors, comme si Aline était une petite fille, je tamponne doucement ses joues avec mon mouchoir, je lui caresse les cheveux, je lui répète qu'elle n'est pas seule ; que je suis là ; que Dominique est là ; que tout le clan des « Oublières » est là ; que Daphné...

– A propos, tu l'as prévenue ?

– Comment veux-tu ? Elle est avec son Robinson sur leur bateau, je ne sais où.

Six mois auparavant, Daphné, la fille de Vincent, sourde-muette de naissance, avait été victime d'un coup de foudre pour ce Robinson. Neptune moderne, fendant les flots sur ses chevaux marins (ceux du moteur de son esquif), il était armé comme le dieu grec d'un trident, mais les trois branches du sien étaient : le charme. L'intelligence. L'ardeur. Contre l'avis insistant de son père et celui, plus discret, d'Aline, Daphné avait quitté son studio-atelier de Bruxelles pour suivre son aventurier aventureux sur son bateau ancré en principe à Anvers, mais toujours en partance vers des ailleurs mystérieux. De temps en temps, Daphné donnait de ses nouvelles par fax. Le dernier avait été expédié de Bangkok : « Robinson m'a épousée et m'a offert un voyage de noces... interplanétaire, dans un lieu magique où personne ne parle et tout le monde sourit. Dommage qu'il soit si loin de vous ! J'espère quand même que vous allez bien. Je vous embrasse. Daphné. »

Depuis, Vincent nourrissait les pires craintes au sujet de ce « lieu magique » mais, soutenu par l'affection et l'optimisme d'Aline, ainsi qu'à un moindre degré par l'amitié que Dominique et moi lui portions, il n'avait pas sombré dans l'angoisse. Mais peut-être que le mal, en termite sournois, l'avait rongé de l'intérieur et que tout à coup la façade souriante de Vincent s'était écroulée. J'émets cette hypothèse plausible. Aline la réfute à regrets entre deux reniflements :

– Non, me dit-elle, Daphné n'est pour rien dans la mort de son père... hélas !

– Pourquoi hélas ?

– Ça me déculpabiliserait.

– Quoi ? Tu ne te sens quand même pas coupable, toi ?

Entre honte et chagrin, Aline baisse la tête pour m'avouer :

– Pas coupable ! Mais responsable, oui.

– Comment ça ?

– C'est difficile à expliquer.

– Pas à moi ! On s'en est raconté d'autres !

– Pas de ce genre-là !

Voilà que de nouveau les sanglots lui échappent, provoqués manifestement par le souvenir de ce qu'elle vient de vivre. Non sans mal, je la convaincs de s'en libérer, et devant ses réticences, je me sens plus dans le rôle d'un commissaire de police que dans celui d'une confidente :

– Qu'est-ce qui est arrivé au juste ?

– Le cœur a lâché.

– Ça, évidemment ! Mais de quelle façon ? Avec des signes avant-coureurs ?

– Non !

– Subitement ?

– Oui !

– Vincent est tombé ?

– Non !

– C'est curieux...

– Non ! Il était couché !
– Ah... Il dormait ?
– Non !
– Il lisait ?
– Non !
– Ben... qu'est-ce qu'il faisait ?
– L'amour !
– Ah... avec qui ?
– Avec moi, évidemment !
– Oh pardon !
– Y a pas de mal : tout est toujours possible !
– Et c'est pendant que vous...
– Plus précisément, c'est pendant que je...
– Ah... je vois...
– Que lui exhala un énorme soupir dont je me suis aperçue peu après que c'était le dernier.
– Ça alors... comme Félix Faure !
– Qui ?
– Félix Faure.
– Ah oui...

Aline esquisse un pâle sourire. Se souvient que François, son premier mari, lui a parlé une fois de ce président de la IIIe République qui lui aussi avait expiré dans une ultime extase.

– La plus belle fin dont un homme puisse rêver, précise Aline... D'après ce pauvre François, ajoute-t-elle, avec une indulgence dont je lui en veux... et dont je m'en veux de lui en vouloir. D'où mon silence. Ce n'est vraiment pas le moment de lui rappeler que François Bourdin, son ex, était aussi connu comme chirurgien esthétique que comme « big lover » ; ni que ses perpétuelles infidélités ont empoisonné leurs trente-trois années de vie conjugale ; ni que sa dernière aventure, quasiment officielle, l'a conduite à la dépression et que c'est bien un miracle si cette dépression l'a conduite à son second mariage. Encore moins le moment de lui rappeler nos réactions pour une fois divergentes quand nous avons appris, il y a un an, qu'à la suite d'un double pontage, la virilité jusque-là triomphante de François enregistrait couramment des ratés. Moi, j'ai dit : « Bien fait ! François est puni par où il a péché ! » Aline a rétorqué : « Tu devrais plutôt le plaindre ! La panne sexuelle est pour les hommes beaucoup plus cruelle que ne se l'imaginent les femmes... parce qu'ils n'ont pas, eux, la chance de pouvoir tricher ! »

A l'époque, le plaidoyer d'Aline m'avait étonnée. Maintenant, je me demande s'il ne lui a pas été inspiré par la découverte chez Vincent, du même problème que François. Incidemment, elle confirme mes doutes : Vincent a été victime d'une première défaillance, il y a quatre mois, le 14 février, le jour de la Saint-Valentin ! Ça l'avait doublement vexé. Il a fait jurer solennellement à Aline, croyante de naissance, qu'elle n'en parlerait à personne, surtout pas à moi qui risquais dans un de mes romans d'aborder le sujet et de ridiculiser ce qu'il appelait sa « tare ».

Le phénomène s'était reproduit plusieurs fois en dépit des encouragements (pas uniquement verbaux) d'Aline.

Pas vraiment bouleversée par ces échecs à répétition, elle tenta de le convaincre que de tendres flâneries pouvaient avoir autant de charme – voire plus – que de fulgurants sprints contre la montre. Conjointement, elle le mit en garde contre les effets imprévisibles des stimulants pharmaceutiques. En vain. Assourdi par le chant des sirènes fantasmatiques, Vincent se précipita aux urgences de « dépannage-érection ».

Le premier sprint fut satisfaisant. Pour lui. Le deuxième, honorable. Toujours pour lui. Le troisième, décevant. Même pour lui. Il n'attendit pas le quatrième et augmenta la dose de dopant. Un peu. Puis un peu plus. Puis beaucoup... et finit par obtenir des résultats convenables avec toutefois, comme je viens de l'apprendre, l'efficace concours d'Aline. Là encore, eu égard à la tristesse d'Aline, je m'oblige à me taire. Mais je n'en pense pas moins ! Je pense – entre autres choses – que finalement Vincent est mort d'un excès d'orgueil mal placé, acharné comme beaucoup de ses congénères à décrocher le trophée du Zizi d'Or ou le grand cordon de la Royale Performance ! Je pense aussi que Dominique n'échappe pas à ce travers. Mais qu'au moins il accepte que j'en plaisante ! Je pense encore à porter au crédit de nos amis les hommes, que certaines femmes encouragent cet orgueil à seule fin de l'exploiter...

Et puis... je ne pense plus. Je vois Aline se mobiliser tout entière pour lutter contre les larmes : mâchoires crispées, lèvres mordues, œil fixe, mains compressées, corps tendu... Victoire ! Elle parvient à prendre une bouffée d'air et à achever une phrase un peu hachée mais cohérente :

– Tu voudrais peut-être... monter dans la chambre ?... pour lui dire adieu ?

Je n'en ai aucune envie. Je n'ai vu qu'un seul mort : mon père. Uniquement par obligation. Je m'en serais bien passée. J'aurais préféré garder intactes les images que j'avais de lui : vivant. Bon vivant. Hyper-vivant. Sans avoir à leur superposer, bon gré mal gré, celles de son irrémédiable immobilité. J'aurais préféré aussi ranger Vincent dans ma mémoire avec sa lourde démarche de campagnard, ses gestes délicats de rosiériste, son regard instable de voyant. Sans avoir à y ajouter ce dernier souvenir. Mais Aline, se méprenant sur la cause de mes réticences, insiste :

– Rassure-toi, Vincent n'est pas impressionnant du tout. Très détendu, au contraire.

– Oh... ce n'est pas ça qui...

– Et puis, bien sûr, je l'ai rhabillé !

Paroles malheureuses ! Aussitôt, je les visualise. Tout en suivant Aline dans l'escalier qui mène à la chambre mortuaire, j'imagine la scène. Les détails matériels : inévitables et malséants, tragiquement comiques. De nouveau je m'en veux. Mais je ne peux m'empêcher de voir Aline en train de s'affairer comme une fourmi affolée entre le lit et la salle de bains pour effacer toutes les traces de ses ultimes turpitudes conjugales. Je crains de m'en souvenir devant la dépouille de Vincent. Je crains que la moustache retroussée de Félix Faure ne m'apparaisse inopportunément sous le nez du défunt. Je crains que les yeux du président de la IIIe République, révulsés par le double accès au plaisir et à la mort, ne percent les paupières à jamais closes du voyant et que...

A peine dans la chambre, tout ce que je viens de craindre arrive. Je plonge ma tête dans mes mains. De nouveau j'essaye de chasser hors de ma tête les images inconvenantes qui s'y bousculent et de les remplacer par d'autres plus convenables. Horreur ! Les nouvelles sont pires : je me vois, moi, épuisée, comblée, éblouie par la sexualité « aux cent actes divers » de Dominique. Je le vois, lui, riant comme un collégien, en train d'attacher à son sexe fièrement dressé un fanion miniature où il a inscrit la devise des scouts : « Toujours prêt ! » Malédiction ! Par association d'idées, je pense à un cierge ! Et sans vergogne je me réfugie dans la prière. Je supplie Dieu de m'inspirer des pensées plus adaptées à la circonstance. Miracle ! Il m'exauce, me pousse à entraîner Aline sur le palier et à lui poser cette question, digne de ma réputation de femme organisée :

– Tu as appelé le docteur Levens, je suppose ?

– Non ! Ce n'était pas la peine. Vincent est mort sur le coup. Rien ne pouvait le sauver : ni perfusion ni massage du cœur.

– Je ne pensais pas du tout à la réanimation.

– Alors pourquoi un médecin ?

– Enfin Aline... pour constater le décès !

– Ah oui ! C'est vrai ! J'ai été tellement perturbée que je n'ai pensé qu'à deux choses : d'abord, réparer les dégâts. Enfin... le désordre. Ensuite, t'appeler, toi.

– Je comprends. Mais maintenant, il serait temps de...

– Tu as raison, mais...

– Tu veux que je téléphone à Levens ?

Aline accepte ma proposition, l'esprit visiblement accaparé par un problème que je détecte aussitôt dans la question qu'elle me pose :

– Tu crois que le docteur Levens va deviner la cause du décès de Vincent ?

– Ça sûrement ! Mais sois tranquille : il ne t'en parlera pas. Comme il soignait Vincent depuis toujours, il est probable, sinon certain, que c'est lui qui lui a prescrit le traitement de choc aux conséquences funestes.

Même si ça n'enlève rien à sa peine, Aline s'avoue soulagée :

– Finalement, c'est un peu lui le coupable.

– Disons qu'une fois de plus, c'est... l'imprévisible !

Une demi-heure plus tard, le docteur Levens arrive avec la mine et l'humeur d'un homme qu'on a sorti de son lit. Il va jeter un œil de professionnel blasé sur le corps déjà froid de Vincent, rédige à la hâte l'acte de décès sur un coin de la cheminée, présente à Aline ses « sincères condoléances », sans la moindre conviction et prend congé sur un fataliste « C'est la vie », mal venu dans la maison d'un mort !

Pas question pour moi de laisser Aline seule cette nuit. Pas question non plus de veillée funèbre passée à pleurer ce qui a été ; à ressasser ce qui est ; à regretter ce qui ne sera plus. Tout naturellement, j'en reviens au précepte maternel :

– Il ne faut pas noyer son énergie dans les larmes... ça ne sert à rien.

Aline reconnaît aussitôt le pragmatisme que j'ai hérité de la « Régente ». Un parfum d'enfance flotte dans l'air et lui arrache un sourire d'autrefois. Elle souscrit sans discussion à toutes mes conditions ; que je couche dans un des deux lits jumeaux de la chambre d'amis ; accepte le somnifère que je lui ai préparé et... s'endort avant moi !

Elle dort encore quand je me réveille. Il est 7 heures 55. Je descends à pas de loup dans la cuisine et, comme chez moi, simultanément je commence à préparer le café et j'ouvre le transistor. C'est le début du bulletin d'informations. J'entends :

« A l'instant, nous apprenons qu'un hélicoptère privé vient de s'écraser à quelques kilomètres de la frontière franco-italienne... »

J'écoute la suite, mais mon cœur la connaît déjà :

« L'appareil était piloté par le P-DG des éditions L'Imprévisible, Dominique Domani. Il avait quitté la Belgique au petit jour avec probablement l'intention de passer le week-end en Italie. On l'a découvert carbonisé à quelques mètres de la carcasse encore fumante de l'hélico. En revanche, le corps de la passagère qui l'accompagnait n'a pas encore été retrouvé. »

Normalement, je ne devrais retenir qu'un mot : carbonisé. Mais... j'en retiens d'autres : « Petit jour ». « Passagère ». « Week-end en Italie ».

Je fuis ces mots en criant dans l'escalier : « Aline ! Aline ! Aline ! »

Je les oublie devant elle, et lui annonce sur le palier à côté de la chambre où repose Vincent :

– Dominique est mort.

Hébétée, Aline met quelques secondes avant de lâcher dans un souffle :

– Merde !

Je ne suis pas surprise : quelle que soit la nature de son émotion, elle ne l'exprime que par ce mot, en variant seulement le ton selon les circonstances.

C'est ainsi que le premier, quand je lui apprends l'accident d'hélicoptère est lourdement accablé. Les suivants s'allègent au fur et à mesure de mes informations où se précipitent les mots que j'ai fuis :

– La catastrophe s'est produite tout à l'heure au petit jour. Dominique avait une passagère à son bord. Il partait en week-end pour l'Italie.

Merde compatissant d'Aline.

– Il m'a téléphoné hier vers 17 heures soi-disant de l'aéroport de Milan, pour me rassurer sur son sort et s'inquiéter tendrement du mien.

Merde réprobateur d'Aline.

– Il m'a retéléphoné à 19 heures, soi-disant de la maison médicalisée où soi-disant se mourait sa mère, pour me dire – toujours tendrement – à quel point il regrettait que je ne l'aie pas connue.

Merde indigné d'Aline.

– Il m'a téléphoné une dernière fois vers 22 heures, soi-disant de sa chambre d'hôtel, amoureusement. Intimement.

Silence d'Aline. Mon incompréhension s'y engouffre et y galope :

– Pourquoi Dominique m'a-t-il menti ? Il savait que je haïssais le mensonge. Toutes les formes de mensonge. Par pensée, par parole, par action et par omission. Il savait que les prudentes dissimulations de mon mari avaient peu à peu détruit notre couple. Il savait que je préférais la franchise la plus rude à l'hypocrisie la plus émolliente. Alors, pourquoi ? Pourquoi ? Par réflexe masculin ? Non ! Il valait mieux que cela. Par je-m'en-fichisme ? Non ! Il me considérait mieux que cela ! Sous l'influence de quelqu'un ? Ou plutôt de quelqu'une ? Ça, c'est probable... mais quel intérêt en aurait-elle tiré ? Et lui ?

Brusquement, Aline intervient avec cette suggestion bizarre :

– Ça les excitait peut-être...

Vlan ! Sous le pavé, l'image ! Celle que j'ai vue en lisant un passage du livre de Ruth : un couple faisant l'amour avec la participation involontaire d'une troisième personne : une femme innocente, uniquement présente par téléphone. L'homme lui promettait au bout du fil mille délices, entre deux halètements, provoqués sadiquement par l'autre.

Dominique m'avait signalé l'érotisme de ce passage. Je lui avais signalé, moi, la difficulté technique de l'opération : maintenir à l'oreille un téléphone, même sans fil, au milieu de tels ébats ! Dominique avait ri de mon réalisme et puis...

Il y a une semaine il s'est acheté un nouveau portable stipulé « mains libres ». « Grâce à ça, m'a-t-il dit, je vais pouvoir tenir une conversation juste avec une oreillette, quand je serai en voiture ! » Pas une seconde alors, je n'ai pensé à ajouter : « Ou quand tu seras au lit », ni à établir un quelconque rapprochement entre le téléphone et le « soliloque du phallus ».

Aujourd'hui ce rapprochement s'impose à moi. Je l'impose à Aline sans difficulté. Et pour cause : hier soir, Vincent, son Viagra à peine avalé, lui avait montré le même genre d'appareil « mains libres », et lui avait expliqué de quelle façon ils pourraient l'employer... en désespoir de cause ou en thérapie d'appoint !

Je me tais. Je me refuse de déballer à quelques mètres de l'un de nos deux défunts l'animosité posthume qu'ils m'inspirent. Aline, elle, enveloppe la même animosité d'une douceur perfide :

– Vincent va me laisser un très mauvais souvenir.

– Hélas !

– Ah non ! Quel joli cadeau d'adieu !

Chapitre 4

Aline et moi nous avons décidé d'un enterrement commun pour nos deux disparus et souhaité qu'il se déroule dans la plus stricte intimité. Nous n'avons donc envoyé aucun faire-part. Pourtant l'église est pleine. On a beaucoup parlé dans les médias de l'accident de Dominique, de « sa cause encore inexpliquée », du « miraculeux sauvetage de sa passagère », du « chagrin de sa compagne, la romancière à succès Agnès de Cormantin » et de « la mort foudroyante, le même jour, de son ami Vincent Bruggen, aussi célèbre par ses prédictions que par les peintures de sa femme ! ».

Cette involontaire médiatisation a enchanté la jeune et dynamique attachée de presse des éditions L'Imprévisible en Belgique. Au point qu'elle m'a délivré ce satisfecit inattendu : « Comme promotion pour la maison, c'est génial ! » Elle n'a pas ajouté : « Dommage qu'on ne puisse pas mourir plus souvent », mais le cœur y était !

En plus, comme je suis restée terrée avec Aline dans sa maison, que nous avons filtré les appels sur le répondeur, réglé tous les problèmes des obsèques par téléphone et chargé les gardiens d'évincer les visiteurs, paradoxalement par notre excès de discrétion nous avons attisé les curiosités. Que pouvions-nous avoir à cacher ? Simplement notre désarroi et en ce qui me concerne, une curiosité lancinante pour la passagère de Dominique.

Toutes les deux seules au premier rang de l'église, auprès des deux cercueils posés côte à côte devant l'autel, nous assistons au service funèbre minimum que nous avons commandé, sans spectaculaires débordements lacrymaux. Certains doivent trouver notre attitude d'une louable dignité. D'autres d'une choquante indifférence. Bonnes ou mauvaises, les opinions de chacun se renforcent quand l'ordonnateur des pompes funèbres annonce qu'« il n'y aura pas de condoléances, ni dans l'église, ni dans le cimetière où les deux corps seront inhumés ». Sous-entendus... qui ne tombent pas dans l'oreille des sourds : « Ni fleurs, ni couronnes... ni caméras ! » Les cabotins du trépas vont être vraiment en deuil.

Au cimetière, trois surprises attendent Aline.

La première : la présence de sa belle-fille Daphné, flanquée de son Robinson de mari. Elle n'a évidemment pas retrouvé la parole, mais a acquis une telle agressivité – du moins envers Aline – que même moi qui ne comprends pas le langage des signes, j'en suis frappée.

La deuxième surprise : la tombe joliment et fraîchement entretenue devant laquelle se recueillait Daphné à notre arrivée est celle de sa mère, morte à sa naissance : Geneviève Bruggen.

Dernière surprise : le responsable des funérailles, très délicat, profite du désarroi d'Aline pour lui révéler que, selon la volonté exprimée de longue date par Vincent et jamais annulée, son mari devait être enterré dans la tombe de cette première épouse. Personnellement, ça me laisserait, si j'ose dire, de marbre : l'aspect matériel des « après » ne me touche guère. Seul m'importe l'aspect spirituel. En revanche, Aline, je le sais, y attache de l'importance. D'autant plus en cette circonstance où, m'explique-t-elle, elle ressent cette cohabitation *post mortem* des anciens époux comme un rejet, un reniement par Vincent de sa seconde union. Elle éprouve à l'idée de ces deux noms assemblés dans la pierre une espèce de jalousie rétrospective que renforce évidemment la présence de Daphné, preuve de l'union des deux absents.

La jeune sourde-muette suit notre aparté sur les lèvres d'Aline, en comprend le sens, sinon les mots, et marque sa désapprobation en s'éloignant brusquement à vive allure.

Je conseille à Aline de la rejoindre immédiatement, de me laisser « libérer » les croque-morts et de m'appeler chez moi quand elle en aura terminé avec Daphné.

Juste avant que je franchisse la grille du cimetière, une assez jolie femme m'accoste. Selon les jours et les circonstances, elle doit osciller entre la quarantaine et la cinquantaine. Elle est vêtue des pieds à la tête dans un camaïeu de gris très élégant. Elle a un léger accent que je ne situe pas précisément, mais en tout cas pas en Belgique.

– Excusez-moi de vous importuner dans ce lieu, mais il faut absolument que je vous parle.

– Est-ce si urgent ?

– Oui. Je m'appelle officiellement Carla Domani. Je suis – enfin, j'étais jusqu'à sa mort – l'épouse légitime de Dominique.

Remous intérieur. Surface lisse. Je n'ai jamais autant mérité qu'à cet instant le surnom dont Pierre mon époux m'avait gratifiée : le « Lac ». Le

Vésuve gronde dans mes entrailles mais le Léman sort de mes lèvres :

– Vous étiez mariés ?

– Oui. Depuis très exactement vingt-cinq ans. Ç'aurait été aujourd'hui nos noces d'argent.

Elle a insisté sur le dernier mot, précise qu'en l'occurrence l'expression est tout à fait appropriée et m'explique aussitôt pourquoi :

– A dix-huit ans, je suis tombée enceinte.

– De Dominique ?

– Oh non... Il était à ce moment-là le gentleman gigolo – l'escort boy comme on dit maintenant – d'une amie belge de ma mère.

– Enceinte de qui alors ?

– D'un homme marié, père de trois enfants.

– Ah...

– Ma mère, qui avait des convictions religieuses, une autorité d'enfer, beaucoup de relations et peu de moyens, a négocié mon mariage blanc avec Dominique, ambitieux et désargenté. L'accord a été vite conclu : il serait officiellement le père de mon enfant et mon mari. En échange de quoi, il deviendrait « l'associé très bien rémunéré » d'un éditeur, avant de devenir seul P-DG de l'affaire.

– Et vous ?

– Pendant trois ans je n'ai pas cessé de pleurer : j'ai rompu avec mon amant... en pleurant. Je me suis mariée avec Dominique... en pleurant. J'ai fait une fausse couche un mois après... en pleurant. Je me suis alors réfugiée dans l'alcool. Je n'ai échappé *in extremis* à la dépendance éthylique qu'en tombant dans celle d'un vieux complice de Dominique, ce cher Bruggen.

Uniquement pour me donner le temps de digérer la nouvelle, je répète le nom, comme si je ne l'avais pas compris.

– Bruggen ? Vincent Bruggen ?

– Mais oui ! A l'époque âgé d'une bonne quarantaine. Enfin... plutôt d'une mauvaise !

– Vous avez été sa maîtresse ?

– Plus exactement son esclave. L'intermittente de ses vices. Totalement clandestine, bien entendu.

– C'est-à-dire ?

– Dominique nous organisait en territoire neutre, à Paris, des séances un peu spéciales où soi-disant Vincent exorcisait mes démons... après que j'avais exorcisé les siens.

– Ça a duré longtemps ?

– Deux ans. Le temps que je me désintoxique. Que je me révolte et... que Dominique lui déniche une autre « cliente » aussi docile que moi.

Je ne sais ce qui me bouleverse le plus : d'apprendre que mon si délicat amant ait fait office de pourvoyeur en utilisant, entre autres, les services de celle qui lui tenait lieu d'épouse ; ou bien d'imaginer l'angélique Vincent en diable lubrique et, par la même occasion, ma pauvre Aline sous le joug de ce détraqué, terrorisée au point de se taire. Malgré mes efforts, je ne peux cacher mon trouble. Mme Domani y est visiblement sensible et me rassure au moins sur le dernier point :

– Tranquillisez-vous. Comme beaucoup de diables, en vieillissant Vincent s'est fait ermite et il a été très sincèrement touché par le charme tranquille d'Aline, par son talent, par son influence si bénéfique sur Daphné. Il l'a vraiment considérée comme l'ange libérateur et lui a été vraiment reconnaissant de le délivrer du mal.

– Tant mieux !

– Pendant que je suis dans les « B.A. », sachez aussi que Dominique a eu un véritable coup de passion pour vous et qu'il vous estimait au plus haut point, tant sur le plan professionnel que sur le plan privé.

– Merci. Mais je n'ai jamais eu l'occasion d'en douter. Et en dépit de vos révélations... je n'en doute pas encore.

– Non... mais vous pourriez peut-être... après ce que d'autres ne manqueront pas de vous apprendre.

– Quels autres ?

Carla Domani tourne la tête vers la grille du cimetière et me désigne au-delà, dans l'allée qui y mène, une voiture arrêtée. Je distingue sur la banquette arrière une vague silhouette. Je ne pourrais pas dire s'il s'agit d'un homme ou d'une femme. Je suis bientôt renseignée : la silhouette s'extirpe du véhicule, morceau par morceau. D'abord une béquille, puis une seconde, puis une jambe gauche plâtrée, puis une jambe droite très longue émergeant d'une jupe très courte, enfin un buste dont hélas ma presbytie ne m'épargne pas la perfection. Le tout surmonté d'une chevelure d'ondine encadrant un visage d'amazone. En vérité, je n'en vois pas à cette distance les traits, mais c'est ainsi que je le perçois. Dès qu'elle s'approche, je me rends compte que j'ai perçu juste et aussitôt je demande à Mme Domani :

– Qui est-ce ?

– La passagère mystérieuse de Dominique. La miraculée de l'hélico que je viens de sortir de l'hôpital de Chambéry.

– Comment s'appelle-t-elle ?

– Ruth.

Ce prénom que je n'ai entendu prononcer par Dominique qu'une seule fois il y a deux mois sort immédiatement de ma mémoire avec sa fiche d'identité. « Ruth : auteur d'un roman éroticosalace, *Le Soliloque du phallus*, prétendument de sexe masculin. »

Pendant que Ruth s'avance lentement vers nous, j'échange ces quelques phrases avec Carla Domani :

– Dominique m'avait dit que Ruth était un pseudonyme et qu'il s'agissait d'un homme.

– Oui, je sais. Je sais ça et beaucoup d'autres choses.

Je fronce un sourcil dubitatif que Carla efface sur-le-champ :

– J'étais devenue la confidente de Dominique, sa complice et son bras droit. Quelles que soient ses affaires : amoureuses et éditoriales.

– Ah bon ? Aussi éditoriales ?

– Oui, je dirige son bureau à Milan. C'est moi qui ai diffusé votre premier livre en Italie...

– Et qui diffuserez celui de Ruth ?

– Je ne sais pas encore. Maintenant qu'il n'est plus là, j'ai l'intention de procéder à une nouvelle organisation de ses affaires.

– Editoriales ?

– Les autres aussi par la même occasion. C'est pour ça que je suis là.

Ruth arrivée à notre hauteur a forcément entendu la dernière phrase de Mme Domani. Elle juge, à juste titre, inutile de se présenter et enchaîne tout naturellement :

– Quant à moi, Mme de Cormantin, je suis venue ici avec Carla pour me recueillir sur la tombe de Dominique.

Nous croisons le regard, comme jadis les chevaliers croisaient le fer : avec autant de courtoise agressivité. J'engage l'assaut :

– Que faisiez-vous dans l'hélicoptère de M. Domani ?

– Des cochonneries... pour employer votre vocabulaire !

Vexée, je me souviens que le soir où j'ai lu le livre de Ruth, j'ai prononcé ce mot démodé, ce mot qui sentait les « Oublières » à cent lieues : cochonneries. Dominique avait eu un sourire mi-moqueur, mi-attendri, comme chaque fois qu'il me prenait en flagrant délit de pudeur. Par bravade, pour ne pas me désavouer, je ne dépoussière pas mon langage :

– C'est à cause de ces « cochonneries » que Dominique a eu cet accident ?

– Je ne crois pas. Nous en avions fait d'autres ! Mais je le regrette pour lui : ç'aurait été une belle mort !

Aussitôt je pense : « Comme celle de Vincent ! » Curieux parallélisme entre la disparition de ces deux hommes et entre nos deux destinées, à Aline et moi qui les avons aimés à la fin de leur vie. Oui, curieux. Autant que ce qui suit :

– Depuis quand Dominique était-il votre amant ?

– Depuis le 14 février dernier, me répond Ruth.

Le jour où Vincent a eu sa première « panne ». Décidément... Aline et moi, nous ne sommes pas près de fêter la Saint-Valentin !

Chapitre 5

Finalement, Ruth déclare avoir surestimé ses forces, renonce à son « dernier rendez-vous avec notre ami commun », souhaite que Carla la raccompagne au plus vite à son studio bruxellois. Puis se tourne dans la direction de la lointaine tombe de Dominique, s'appuie sur sa jambe droite valide, lève sa béquille gauche et, d'une façon théâtrale, l'agitant comme un mouchoir sur un quai de gare, adresse un surprenant adieu à « notre » disparu :

– Ciao, bambino ! Merci pour tout ! Au plus tard possible !

Après quoi : demi-tour. Œil sec. Risette forcée pour moi, équivalant à un pied de nez. Mouvement du menton pour Carla lui désignant impérativement la voiture.

Nous nous y rendons toutes les trois, moi entre elles deux. Drôle de trio ! Carla, la légitime. Moi, la maîtresse en titre. Et Ruth, la... la quoi ? L'affaire du jour ? La passagère ? La nympho ? Le fantasme ? La pute ? Et pourquoi pas l'amoureuse ? La petite nouvelle ? La relève de la troisième année ?

Nous entrons dans la voiture, convenons que Carla va d'abord me raccompagner, puis reconduire Ruth à Bruxelles et enfin revenir à la maison pour bavarder.

Dès que je suis seule dans ce qui n'est déjà plus dans ma tête mon « chez nous », je m'empresse de troquer mon ensemble noir contre ce que j'appelle mon bleu de travail : un jogging marine et blanc, complété par une paire de tennis aux carreaux vichy dans les mêmes couleurs. Dominique m'aimait bien dans cette tenue sans sophistication. Sans maquillage. Enfin... il le disait. Mais n'était-il pas comme ses nombreux congénères, ceux qui prétendent aimer les femmes bien en chair et qui ne se retournent que sur des allurales anorexiques ?

Je fuis ma question et redescends. Un courrier important – en volume seulement – m'attend sur la table de l'entrée. J'ouvre la première lettre qui me tombe sous la main. Tiens ! C'est une lettre de Françoise Dorin.

Chère madame,

Ne craignez rien ! Je ne vous écris pas pour vous adresser de protocolaires et hypocrites condoléances : je ne « le » connaissais pas du tout. Et je vous connais peu. Je ne vous écris pas non plus pour vous suggérer en guise de consolation que cette fin foudroyante vous évite sans doute un effilochage débilitant : vous avez déjà dû y penser.

Je vous écris parce que j'ai été personnellement très frappée, voire perturbée, par la disparition simultanée de votre compagnon et du mari de votre amie. Pour une fois mettez-vous à ma place : je me suis si souvent mise à la vôtre. Comme je vous l'ai dit dans le Thalys, je suis en train d'écrire la suite de mon précédent roman. Or cette suite à laquelle je travaille chaque jour commence précisément par le récit de ce que vous venez de vivre, vous et votre jumelle de cœur. Je tenais à vous le dire dès maintenant afin que, si vous lisez mon roman quand il sera achevé, vous ne m'accusiez pas encore de plagiat et que vous ne soupçonniez personne de m'avoir renseignée.

Ne voyez – comme moi – dans ces troublantes interférences entre mon imaginaire et votre vécu que le fait d'un hasard facétieux. Ne me demandez pas quel avenir mon imagination vous réserve. D'une part, je ne le sais pas : je l'invente au gré de mon inspiration. D'autre part, même si je le savais, je me tairais afin de ne pas vous influencer.

Avant de vous quitter... chère madame, pour aller vous rejoindre... chère héroïne, dans les pages de mon cahier, je suis très sincèrement heureuse... chère consœur, de vous féliciter pour vos deux livres sur lesquels, bien sûr, je me suis précipitée après notre rencontre. Le premier : *Les lettres qu'il ne m'a jamais écrites,* m'a beaucoup touchée : c'est exactement le livre que j'ai toujours rêvé d'écrire. Le deuxième (et non pas le « second » car j'espère bien que vous en écrirez d'autres), *Je voudrais être culte*, m'a trucidée : c'est exactement le livre que j'aurais pu écrire !

Croyez néanmoins, chère consœur, à ma reconnaissante sympathie pour les très bons moments que j'ai passés à vous lire et ceux, très particuliers, que je passe à vous vivre.

Signé : Françoise Dorin.

Curieuse lettre qui m'inspire une curieuse réaction ou plutôt deux réactions contradictoires : j'ai envie de la déchirer, presque de la brûler, comme un objet de sorcellerie. Mais j'ai autant envie de la garder, comme un talisman. Finalement, je la range dans mon sac avec l'intention de décider plus tard de son sort et je m'en vais en courant vers la maison des Bruggen. Comme d'habitude, je passe devant la serre où tant de fois, attendrie, j'ai vu Vincent parler à ses roses... Et dire que peut-être il leur racontait ses « cochonneries » passées ou futures ! Suis-je d'une anachronique candeur ? Au cours de ma vie, ai-je côtoyé, voire fréquenté, sans le savoir, des détraqués, des obsédés, des monstres qui, comme dans la rubrique des « faits divers » des journaux, avaient l'apparence de messieurs bien sous tous rapports... sauf sexuels ? Y a-t-il vraiment beaucoup de vertueux docteurs Jekyll qui cachent de pervers Mr Hyde ?

Je suis encore en plein auto-interrogatoire quand j'aperçois à travers les parois de verre de la serre Aline et Daphné qui s'expriment par signes, évidemment, avec la même véhémence qu'au cimetière. Etrange spectacle que celui de deux personnes qui s'insultent en silence. Elles gesticulent, grimacent, remuent les bras, les mains, les doigts avec une rapidité et une violence incroyables. Je ne comprends rien, sinon qu'elles sont en colère. Surtout Daphné. J'ai vraiment l'impression qu'elle hurle. J'entre dans la serre. La jeune femme m'accueille « visiblement » avec une bordée d'injures. Je crois comprendre qu'elle me juge indésirable. Aline me le confirme et me pousse à sortir avec autorité :

– Ne t'inquiète pas. N'insiste pas. Va à la maison. Je te rejoins. Je t'expliquerai.

J'obtempère et en effet, cinq minutes plus tard, Aline me rejoint dans sa cuisine. Avec cette sérénité particulière des gens qui ont touché le fond du fond, elle m'explique :

– Daphné me fout dehors ! Elle a trouvé la boîte de pilules stimulantes que Vincent ingurgitait. Elle m'accuse de l'avoir obligé à en prendre et par conséquent de l'avoir tué. A partir de cette accusation fausse contre laquelle le bon docteur Levens s'est insurgé... avec modération, la réaction de Daphné est parfaitement logique. Elle ne veut plus me voir. Elle me chasse de cette maison dont Vincent a oublié de me dire qu'il lui avait fait donation... juste un mois avant notre mariage !

Je le condamne avec virulence. Aline, toujours aussi sereine, plaide pour lui les circonstances atténuantes :

– C'était sa maison. C'était sa fille. Sa décision était normale. Je trouve simplement qu'il aurait pu m'en informer.

– Tu es vraiment d'une indulgence...

– Pour cette cachotterie-là, oui.

J'avance avec prudence dans la voie des confidences :

– Il y en a eu d'autres ?

– Oh oui ! Et des pires ! De si répugnantes que j'en ai honte pour lui ! Et honte pour moi de n'avoir rien deviné.

– Qui t'a mise au courant ?

– Daphné. Elle ne m'a rien épargné des perversions de son père et de leur assouvissement... *extra muros*.

– Mais elle, qui l'avait renseignée ?

– Robinson !

– Comment le savait-il ?

– Par une de ses petites copines qui avait été abusée et violentée par Vincent.

– De toute façon, il s'agit de choses qui se sont passées avant qu'il te connaisse.

La surprise écarquille les yeux d'Aline :

– Comment le sais-tu ?

Cette fois, le flux des confidences déboule. Mais à la façon d'une avalanche, il ne s'enfle que progressivement. Je pars *moderato* sur les deux imprévisibles de la matinée : Ruth, la dernière aventure de Dominique, puis Carla son épouse par force, son amicale associée par choix et, en prime, la première victime qu'il a offerte à Bruggen.

Ce nom déclenche le gros de l'avalanche. Je me déchaîne contre ce sournois de Vincent ; contre ce trompe-cœur de Dominique ; contre ces deux tartuffes qui ont usé et abusé de notre crédulité ; contre ces deux salauds qui nous ont prises pour des Marie bécasses ; ces deux vulgaires coqs de basse-cour (de très basse cour) qui se paraient des plumes de paon...

Aline intervient pour prendre le relais. Du moins je le crois, mais – stupéfaction ! – elle démarre à contresens :

– Ces deux hommes qui nous ont rendues heureuses et dont nous découvrons les diableries juste à point nommé pour ne pas déplorer leur perte. Nous n'avons pas eu à nous plaindre d'eux de leur vivant et nous pouvons nous féliciter de leur mort. Quelle chance !

Malgré le ton très naturel d'Aline, je me demande si elle ne me joue pas une comédie, voire une farce. D'où ma question :

– Tu parles sérieusement ?

– Aussi sérieusement que l'autre matin, après le dernier soupir de Vincent, quand j'ai considéré comme un joli cadeau d'adieu le mauvais souvenir qu'il allait me laisser. Tu as oublié ?

– Non ! Mais j'ai cru ce matin-là que tu t'inventais une consolation.

– C'est une consolation. Mais pas imaginaire, bien réelle. Le mépris posthume est l'antidote du chagrin. Voyons, Agnès, ça tombe sous le sens. Le bon sens : je ne vais pas regretter un vicelard et pleurer un égoïste. Rends-toi compte : j'aurais pu être une veuve inconsolable et je suis une veuve presque joyeuse. En tout cas reconnaissante. D'abord à Daphné d'avoir, avec son histoire de donation cachée, écorné la belle image que j'avais de son père. Ensuite à Mme Domani de l'avoir dégradée au point de m'ôter à tout jamais l'envie de la regarder.

Tout cela vient de m'être servi d'un ton calme et réfléchi. Le ton d'une personne libérée et si sûre de soi qu'il me vient à moi aussi la tentation de convertir ma déception en consolation, de me réjouir des mensonges de Dominique. Aline m'y encourage :

– C'est une attitude logique : on aime un être ; il se révèle être le contraire de ce qu'on croyait – soit qu'on ait manqué de clairvoyance, soit qu'il ait été d'une extrême duplicité. Pourquoi veux-tu continuer à chérir le contraire de ce que tu as aimé ?

– C'est affreux ce que tu dis.

– Pourquoi ?

– Pousse un peu ton raisonnement : imagine que tu aies été séduite par un sportif beau, musclé, sexuellement performant et qu'à la suite d'un accident, tu te retrouves avec un infirme démusclé, défiguré et impuissant, qu'est-ce qui se passe ?

– C'est à toi que tu devrais poser cette question. C'est à toi que ça aurait pu arriver. Imagine Dominique sortant de son hélicoptère réduit à l'état de légume... Même si tu étais restée auprès de lui par devoir, aurais-tu continué à l'aimer ?

Dans un premier temps, je suis choquée par la question. Dans un second temps, je suis choquée par mon hésitation à répondre. Ce qui est déjà une sorte de réponse en soi. Mon silence me gêne autant que le regard fataliste d'Aline.

Je suis sauvée par le bruit d'un moteur qui s'arrête et d'une portière qui claque. Comme de nombreux visiteurs, Carla Domani a confondu nos deux maisons et vient de sonner à la porte des Bruggen. Avant d'aller lui ouvrir, je demande à Aline :

– Je la ramène ici ou chez moi ?

– Chez toi. Elle sera plus à l'aise pour te parler de Dominique.

– Tu as raison.

– Et n'oublie pas : plus dur ce sera à avaler... plus facile ce sera à digérer !

Chapitre 6

Carla dépose sur la table rustique de la cuisine-salle à manger trois grands sacs qu'elle m'aide à vider : un assortiment de mini-légumes prêts à croquer ; un assortiment de fruits de saison ; un assortiment de yaourts et de fromages blancs au soja. Je ne cherche pas à retenir mon ironie :

– Vous craigniez que je vous propose des moules-frites ou des crevettes mayonnaise ?

– Non ! Il n'y a qu'à vous regarder pour savoir que vous n'êtes pas une lipido-dépendante.

Un coup d'œil rapide sur ses tours de hanches, de taille et de poitrine me permet d'affirmer :

– Vous non plus.

Elle me remercie de mon appréciation et en revient à ses peu conventionnels paquets-cadeaux :

– J'ai pensé que vous préféreriez ça à des fleurs.

– Pourquoi avez-vous pensé cela ?

– Parce que moi, je déteste qu'on m'offre des fleurs en arrivant chez moi : c'est encombrant, on se bat avec des agrafes d'emballage et en général on n'a jamais de vase qui corresponde à la hauteur des tiges.

– Je suis bien de votre avis. A la rigueur, des fleurs en pot...

– Ouais... mais entre nous, je préfère les acheter moi-même, du format qui me convient et de la couleur qui me plaît !

– Moi aussi.

Pendant que nous bavardons, je sors du placard à vaisselle les plats, assiettes, couverts et verres nécessaires à notre en-cas. Carla, efficace et à l'aise, sort du Frigidaire eau plate, eau gazeuse et après vérification du « light » sur l'étiquette, une bouteille de Coca-Cola.

Devant tous les avantages de ce « quick service » à domicile je me rappelle les heures que j'ai passées dans la cuisine de mon appartement parisien à préparer... amoureusement – eh oui, amoureusement ! – des dîners raffinés, des recettes inédites pour mon gourmand de mari ou pour ses amis qui appréciaient, pour sa plus grande fierté, mes dons de cordon-bleu. *A contrario*, je me rappelle Dominique qui, lui, me préférait avec une plume à la main plutôt qu'avec une casserole et qui s'emparait des fourneaux pour m'inventer des plats qu'il me regardait déguster... amoureusement – eh oui... amoureusement !

A ce souvenir, mon visage s'est assombri et à retardement Carla me prie de l'excuser de s'être imposée en ce jour de deuil. Par un geste évasif je lui signifie que ça n'a guère d'importance. Par des paroles un rien désinvoltes elle m'approuve et m'assure « qu'après tout, ça va me changer les idées ». Sur ce, elle se met à table, au propre comme au figuré.

Préalable essentiel : unique héritière de son époux légitime et défunt, elle est désormais la propriétaire potentielle des éditions L'Imprévisible. En tant que telle elle a déjà été contactée par deux sociétés très importantes. L'une souhaitant lui racheter l'affaire en totalité... afin de la fondre dans le groupe des différentes activités qu'elle représente. L'autre ne souhaitant en acquérir qu'une partie minoritaire et lui laisser le fauteuil de P-DG. Elle a pesé le pour et le contre de chaque proposition et me résume les conséquences pour elle de son futur choix :

– Si je choisis la vente pure et simple, je deviens à quarante-trois ans une retraitée dorée sur tranche, susceptible de s'offrir tous ses caprices dans tous les genres : de Brad Pitt au diamant noir ! Si je choisis le partenariat et les responsabilités afférentes, je trime, je rame, je tremble.

– Et alors ?

– Pour le moment... je ne vous cacherai pas que...

– Vous hésitez ?

– Voilà ! Mais que...

– Vous penchez pour la deuxième solution.

Carla m'applaudit comme si elle était au spectacle :

– Bravo ! Joli numéro de transmission de pensée !

– Je crois plutôt d'identité de pensée.

– Encore mieux !

– Peut-être, mais de là à influencer votre décision...

– Vous le pouvez. C'est même pour cette raison que je suis ici.

– Comment cela ?

– J'ai besoin de savoir si, au cas où je prendrais la succession de Dominique, vous resteriez avec moi.

Prise de court, je réclame un délai de réflexion, certaine qu'elle va comprendre que j'ai dans l'immédiat d'autres urgences. Elle comprend, mais insiste quand même : la valeur marchande de toute édition dépend – partiellement – de son « catalogue », autrement dit de la liste des auteurs, morts ou vivants, dont elle détient les droits ou les promesses de droits. L'Imprévisible, affaire reprise depuis peu par Dominique, ne dispose que d'un modeste catalogue : une quinzaine d'écrivains dont la moitié seulement s'est révélée plus ou moins rentable... et trois qui ont atteint des tirages enviables et enviés. J'ai la chance – inespérée – d'être un de ces trois-là, et Carla estime que mon nom pourrait peser lors de ses discussions avec les candidats à la reprise, totale ou partielle, de L'Imprévisible. C'est pourquoi elle voudrait être sûre de pouvoir s'en prévaloir.

– A quelle date prévoyez-vous vos discussions ?

– Elles auront lieu demain à Paris. L'une le matin. L'autre l'après-midi.

– Eh bien... vous n'avez pas perdu de temps !

– Jamais ! Sans doute que j'en ai trop perdu dans ma jeunesse : j'essaye de le rattraper !

– J'en conclus que vous devez avoir déjà contacté mes deux autres confrères best-sellers plus chevronnés que moi et que, comme moi, Dominique a découverts et lancés.

– Effectivement. L'un m'a signé sur-le-champ un contrat pour ses trois prochains livres. L'autre... avait reçu des offres très attractives d'une édition concurrente et prestigieuse. Donc il a hésité...

– Entre intérêt et reconnaissance ?

– Voilà ! Et vous ?

– Je n'hésite pas. Je reste fidèle... à L'Imprévisible. A condition toutefois que vous en gardiez les rênes.

– Je les garderai. Je n'attendais que votre décision pour prendre la mienne.

Je souris exagérément, façon grimace, puis préviens Carla sans aménité que « plus ce serait trop », que je suis insensible et même allergique à la flatterie, au point d'être agacée par une « vérité montée en neige » comme celle qu'elle vient de me servir à l'instant. Je ponctue le tout en croquant sec dans une carotte crue. Loin de s'offusquer, Carla me dévisage en me souriant comme à une vieille connaissance perdue de vue et rencontrée inopinément. Elle ratifie mon impression :

– Je ne vous découvre pas. Je vous retrouve... telle que Dominique vous décrivait. Telle qu'il vous admirait.

Je stigmatise en italien son exagération :

– *Parole ! Parole !*

Carla me contredit, explication à l'appui :

– Dominique le dissimulé, Dominique le trouble, était bluffé par votre transparence.

Je hausse les épaules et répète, incrédule :

– Bluffé ?

– Mais oui ! Vous l'intimidiez. C'est pourquoi il vous mentait. Moi qui ne l'intimidais pas, j'avais droit à la vérité.

– J'aurais préféré y avoir droit aussi.

– Vous, c'était impossible : vous ne l'auriez pas supportée.

– Si ! Je l'aimais assez pour lui pardonner.

– Une fois peut-être, pas deux. Pas trois. Pas dix.

Deux, trois... dix claques en pleine figure ! Je suis sonnée !

– Il m'a menti tant que ça ?

– Oui... mais ce n'était pas grave. Il n'attachait pas plus d'importance à ses coups tirés entre deux portes qu'à un demi de bière avalé sur un zinc, un jour de grande soif.

– Mais alors, si c'était pour lui aussi insignifiant, pourquoi ne pas s'en passer ?

– Parce qu'il était né séducteur... avec les moyens de l'être. Comme il le disait en rigolant : « Ce n'est pas ma faute, l'organe crée la fonction ! »

Consciente de ma gêne, Carla enchaîne aussitôt :

– Il m'a dit aussi un jour, mais là sérieusement : « Chaque matin en me levant, quand je pense à toutes les nanas que je vais croiser dans la rue et que je ne pourrai pas sauter, ça me file le blues ! »

Blessée dans mon amour-propre d'avoir été ainsi dupée, j'essaie de me revaloriser à mes yeux en pensant que je n'ai pas été la seule et que...

– Bien sûr, il mentait aussi à sa mère ?

Le regard navré de Carla n'amortit pas le choc de sa réponse :

– Il n'avait plus de mère... depuis longtemps !

– Quoi ?

– Il l'a perdue quand il avait dix-huit ans. Sans regrets excessifs : elle lui a été beaucoup plus utile morte que vivante.

– Plus utile ?

– Après sa disparition il a joué les orphelins inconsolables... que les dames ont envie de consoler. C'est ainsi qu'il a trouvé sa première protectrice.

– L'amie de votre mère ?

– Voilà !

– Et après ?

– Il est devenu financièrement autonome.

– Et après ?

– Eh bien après, comme vous avez pu le constater, hélas ! il a ressuscité sa mère, afin qu'elle lui serve d'alibi.

Je ferme les yeux... pour mieux voir le scénario de Dominique. Il racontait que sa mère était soignée pour troubles mentaux dans un établissement spécialisé à Milan... et chaque fois qu'il avait besoin de sa liberté, il partait soi-disant lui rendre visite... avec des larmes aux yeux... et, sur la tête, l'auréole des fils affectionnés, rassurante et génératrice d'attendrissement pour les idiotes qu'il trompait... Dont moi.

Carla essaye de minimiser les dégâts en m'affirmant qu'avec moi il n'a employé cet alibi qu'une seule fois. Sans doute sensible elle aussi à ma transparence, elle se reprend :

– Non, trois fois. Mais avec la même raison.

– Ruth ?

– Oui !

– Raconte !

Le tutoiement m'est venu spontanément. Aussi spontanément qu'à elle qui me répond sans sourciller, déjà complice :

– Tu y tiens ?

– Oui.

– Ça ne va pas être long.

Ça l'est d'autant moins que je connais le début de l'histoire : le manuscrit anonyme de Ruth, l'intérêt immédiat de Dominique, leur contact par mail, et que j'imagine facilement la suite : leur premier rendez-vous, leur échange tacite : contrat contre coucherie. Leur accord sexuel. Peut-être simulé pour elle ; sûrement pas pour lui. Quant au reste, c'est-à-dire l'essentiel, Carla me le résume en une phrase qui me retourne les sangs :

– Il l'avait dans la peau !

L'expression employée par François, le premier mari d'Aline au moment de son aventure avec cette garce de Chantal qui a provoqué d'abord son divorce, puis l'a amené dans un état de dépendance consentie et lucide, avant de le laisser diminué physiquement, moralement, financièrement. Sans trop d'illusion je demande à Carla :

– Ruth aurait-elle eu selon toi assez d'ascendant sur Dominique pour le conduire jusqu'à la rupture avec moi ?

Sans appel Carla me répond :

– Oui. Il comptait te l'annoncer à son retour de week-end. Il savait que c'était une connerie. Qu'il la regretterait. Mais qu'il regretterait encore davantage de ne pas l'avoir faite. Que de toute façon il n'était plus maître de ses actes puisque, comme je te l'ai dit, il l'avait dans la peau. Pourquoi elle ? Il ne pouvait pas l'expliquer. Il constatait seulement qu'il avait besoin d'elle comme d'une drogue, qu'il était en quelque sorte rutho-dépendant.

– C'est incroyable ! Lui qui avait connu tellement de femmes...

– Et dans toutes les catégories : des sincères et des truqueuses ; des vénales et des désintéressées ; des vierges et des putes.

En fond sonore dans ma tête, sous la voix de Carla j'entends : « Comme François... comme François... » jusqu'au moment où l'une de ces phrases me concerne directement :

– Dominique savait que tu souffrirais et il en était sincèrement navré. Il savait aussi que tu le mépriserais et ça, il le supportait beaucoup moins bien, car il tenait à ton estime et se vantait volontiers de l'avoir gagnée de haute lutte.

– N'empêche que l'idée de mon chagrin et de mon mépris ne l'a pas arrêté.

– Il pensait que ça te servirait de matière première pour ton prochain livre !

Trop c'est trop ! J'éclate :

– J'espère qu'il pensait aussi en s'envoyant en l'air avec Ruth qu'il allait l'inspirer pour son futur chef-d'œuvre porno ! Tiens ! Voilà un bon sujet de roman : un homme qui se résigne à commettre les pires dégueulasseries en tout genre, uniquement pour allumer ou attiser le feu créateur de ses compagnes. Un nouveau type de muse : l'homme qui se dévoue à la littérature-réalité !

Carla laisse passer mon orage, puis éclaircit un petit coin de mon ciel :

– Ce n'est pas Ruth qui est le véritable auteur du *Soliloque du phallus*. Elle a eu un nègre.

– Domani le savait ?

– Sûrement pas ! Elle n'avait aucun intérêt à le lui dire.

– Et elle te l'a dit à toi ?

– Penses-tu ! J'ai découvert le pot aux roses à l'hôpital de Chambéry.

– Comment ?

– Ben... en fouillant dans son sac pendant qu'elle était au scanner.

Que celles qui ne se sont jamais livrées à ce genre d'opération commando, « à tout hasard », lui jettent la première remontrance... Moi, pas. Moi, je m'intéresse :

– Et alors ?

– J'ai trouvé la lettre d'un type qui lui réclamait « une avance sur les droits d'auteur qu'elle allait toucher grâce à lui ».

– Comment s'appelle-t-il ?

– Mystère ! A la place de la signature, il avait dessiné un chat qui miaulait : « Chut ! »

– Tu en as parlé à Ruth ?

– Tu es folle ! Je n'allais pas lui avouer que j'avais fouillé dans son sac.

– Oui, évidemment...

– Et puis, en vérité, ça m'est égal de savoir qui a écrit son bouquin ; l'essentiel, c'est que ce soit elle qui le vende.

– Quand même... tu n'es pas curieuse !

– D'habitude si ! Mais là, je ne vois pas l'intérêt.

Et moi, je vois et j'entends que Carla souhaiterait passer à un autre sujet de conversation. Du coup, elle renforce mon envie de creuser le même :

– Tu es sûre au moins que le nègre est un homme ?

– Oui... d'après l'accord des participes !

– Il écrit à la plume ou sur ordinateur ?

– Sur ordinateur.

– Tu as regardé sur l'enveloppe le cachet de la poste pour savoir d'où elle venait ?

– Oui... de Bruxelles.

– Comment était libellée l'adresse ?

– Ben... normalement.

– Je veux dire : quel était le nom du destinataire ?

– Ruth.

– Seulement Ruth ?

– Non... Mademoiselle Ruth.

– De toute façon, tu dois avoir son vrai nom sur le contrat.

– Oh oui... sûrement...

– Alors, comment s'appelle-t-elle ?

– Je ne sais pas. Je ne suis pas encore passée au bureau de Bruxelles. Et c'est là que le contrat doit se trouver, en principe.

– Pourquoi « en principe » ?

Carla a un mouvement d'impatience :

– Ah ! dis donc ! Si ça ne marche plus pour toi dans la littérature, tu pourras toujours te reconvertir dans l'enquête policière !

– Excuse-moi, je ne pensais pas être indiscrète.

– Tu n'es pas indiscrète ! Tu es barbifiante.

– Barbifiante ?

– Emmerdante si tu préfères ! Barbifiante, c'était un mot de ma mère. Ah ! je vais te montrer une photo justement de ma mère...

Ça y est ! Carla a trouvé la déviation ! Là voilà de nouveau détendue. Je ne lui pose plus de question. Mais je m'en pose deux à moi. La première : que me cache Carla à propos de Ruth ?

La deuxième : pourquoi ?

Chapitre 7

Il y a juste cinq jours, à la même heure, au même endroit, mon lit, je me demandais : « Où est le problème ? » Et après un IRM des quatre moteurs de ma vie, je m'étais répondu : « Nulle part. Tout va bien. Ma santé est bonne. Mon cœur et mon corps sont comblés. Mon prochain roman est en gestation prometteuse. »

Cinq jours plus tard, rien ne va plus.

Question cœur : j'ai perdu avec Dominique un compagnon rassurant, un amant merveilleux, un conseiller pertinent. J'enrage de ses mensonges, de ses tromperies, de sa duplicité. Je peste contre mon aveuglement, ma folie, ma stupidité. J'ai honte. Peut-être moins d'avoir été trompée que de m'être trompée.

Question santé : en toute logique, mon état physique suit mon état moral. Je dors mal. Je mange n'importe quoi à n'importe quelle heure. Je suis fatiguée. J'ai des allergies cutanées. Des douleurs lombaires. Des maux de tête. Je suis une pharmacie ambulante. Une inconnue qui ne me plaît pas.

Question travail : bien entendu, ma pauvre cervelle n'est pas épargnée. Elle est désespérément vide. Pas l'ombre d'une idée. Pas une once d'intérêt pour quoi que ce soit : pas plus Titeuf que Victor Hugo ! Pas plus Joey Starr que Mozart ! Le sujet de ce qui devait être mon prochain livre est passé à la trappe. De toute façon je n'ai plus envie d'écrire un roman, d'inventer une histoire, de travestir la vérité. Tout juste comme maintenant, comme autrefois du temps de Pierre, j'ai envie de parler à cœur ouvert à une feuille blanche avec l'arrière-pensée de me relire plus tard et de sourire de mon mal-être d'aujourd'hui... s'il est vrai que les mauvais moments deviennent avec le temps de bons souvenirs.

Question famille : elle ne m'a été d'aucun secours. Chacun ignorant évidemment la partie cachée de l'iceberg de Dominique, on m'a chanté ses louanges. J'aurais préféré, conformément au point de vue d'Aline, qu'on déboulonnât l'ancienne idole. Mais, au contraire, ma fille, mon gendre et mes trois petits-fils m'ont assuré tour à tour que Dominique était « craquant » (merci ma chérie), « irremplaçable » (merci mon grand !), « génial » (merci mes trésors !). Mon fils, lui, m'a enviée – oui, enviée ! – d'avoir eu comme le poète de si jolis châteaux en Espagne, que leurs ruines peuvent suffire à mon bonheur jusqu'à la fin de ma vie ! Ma mère, plus « Régente » que jamais, m'a délégué ses deux porte-parole habituels : le premier, saint Paul avec son message inattaquable : « Les jugements du Seigneur sont impénétrables et ses desseins incompréhensibles. » Le second, notre aïeul, le général Athanase de Cormantin, avec sa devise tellement actualisée par les deux successives et imprévisibles disparitions de Dominique et de Vincent : « Tout est toujours possible. » Pour la circonstance, elle lui a donné ce prolongement : « ... Même que vous fassiez Aline et toi une nouvelle rencontre... » Je n'ai pas voulu la démentir, mais ça vraiment... pour une fois, ça me semble impossible !

Je l'ai dit à Aline. Elle m'a surprise en partageant l'opinion de ma mère. Elle m'a invitée de nouveau à considérer ce à quoi nous avions échappé et non ce que nous avons perdu, qui n'était à bien réfléchir qu'un mirage. Selon elle, l'une soutenant l'autre, nous pourrions « relisser nos plumes, fermer nos becs à l'aigreur et croiser, chacune sur sa route, un charmant oiseau-frère, qui lui aussi serait tombé de son nid d'illusions ». Agacée par ce sirop d'orgeat, je lui ai répondu que cette rencontre miraculeuse aurait sûrement lieu au croisement d'un conte de Perrault avec un livre de la Bibliothèque rose ! Nullement démontée par mon ironie, Aline a tout juste admis qu'il ne fallait rien attendre dans l'immédiat et qu'avant de rêvasser sur notre avenir il nous fallait résoudre les problèmes présents.

Le premier s'est posé au lendemain de l'enterrement commun de nos deux ex. Robinson, le mari de Daphné, m'a téléphoné sachant d'une part qu'Aline habitait chez moi depuis la mort de Vincent, et d'autre part, me prêtant une certaine influence sur mon amie. Il voulait que j'en use pour la pousser à « dégager au plus vite », leur laisser « la baraque nickel », débarrassée de ses « fringues, ses croûtes, son matos et toute sa quincaillerie ». (Renseignements pris, la « quincaillerie » désignait les nombreuses boîtes de rangement qu'Aline avait décorées de dessins humoristiques, illustrant leur contenu.)

L'ordre (car c'en était un) avait été exécuté l'après-midi même par Aline et moi (avec une indifférence très bien imitée), secondées par le couple de gardiens (en rage contre les nouveaux occupants).

Pour les « fringues » peu de difficultés : nous les avions compressées et dispersées au premier étage entre la chambre d'amis devenue celle d'Aline et la nôtre... pardon, la mienne.

Pour les « croûtes » et le « matos », difficultés affectives : au moment de sa rupture avec François, Aline avait récupéré les tableaux qu'il avait relégués dans le grenier et le garage de leur maison du Luberon... juste avant qu'elle ne brûle. Et voilà qu'après avoir occupé les places d'honneur dans la maison de Vincent, ces tableaux voisinent de nouveau chez moi dans un appentis avec toutes sortes d'objets – du pneu crevé au râteau édenté – objets qu'on garde au cas où et que j'ai baptisés les « on ne sait jamais ».

Pour la « quincaillerie » : aucune difficulté... ou presque : on a mis les boîtes les unes au-dessus des autres, dans le placard à balais ; les balais dans le placard de l'escabeau ; et l'escabeau... dans la cave.

Quant au « matos », dans la cave aussi ! Aline m'a juré qu'elle n'avait pas la moindre envie de peindre. Comme moi je n'ai pas la moindre envie d'écrire, je l'ai crue. N'empêche que j'ai la plume à la main et que je la vois, elle, de temps en temps crayonner. Alors... nous pouvons, nous devons envisager que plus tard, sorties de notre double cauchemar, nous reprendrons ce que nos maris traitaient de « petits ouvrages de dames » et qui était en fait, sinon nos deux raisons de vivre... du moins nos deux raisons de survivre à nos déceptions.

J'en suis là de mes réflexions quand Aline fait irruption dans ma chambre, sans frapper – ce qui n'est pas plus dans ses habitudes que dans les miennes – et me crie :

– Viens voir !

Son ton est si impératif que je me lève d'un bond. Elle m'entraîne dans sa chambre qui n'est éclairée que par la lune et dont elle me recommande de ne pas allumer la lumière. Elle me prend par la main et me guide vers l'une des deux fenêtres de la pièce : celle qui donne sur nos deux pelouses réunies en une seule, et au-delà, sur la maison d'Aline... pardon, de Daphné. Elle me retient à une certaine distance des vitres de façon que nous soyons invisibles de l'extérieur, et de la pointe de son menton m'invite à regarder. Quoi ? Quatre araignées humaines, avec des bonnets enfoncés jusqu'aux yeux. J'en identifie deux : Robinson et Daphné. Les deux autres semblent être du même sexe, mais je n'en suis pas sûre... et je ne sais pas lequel ! Ils s'affairent autour d'un énorme rouleau de grillage bien plus volumineux qu'eux quatre réunis. Et un peu plus haut. Ils sont en train de le dérouler et de planter en terre des piquets qui le jalonnent à intervalles réguliers afin de le maintenir droit. Leur objectif : rétablir la ligne de démarcation qui séparait naguère les pelouses de nos deux maisons et que nous avons enlevée tous les quatre ensemble : les deux Bruggen, Dominique et moi, heureux d'avoir, en plus de notre amitié, un grand espace vert en commun. Je suis consternée, affligée, choquée. Une image me saute du cœur aux lèvres :

– Le mur de Berlin !

– C'est exactement l'impression que j'avais !

– Comment Daphné peut-elle ? Après tout ce que tu as fait pour elle...

– Ce que j'ai fait ? De son point de vue : j'ai tué son père et je hais son idole de mari. Le reste, tout le reste, elle a oublié.

– Pas moi !

– Mais toi, tu n'as pas vingt-cinq ans. Tu n'es pas orpheline. Tu n'es pas sous dépendance, d'aucune sorte, et tu n'es pas sourde et muette de naissance... Alors tu ne peux pas penser comme elle.

– Et toi, tu peux ?

– Non, pas davantage ! Tout ce que je peux, c'est essayer d'oublier, comme elle. C'est pourquoi, pour me faciliter les choses...

C'est moi, une fois de plus, qui finis sa phrase :

– Tu veux t'en aller ?

– Au plus vite.

Nous poursuivons notre conversation dans ma chambre où la lumière est restée allumée. Changement d'éclairage. Changement de ton : la douceur d'Aline vire sec à la rudesse. Ferme et définitive, elle remobilise son cher Cambronne pour m'apprendre qu'elle a décidé de ne plus jamais voir ce « mur de merde » ; qu'en conséquence elle va quitter la maison, dès que « ces araignées de merde » auront terminé leur « clôture de merde » ; qu'elle partira en voiture le plus silencieusement possible, avec le strict nécessaire dans un sac de voyage et qu'elle compte sur moi pour lui apporter le reste de ses affaires.

– D'accord ! Mais où ?

– Je ne sais pas. N'importe où ! Mais hors de cette zone minée ! En tout cas pour moi.

– Pour moi aussi, tu sais. Je n'ai pas la moindre intention de rester ici. Mais on ne peut pas s'en aller comme ça au hasard, sans savoir dans quelle direction et même si cette direction sera commune.

– Toi, peut-être pas, mais moi, je peux. Avec ou sans toi. Provisoirement ou définitivement, je m'en vais. Rien ni personne ne me retiendra. Inutile d'insister.

Malgré son ton cassant que je ne lui ai jamais connu, j'essaye de la raisonner. Je lui explique qu'un départ, ça se prépare, qu'un déménagement, ça s'organise, qu'un re-aménagement ça se réfléchit. Qu'on ne peut pas échapper aux questions matérielles : le bail de ma maison à résilier. Le tri de ce que l'on garde et de ce que l'on jette. Le garde-meubles à trouver. Les changements d'adresse pour la poste, la banque, l'électricité. Les comptes de la femme de ménage à régler...

Je m'adresse à un mur en béton... armé maintenant d'un mutisme total. Moi, désarmée, j'essaye de négocier :

– Attends au moins quelques jours. Deux jours. Un jour. Jusqu'à demain soir.

– Non ! Je partirai à l'aube. Coûte que coûte. Salut ! Bonne nuit ! A plus !

Elle est déjà dans sa chambre quand je lui réponds comme un défi :

– A demain !

Je ronge mon frein. Je lui en veux de m'abandonner et surtout de ne pas s'être laissé convaincre. Je ne renonce pas. J'attends de l'entendre dans la salle de bain et je descends à pas de loup. Je verrouille les volets avec un système qu'elle ne connaît pas. Je ferme la porte à clé. Je remonte la clé. Je la cache dans la manche d'un pull. Je me couche enfin. J'éteins la lumière. Comme souvent pour m'endormir, je me raconte une histoire. Ce soir, je me raconte l'histoire d'Aline qui va découvrir la porte d'entrée fermée à double tour, qui va chercher la clé partout : sous le tapis-brosse, dans le porte-parapluie, dans le pot de rhododendrons, comme chez ma mère aux « Oublières », autrefois... autrefois...

Je me suis endormie et le lendemain matin...

C'est moi qui cherche partout la clé comme une folle ; moi qui supplie Aline de se presser ; moi qui quitte la maison avec juste une brosse à dents dans mon sac, un paquet de mouchoirs Kleenex à la main et Aline qui me soutient.

Merci, Aline, de ne pas m'avoir dit que « tout est toujours possible ».

Chapitre 8

Par hasard – un mauvais hasard – j'ai revu mon mari. Oui, mon mari : Pierre Cazeaux. Nous n'avons pas divorcé. La question ne s'est jamais posée. Nous n'avions aucune envie de nous remarier, ni l'un ni l'autre. Lui, parce qu'il prétendait que mon départ lui avait ouvert les yeux; qu'il s'était mis à m'aimer à l'instant où je ne l'aimais plus et qu'il gardait l'espoir de me récupérer. Moi, parce que pour rien au monde je n'aurais voulu que la menace d'un conjungo officiel pesât sur ma relation passionnelle avec Dominique.

Le mauvais hasard qui a organisé nos retrouvailles? La chute dans l'escalier en pierre des « Oublières » de Clément le magnifique, notre petit-fils de vingt-deux mois transporté dans le coma à l'hôpital de La Roche-sur-Yon. L'enfant, entre la vie et la mort, venait d'y être admis en urgence quand maman, exceptionnellement bouleversée, nous avait appelés, Pierre à Suresnes, moi à Waterloo.

Pierre était déjà dans le couloir voisin de la salle de réanimation quand nous sommes arrivées, Aline et moi, hébétées d'angoisse et de fatigue. J'ai été tellement surprise de le voir et de le voir si visiblement ému que, sans réfléchir, je me suis abattue dans ses bras. Il m'y a serrée très fort. En grand-père ? En homme ? Si fort, en tout cas, que je m'en suis détachée, un peu gênée. Surtout à cause de la présence d'Aline, grand-mère comme moi de Clément, et qui, elle, n'avait pas, comme moi, le réconfort d'une présence masculine : François, son ex-mari, était cloué dans son lit à Suresnes par une sciatique et Arnaud leur fils, à quelques mètres d'elle, formait avec sa femme, notre fille, un bloc de parents soudés dans l'attente du pire.

Pierre est reparti le soir même après avoir essayé en vain d'ajourner ses obligations professionnelles du lendemain ; après avoir aussi essayé, sans plus de succès, d'obtenir des médecins et des infirmières le moindre renseignement – positif ou négatif – sur l'état de Clément. Une seule réponse à toutes les questions qu'il a posées et que nous avons continué à poser les uns et les autres après son départ : « Il faut attendre. »

Et nous avons attendu, Pierre présent au bout de son portable et nous présents sur place, entre l'hôpital et les « Oublières ». De part et d'autre nous nous sommes interdit le pessimisme autant que l'optimisme.

Ce fut un cauchemar de quatre jours.

Je n'ai pas envie de le revivre sur le papier. Je n'ai pas envie de couler ma douleur dans des mots. Je n'ai pas envie de mélanger l'encre à mes larmes et malgré moi chercher un synonyme au verbe « pleurer ».

Hier soir, Clément s'est réveillé ! Aujourd'hui, je reprends ma plume : la joie, le soulagement, la délivrance, eux, peuvent s'accommoder sans scrupule d'un brin de littérature.

Il était 18 heures 12 hier, au cartel du salon des « Oublières », quand trois portables se déclenchèrent pratiquement en même temps. Trois portables serrés dans trois mains glacées : celle de maman; celle d'Aline et la mienne.

Le responsable de la réanimation, un ami de la « Régente », lui apprenait avec sobriété que son arrière-petit-fils avait repris connaissance.

Le fils d'Aline lui apprenait avec une émotion mal contenue que son « gentleman charmeur » avait rouvert ses yeux.

Ma fille m'apprenait entre deux sanglots que le « vicomte de la fossette » était sauvé ! et me priait de transmettre la nouvelle à ses deux exotiques demi-frères : Elvis et Jean-Lotus.

Maman, Aline et moi nous avons reposé nos portables n'importe où. Nous nous sommes embrassées, nous avons promis des cierges à tous les saints que nous avions sollicités, nous avons débité un tas de banalités, sur la vie, la mort, les enfants, les hasards, la destinée... et puis, à 19 heures, maman m'a suggéré d'appeler Pierre pour le tenir au courant :

– Après tout... (cet « après tout » enterrant avec un sourire goguenard mes deux années extra-conjugales était un chef-d'œuvre dans l'art du non-dit, elle se fit un plaisir de le répéter)... après tout, Clément est aussi le petit-fils de Pierre. Et, en l'occurrence, Pierre s'est révélé un parfait grand-père.

Il l'est encore par son exclamation soulagée en apprenant la merveilleuse nouvelle, et en annulant tous ses rendez-vous afin de pouvoir dès le lendemain partager notre joie.

Il arrive à l'étage de la réanimation, essoufflé : il n'a pas eu la patience de prendre l'ascenseur ! Cette fois, c'est moi qui l'accueille et c'est lui qui se rue dans mes bras. Il soupire dans mes cheveux :

« Quel bonheur ! » S'agit-il du bonheur de savoir Clément hors de danger ? Ou du bonheur de me retrouver ? Je ne laisse pas le doute s'installer. Je m'écarte de lui en renchérissant sans ambiguïté :

– Ah oui ! Quel bonheur ! Ce petit a un tel appétit pour la vie !

La porte de la « réa » s'ouvre. Clément vient à point nommé illustrer mon propos. Il est sur un chariot poussé par deux « gros bras » qu'il a déjà conquis. Tel qu'en lui-même l'éternité l'a fait, il serait le modèle idéal pour une campagne publicitaire incitant à la reproduction de l'espèce. Après une nuit normale et une série d'examens aux résultats normaux, on le descend dans une chambre pour quelques jours de convalescence. Il passe devant nous, toute grâce dehors, avec ses lèvres gonflées d'enfance et son sourire inconsciemment ravageur. Il nous salue comme un vainqueur du Tour de France. Il envoie des baisers de star aux infirmières en extase, venues l'escorter jusqu'à l'ascenseur. On se croirait dans un feuilleton télé !

Nous le rejoignons dans son nouveau domaine qu'il est en train d'explorer à quatre pattes. Nous jugeons son agitation prématurée. L'aide-soignante qui lui prépare son lit nous rassure :

– Ne vous inquiétez pas ! Quand il ne pourra plus bouger, il s'arrêtera.

Visiblement, il peut. Il peut toujours. Il peut encore... courir vers ses parents quand, aussi radieux que lui, ils franchissent le seuil de la porte avec une brassée de cadeaux. Il peut ouvrir ses paquets... jeter les petites voitures sur la fenêtre... lancer un ballon au plafond... bombarder l'oreiller avec des cubes... et puis, tout d'un coup, comme prévu par l'aide-soignante, il ne peut plus. Il est arraisonné par un sous-marin en plastique et par un sommeil... en plomb !

Isabelle et Arnaud nous disent, inutilement à voix basse, qu'ils vont rester jusqu'à l'arrivée dûment programmée de la relève. Cette relève sera assurée d'une part par la « Régente » et d'autre part, à tour de rôle, par tous les membres de l'équipe du « Mieux-Etre », liés autant par une profonde amitié que par la réussite de l'établissement « branché » qu'ils ont créé aux Sables-d'Olonne.

J'annonce que je vais y aller déjeuner en sortant de l'hôpital. Pierre aussi. Seulement il n'a pas de voiture. Moi, oui. Alors...

Pascal notre fils et Damien son compagnon écarquillent les yeux en nous voyant débarquer ensemble au « Mieux-Etre », leur fief jadis maudit. Je sais que Pierre, avant même notre séparation, avait fini par admettre cette liaison pour lui viscéralement inacceptable ; qu'il avait découvert avec surprise les qualités de Damien – des qualités d'homme ! Je sais aussi que, depuis mon départ, il entretenait avec lui des relations presque amicales. Par ma mère je sais enfin que c'est Damien qui a largement contribué au rapprochement entre le père et le fils ; lui qui a conseillé à Pierre, pendant le règne Domani, de ne couper les ponts ni avec les « Oublières », ni avec le « Mieux-Etre », mais de ne s'y pointer qu'en mon absence et bien sûr celle de mon « fiancé ». Résultat ? Le premier étonnement passé, l'accueil est chaleureux et dépourvu de la moindre gêne. Tous les quatre nous trinquons, avec du jus de carotte, à la santé du miraculé, puis à celle de ses parents et puis, ma foi, à celle de ses grands-parents... Ni Pascal ni Damien n'ajoute « enfin réunis »... mais ils m'ont tout l'air de le penser ! Je sens l'étau se resserrer autour de moi. Je tente de le desserrer. Je regarde ma montre. Je prétends que maman m'attend aux « Oublières ». Raté !

– Sûrement pas, s'écrie Damien, à l'heure qu'il est, la « Régente » est auprès de Clément avec Aline. C'est leur tour de garde.

Et voilà que, pour confirmer ses dires, reviennent de l'hôpital les parents de notre petit-fils : Isabelle, notre fille ; et Arnaud, le fils du premier mariage d'Aline. Ils nous racontent leur visite, presque autant attendris par leur mouflet, toujours endormi contre son sous-marin, que par la « Régente » et Aline qui, folles d'impatience s'étaient pointées très en avance sur l'horaire prévu. Malheureusement pour moi qui aurais volontiers prolongé la conversation ; heureusement pour eux, associés au même titre que Pascal et Damien à la réussite du « Mieux-Etre », deux nouveaux clients qu'ils ont convertis au shiatsu nous les enlèvent. Deux anciens – adeptes, ceux-là, du chop suey – nous enlèvent Pascal et Damien. Avant que les uns regagnent leurs cabines de massage, les autres leurs fourneaux, ils nous installent, Pierre et moi, à une table d'angle, derrière une vitrine où alternent des bouddhas, symboles de la sagesse, et des bonzaïs, symboles de la longévité.

– Tout à fait ce qu'il vous faut ! nous dit en riant notre fille avant de s'en aller.

– Ici, c'est calme, vous serez tranquilles pour parler, nous rassure notre fils avec plus ou moins d'innocence.

– Ou pour vous taire, surenchérit Damien, lui, sans innocence du tout.

Arnaud ferme le ban en beauté :

– Je viens de téléphoner à papa. Il regrette bien de ne pas être avec vous et m'a chargé de vous embrasser.

Il s'exécute et dépose sur nos deux têtes...

– Deux gros « poutous », comme vous disiez quand j'étais petit !

Vous ! Vous ! Vous ! Pas toi ! Pas lui ! Non ! Vous ! Ce n'est pas un hasard si dans chacune de leurs phrases ils nous ont réunis, Pierre et moi dans un « vous » fédérateur. Ils nous ont rapprochés avec leurs mots. Et donc déjà reformé notre couple dans leur tête. Ça m'agace. J'essaye, comme d'habitude, de le dissimuler. Sans doute mal puisque Pierre constate avec satisfaction :

– Tu es beaucoup moins lacustre qu'avant. J'aime bien.

Histoire de lui donner raison, je hausse les épaules et m'enferme dans un silence idiot qu'il se garde de rompre. Si bien qu'au bout d'un moment, c'est moi qui en sors avec une platitude qui ajoute à mon agacement :

– Excuse-moi. Je suis un peu fatiguée.

– Il y a de quoi ! Après tout ce que tu viens de subir !

Aucune ironie. Aucune malignité. Rien que de la compréhension. Et maintenant de la prévenance. De la délicatesse :

– J'imagine que tu n'as pas envie d'en parler. De m'en parler à moi en tout cas.

– Effectivement.

– Alors... veux-tu que je te parle de ton deuxième roman ?

Détente immédiate. Adieu, la femme ! Salut, la romancière !

– Tu l'as lu ?

– Evidemment ! Avec beaucoup de plaisir...

– J'en suis ravie.

– Et un peu d'étonnement.

– Pourquoi ?

– Je lui ai trouvé un ton beaucoup plus gai, plus détendu, plus moderne.

– Ah bon ?

– Rien que dans le titre, ça m'a frappé : *Je voudrais être culte*. C'est rigolo. Ça ne correspond pas à l'image que j'avais de toi, un peu...

– Lacustre ?

– Oui... un peu rigide.

– Lac glacé en quelque sorte...

– Auquel le dégel va très bien !

J'ai à peine le temps d'être gênée par ce compliment qui sous-entend la bénéfique influence qu'a eue Dominique sur moi. Il enchaîne avec sagacité sur le thème même du livre qui selon lui est tellement actuel : la paraîtromania de nos contemporains ; leur soif de reconnaissance qui ne se désaltère qu'au robinet des médias ; leur envie d'approcher ou d'imiter les veinards qu'eux-mêmes, dans leur vénération abusive, ont qualifiés de « cultes » ou de « mythiques ».

– Franchement, insiste Pierre, ça m'a beaucoup plu. Au point que je l'ai passé à François qui lui aussi l'a adoré. Pourtant, comme tu le sais...

– Il ne m'a jamais beaucoup aimée.

– Non ! Tu te trompes ! Il n'aimait pas l'influence que tu avais sur Aline. Comme toi tu n'aimais pas l'influence que tu le soupçonnais – à tort – d'avoir sur moi, pour certaines choses...

Attention ! Sujet glissant. Déviation recommandée :

– Vous êtes toujours très liés, François et toi ?

D'étonnement, Pierre plante ses baguettes dans le bol de riz :

– Comment ? Tu n'es pas au courant ?

– De quoi ?

– Je pensais que ta mère te l'avait dit.

– Mais quoi ?
– Que nous vivions ensemble.
A mon tour de planter ma stupeur dans le bol de riz :
– François et toi ?
Pierre ne laisse pas le malentendu s'installer :
– Pas de panique ! J'habite chez lui, à Suresnes, c'est tout.
– Ah bon ! Depuis quand ?
– Depuis le premier Noël de Clément que tu as passé, toi, en Suisse avec... ton éditeur et moi aux « Oublières » avec nos enfants, petits-enfants et la « Régente », toujours parfaite en chef de la diplomatie.
Silence. Une bouchée pour maman. Une bouchée pour Clément... Puis la voix suave de mon mari :
– Je suppose que je n'ai pas besoin de t'expliquer le choix de cette date pour mon emménagement chez François ?
Je secoue la tête, honteuse rétrospectivement d'avoir raté cette sacro-sainte soirée du 24 décembre, sous le très mauvais prétexte que Clément, âgé de quatre mois et demi, ne s'apercevrait pas de mon absence ! Honteuse en plus d'avoir renoncé à ma chère Vendée pour aller à Gstaad alors que je n'aime ni la montagne, ni le ski, ni la fondue mondaine, uniquement pour suivre Dominique qui, lui, les adorait. J'imagine facilement la réaction de Pierre : constatant que je n'hésitais pas à passer outre les traditions familiales auxquelles j'étais si attachée, et mon aversion profonde pour les sports d'hiver, il avait compris enfin que j'étais irrécupérable... du moins pour le moment... En conséquence, à la solitude il avait préféré ce compagnonnage avec ce vieil ami

d'enfance qui se morfondait seul dans sa maison de Suresnes, désertée par Aline. Et puis, Pierre me l'apprend à l'instant, François en ce mois de décembre se remettait doucement d'un double pontage pratiqué en urgence et souffrait par ailleurs de rhumatismes baladeurs qui réduisaient sa mobilité, donc réduisaient aussi ses activités professionnelles... entre autres ! Bref, les deux hommes avaient le moral à zéro et Pierre accepta enfin la proposition que François lui avait faite à maintes reprises d'unir leur désarroi, persuadé que cette réunion serait bénéfique pour tous les deux.

– Je n'y croyais pas beaucoup, m'avoue Pierre, mais j'avais tort : l'un tirant l'autre, nous sommes sortis de nos marécages. Avec l'aide de copains, également célibataires – soit lourdés comme nous, soit homos –, nous nous sommes organisé une vie très sympa : on rit beaucoup. On déconne. On se paye des bouffes d'enfer. Des week-ends de mômes où on alterne la natation, le ping-pong, le baby-foot avec le Quiz, le Trivial Pursuit, le Scrabble.

Je m'en veux : impossible de retenir la question que je m'interdisais de poser en écoutant Pierre me chanter les délices de son célibat :

– Et les femmes dans tout ça ?

Il éclate de rire et m'explique, encore hilare :

– J'ai cru entendre Jacques Chancel quand il demandait aux participants de ses émissions : « Et Dieu dans tout ça ? »

Je réplique avec un sourire crispé et un ton moins lacustre que prévu :

– Ce n'est pas une réponse !

– Non, juste une remarque, mais sois tranquille : pas une échappatoire.

– Alors ?

– Nous avons des copines.

– Dans quel sens, « copines » ? Celui que nous lui donnions à notre époque : synonyme de camarades ? Ou celui que la nouvelle génération lui donne : synonyme de maîtresse ou de petite amie ?

– Les deux !

Le laconisme de Pierre m'exaspère et ma curiosité galopante encore plus :

– Elles sont jeunes, évidemment ?

– Age et situation variables. De la petite trentaine à la grande septantaine. De Monoprix à Lacoste.

– Et célibataires, je suppose ?

– Oui ! Célibataires : par veuvage, par divorce... ou de naissance !

De plus en plus furieuse contre moi, je glisse dans l'inquisition :

– Comme Lorraine ?

Pierre acquiesce de la tête et pétille de l'œil. Lorraine était une juriste, spécialisée dans le droit d'auteur. Efficace dans son travail, elle était le prototype de la célibattante pure mais pas dure, jeune femme gracile au charme sournois, elle savait être pour mon mari, dans son cabinet d'avocats, une précieuse collaboratrice, et dans sa vie une maîtresse irréprochable. Je veux dire, irréprochable pour moi, grâce à sa discrétion sans faille. Au bout de sept ans elle était partie pour créer avec l'un de ses confrères un cabinet à direction bicéphale et vivre avec lui le même genre de liaison fonctionnelle qu'avec mon mari : le changement dans la continuité... croyait-elle. A tort. Son associé tomba amoureux et voulut l'épouser. Elle s'enfuit en courant et retrouva les deux emplois qu'elle avait quittés : dans le bureau et la vie de mon mari. Avec d'autant moins de difficulté qu'elle est tombée juste au moment où, moi partie, Pierre avait besoin d'une âme sœur et d'un corps frère pour remonter à la fois son moral et son chiffre d'affaires, tous les deux en chute inquiétante. Par un de ces hasards dont les romanciers n'ont pas l'exclusivité, le malheureux que Lorraine avait doublement lâché n'était autre que le fils de Vincent Bruggen et donc le frère de Daphné. Et c'est par Vincent, via Aline bien entendu, que j'avais appris l'aller-retour dans la vie de Pierre de l'« indépendante de naissance » qu'il vient d'évoquer. Trop discrètement à mon goût. D'où ma relance absurde :

– Tu sais que je la connais, Lorraine ?

– Oui, je sais, tu l'as rencontrée en Belgique, chez les Bruggen, du temps où ils la considéraient quasiment comme leur belle-fille.

– Exact. Je l'ai trouvée très sympathique.

– Elle l'est... quand elle veut.

– J'ai même pensé que nous pourrions devenir amies.

– Pourquoi pas ? Si un jour tu reviens à Paris...

– Evidemment que je vais y revenir ! Pas question de rester à Waterloo, alors qu'Aline ne veut plus jamais y poser le bout du pied.

– Mais tu comptes habiter avec elle ?

– Je n'en sais rien.

– Sais-tu au moins où ?

– Non... Tout cela est si récent.

– Je comprends, mais... tu n'as pas envisagé de te réinstaller dans notre ancien appartement de l'avenue Duquesne ?

– Il serait trop grand pour moi seule. Et, de toute façon, il y a un locataire dedans.

– Plus pour longtemps. Il a perdu sa femme et m'a donné son congé.

– Mais tu vas le relouer ?

– Bien sûr. Ne crains rien. Je m'occupe de nos intérêts.

Pierre a souligné le « nos » d'un regard entendu... et que j'enregistre en grinçant :

– A vrai dire, cet appartement, maintenant, je le trouve un peu trop... « bon chic, bon genre », un peu « bourge ».

– Ah ! Que veux-tu ? Les goûts changent. Mais c'est sans importance : si tu ne reprends pas l'appartement, j'ai déjà été contacté par une personne qu'il intéresse beaucoup.

Je tique sur la « personne » :

– Ce ne serait pas une femme par hasard ?

– Oui.

– Une de vos fameuses « copines » ?

– Oui.

– Lorraine ?

– Bravo ! Tu pourrais te lancer dans le roman policier !

Remarque similaire à celle que Carla m'a faite à Waterloo et que je justifie en poursuivant mon interrogatoire sur le ton faussement détaché de Maigret.

– Pourquoi veut-elle déménager, Lorraine ?

– Elle trouve son appartement actuel trop petit.

– Aurait-elle renoncé à son cher célibat ?

– Pas à ma connaissance.

– Alors, a-t-elle l'intention d'adopter un enfant ?

J'ajoute, histoire de dévaloriser par avance son éventuel élan maternel :

– C'est à la mode en ce moment.

– Je n'en sais rien et ça m'est égal. En revanche, j'aimerais bien savoir si toi, tu vas réoccuper les lieux ou non, et donc si elle peut en disposer ou doit chercher ailleurs. Ce qui, je m'empresse de te le dire, ne serait pas un problème puisque, au sein de notre petit groupe, nous avons deux amis dans l'immobilier, particulièrement performants. D'ailleurs, tu en connais un : mon presque homonyme et ancien collaborateur.

– Pierre Chazeaux ?

– Oui ! Il a quitté le bureau pour s'associer – corps et biens – avec son singulier.

– Son singulier ?

– Chazal !

– Je ne comprends pas.

– Son... coéquipier s'appelle Chazal. D'où : un Chazal, des Chazeaux.

– Amusant...

Pierre renchérit ou plutôt, pour employer son nouveau vocabulaire de collégien en récré, il en remet une louche :

– On les appelle les Cha-Cha. Ce sont un peu les « chou-chou » de la bande. Et nos animateurs. Nos G.O. Tout le monde les adore. Les nanas, et les mecs !

Je persifle :

– Tu rajeunis à vue d'œil !

Il encaisse comme argent comptant :

– François aussi ! Les Cha-Cha sont les champions de la cure anti-âge !

– Au cas où je choisirais de changer de cadre, je pourrais peut-être m'adresser à eux ?

– Excellente idée ! Je vais te donner leurs coordonnées... enfin, celles de leur agence. Elle est près de mon cabinet.

Sitôt dit, sitôt fait, il sort de son portefeuille une carte de visite où il inscrit les susdits renseignements ; puis, pendant qu'il y est, il en sort une autre pour y inscrire juste mon numéro de portable, au cas où j'oublierais de l'appeler au sujet de notre ancien appartement...

– Elle y tient tant que ça, ta petite protégée ?

– Primo, Lorraine n'est pas ma petite protégée. Ni celle de personne, je crois. Secundo : c'est notre intérêt commun de ne pas laisser l'appartement inoccupé.

La réprobation contenue dans la phrase de Pierre est arachnéenne. Je le trouve beaucoup plus subtil qu'avant ; à moins que je sois, moi, devenue beaucoup plus indulgente.

Nous partons, après un au revoir rapide à l'équipe du « Mieux-Etre », toujours en activité.

Nous passons à l'hôpital embrasser notre petit-fils enfin réveillé – mais pas trop. Juste ce qu'il faut pour attendrir la « Régente » et Aline, sans les fatiguer.

Maman trouve que Clément a le front d'Aline, la bouche de Pierre, mes yeux et, ma foi, le nez de François ! Elle ne risque rien : la comparaison ne joue que sur un centimètre !

A la sortie, Pierre s'exclame en riant :

– Plus consensuelle que ta mère, je meurs !

J'approuve en souriant :

– N'empêche que Clément a vraiment tes fossettes.

– Et vraiment, comme toi, deux lacs à la place des yeux !

Les deux lacs se sont levés. Un peu trop vite, vers la pendule. Les fossettes se sont creusées imperceptiblement. Pierre m'a dit :

– Evidemment, j'aurais préféré que ce soit dans d'autres circonstances... mais je suis quand même content de t'avoir revue.

J'ai répondu :

– Moi aussi.

Il m'a embrassée sans la moindre équivoque. Pas à la commissure des lèvres. En plein sur la joue.

Au dernier baiser, a succédé le sempiternel : « Je t'appelle. Tu m'appelles. On s'appelle. » Après quoi, il s'est éloigné d'un pas normal : ni pesant, ni léger. Il a cherché dans ses poches de la monnaie pour acheter ses journaux. Il s'est retourné pour un dernier salut de la main. Lui aussi normal : ni triste, ni joyeux.

Cette fois enfin, j'ai eu l'impression d'appartenir sans équivoque au clan de ses « copines » !

Chapitre 9

Maman exhale un profond soupir de satisfaction. Elle vient de s'asseoir dans « son » fauteuil-mirador du salon des « Oublières ». Le dos bien calé sur « son » coussin brodé. Son face-à-main – qui lui sert exclusivement de décontracteur – entre ses doigts effilés.

En face d'elle, Aline et moi sommes à moitié allongées de chaque côté du canapé. Le tilleul-menthe infuse sur la table basse qui nous sépare. On n'entend même pas un moustique voler. Au premier étage, Elvis et Jean-Lotus, suivant les recommandations de la « Régente », ont mis sur leurs oreilles des écouteurs qui permettent à leurs bruyantes idoles de pratiquer avec eux un bouche à oreille, inaudible pour les autres.

J'imagine un veilleur moyenâgeux en train d'effectuer son tour de guet : « Bonnes gens et gentes dames, détendez-vous en paix. Les enfants rêvent de devenir des grandes personnes. Les grandes personnes rêvent de devenir des enfants. Détendez-vous. Laissez-vous bercer par les échos de la sagesse populaire : Demain est un autre jour. Profitez de l'instant. La nuit est bonne conseillère. Rien n'est définitif : ni le meilleur ni le pire. Détendez... »

Coupez ! La séquence relax est terminée. Le tilleul-menthe est infusé. La « Régente » le verse. Exit le passé. Place à l'avenir. Pas le sien qui est tout tracé. Mais les nôtres, celui d'Aline et le mien, qui sont susceptibles de prendre plusieurs directions et donc méritent qu'on s'y attarde. Elle m'attaque en premier, à la hussarde :

– Alors Agnès, qu'est-ce que tu comptes faire ?

– Attendre !

– Attendre quoi ?

– D'avoir envie de faire quelque chose, parce que pour le moment...

– C'est normal, je comprends. Alors, autre question : attendre où ?

– Certainement pas à Waterloo pour les raisons que tu devines. Pas ici où avec les enfants, petits et grands, il y a trop d'agitation pour moi actuellement.

– Reste Paris, donc.

– Ce serait effectivement peut-être le mieux. En tout cas, le moins mal.

– D'accord ! Mais où à Paris ?

– Dans un appartement petit, fonctionnel, calme et à proximité des commerces et des moyens de transport.

Pas de commentaire. Audience suspendue pour supplément d'informations. Dossier suivant :

– Et toi, Aline, quels sont tes projets ?

– J'ai l'intention d'aller aux Etats-Unis voir mes deux filles, mes deux petites-filles et accessoirement mes deux gendres... à seule fin de vérifier qu'ils ne connaissent toujours pas le français... ni Vermeer !

Je tombe des nues. Pas à cause des gendres qui, je le sais, lui sont gentiment indifférents. A cause de l'avion qu'elle va devoir prendre. Après avoir échappé dans sa jeunesse à une catastrophe aérienne, Aline s'était juré de ne plus jamais monter « dans un de ces engins de merde ». Serment tenu... à la grande joie de son mari qui, lui, s'envolait le plus souvent possible vers des cieux – dont le septième – extraconjugaux. Et à son grand regret à elle qui ne voyait plus ses descendantes que tous les deux ans, quand celles-ci daignaient traverser l'Atlantique.

En connaissance de cause, puisque moi-même je n'ai pas une passion pour l'avion, je la félicite très sincèrement d'avoir vaincu sa phobie et suis curieuse de savoir comment elle y est arrivée. Sans hésiter, Aline en attribue le mérite aux drames que nous venons de traverser. A quelque chose malheur est bon : les exemples de Clément, le chanceux, comme ceux de Dominique et de Vincent, les malchanceux, entre des milliers d'autres, lui ont rappelé que la vie de chacun ne tient qu'à un fil... électrifié, à un médicament, à un escalier en pierre, à un virus, une balle perdue, que nous sommes tous en sursis, que personne ne peut jamais savoir ni le jour ni l'heure : peut-être un matin en plein ciel ; peut-être une nuit dans un lit. Alors... haut les cœurs ! Aline claironne avec un brin de fierté :

– Je téléphonerai demain à mes filles pour leur annoncer ma prochaine arrivée et convenir d'une date qui les dérangerait le moins possible.

La « Régente » se montre, comme d'habitude, adepte du « fer à battre pendant qu'il est chaud » :

– Pourquoi pas tout de suite ? Il y a six heures de décalage. Il est 16 heures là-bas. Tu peux les joindre. Elles ont un cellulaire, je suppose ?

– Un quoi ?

– Un portable !

– Ah... sûrement, mais je n'ai pas le numéro.

– Ton mari doit l'avoir.

– Oui, mais je ne lui ai pas parlé depuis trois ans, je ne peux pas...

– Moi, je peux.

Maman se penche vers le guéridon voisin de son fauteuil, y prend le téléphone, compose de mémoire un numéro et nous sidère dès sa première phrase :

– Allô, Pierre, c'est Antoinette.

Sans doute que cet appel un peu tardif inquiète mon mari car aussitôt elle le tranquillise :

– Non ! Non ! Pas de problème ! Tout va bien ! Le front des « Oublières » tient bon. Et le front de Suresnes ? Tant mieux ! Pourriez-vous demander à François les numéros téléphoniques du front de New York ? Non... pour Aline... Elle a envie de découvrir la statue de la Liberté !

Moins d'une minute plus tard, Aline parle à sa fille aînée, étonnée et ravie à l'idée de la voir... à condition qu'elle ne tarde pas trop car, lui apprend-elle, la famille se disperse le 20 juillet : les deux filles vont chez des amis au Texas faire de l'équitation. Les maris, en Patagonie pêcher le saumon et elles deux, rigoler à Miami avec des copines et éventuellement des copains. Tout est organisé. Donc... la « Régente » organise immédiatement le départ d'Aline. Elle m'envoie chercher mon « Mac » portatif qu'elle a rangé dans le « bonheur du jour », à côté des tabatières d'Athanase. Exécution ! « Mac » trouvé. « Mac » rapporté. « Mac » branché. « Mac » ouvert. « Mac »... tiens ! un mail. De qui ? Carla ? Le propriétaire de la maison de Waterloo qui se demande où je suis passée ? Daphné ? Pierre ? Non ! pourquoi Pierre ? Je verrai ça plus tard. Pour le moment... « Mac » aux ordres. Moi aussi. Le petit doigt sur la ligne de départ. Destination : New York. Aéroport : Roissy. Compagnie : Air France (ici, on vole français !). Date.

J'interviens pour freiner l'impétuosité maternelle :

– Pas demain ! Il faut laisser à Aline le temps de dire au revoir à tout le petit monde du « Mieux-Etre ».

– D'accord ! concède ma mère, alors après-demain. Disons donc, euh... jeudi. Regarde si c'est possible.

J'interroge mon « Mac » et « Mac » répond par ma voix :

– OK pour samedi. 11 heures 15.

– Parfait ! s'écrie ma mère qui séance tenante établit notre feuille de route : vous partirez ensemble d'ici, mercredi après le déjeuner, vous descendrez au Sofitel qui est à côté de l'aéroport. Vous y dînerez et y dormirez. Le lendemain, par la navette, vous rejoindrez Roissy. Toi, Agnès, qui connais un peu mieux les lieux, tu guideras Aline dans les couloirs où l'on peut facilement se perdre.

– Comment le sais-tu ?

– Par une copine qui voyage beaucoup.

– Une copine ? C'est bien la première fois que j'entends ce mot dans ta bouche.

– A nouvelles fonctions, nouvelles appellations. Ce n'est pas une amie, ni une relation, ni une camarade. C'est une copine.

Décidément, ma mère excelle dans le cocktail tradition-modernité : le DVD dans le clavecin et les baskets sur la bassinoire ! Je m'apprête à lui soutirer quelques renseignements sur sa nouvelle « copine » mais, plus rapide que moi, elle a déjà embarqué Aline dans son avion et m'a remise, moi, dans ma voiture, en direction de Waterloo ! Pour elle, c'est comme si j'y étais.

– Je n'ai pas de conseil à te donner, me dit-elle très sérieusement, mais moi, à ta place, je descendrais à l'hôtel. Ce serait plus gai et plus pratique que dans ta maison. Dès le lendemain, je commencerais à régler les problèmes de tout genre qui vont se poser et les jours suivants, ma foi, je continuerais en mettant le turbo.

Devant mon air étonné, elle ajoute :

– Comme dit ma copine.

Avant de conclure :

– A mon avis, tu devrais avoir tout bouclé en quarante-huit heures.

– Quarante-huit heures ! Tu ne te rends pas compte ! Rien que pour préparer le déménagement de mes affaires...

– Et des miennes ! rappelle Aline. A propos ? Où va-t-on les entreposer ?

Je propose :

– Dans un garde-meubles à Paris, peut-être.

Maman dispose :

– Plutôt dans le grenier ici, en attendant que vous sachiez où vous allez vous installer l'une et l'autre.

Après un quart de seconde, elle ajoute :

– Ensemble ou séparément...

Ces deux mots prononcés plus ou moins innocemment par la « Régente » m'ouvrent les yeux et ceux d'Aline : au propre comme au figuré. Ils ouvrent aussi la voie des aveux : comme moi, Aline a été tentée par l'exemple de Pierre et François et a pensé à réunir nos deux solitudes.

Comme moi, elle s'est demandé si les meilleurs moments de nos années de mariage nous ne les avions pas passés toutes les deux ensemble, à l'occasion d'un week-end ou de courtes vacances dans la maison que François avait achetée dans le Luberon et qui a complètement brûlé.

Comme moi, elle s'est souvenue de notre récente et rude bataille de Waterloo pendant laquelle nous avons cohabité dans de bien mauvaises conditions et pourtant sans l'ombre d'un problème.

Comme moi, elle a constaté que, depuis deux ans, nos activités artistiques avaient créé entre nous un lien encore plus fort, une compréhension encore plus grande. Alors pourquoi...

– Pourquoi, Aline, ne m'as-tu pas parlé de cela à Waterloo ?

– Et toi ? Tu ne m'en as pas parlé non plus.

– Moi, je ne voulais pas t'influencer. Avoir l'air de te forcer la main.

– Comme moi.

Nous nous traitons sans conviction d'idiotes. Mais, avec conviction, nous nous félicitons de notre discrétion réciproque. Pas ma mère. Elle me rappelle à quel point j'ai souffert de la phrase que Pierre utilisait pour justifier ses esquives : « Le silence n'a jamais trahi personne. » Elle me rappelle ma sentence de l'époque : « Le silence ne trahit peut-être personne, mais trahit certainement l'amour. »

– Et l'amitié, ajoute la « Régente ». C'est pourquoi je vous invite à « nettoyer » la situation, dans les moindres recoins.

Bien entendu, elle nous invite, mais c'est elle qui ouvre le bal des questions. La première, essentielle pour de futures cohabitantes :

– Où préféreriez-vous vivre ?

Sans attendre notre réponse, elle nous donne son avis :

– Je ne veux pas vous influencer, mais moi, à votre place, j'irais dans l'appartement de l'avenue Duquesne. Il vient d'être libéré et Pierre attend pour le relouer d'être sûr qu'Agnès ne souhaite pas de nouveau l'occuper.

Ma mère a prononcé cette dernière phrase avec sa mine de « chat qui a bu du lait » pour reprendre une de ses expressions. Moi je dois avoir la mine d'un chat qui a une arête au travers de la gorge.

– C'est Pierre qui te l'a dit ?

– Evidemment, comme à toi, ma chérie.

– Ah bon ! Parce qu'il t'a dit aussi qu'il me l'avait dit ?

– Mais oui ! Tu sais, je suis devenue un peu sa copine.

J'avale le tout avec une grande gorgée de tilleul-menthe. La « Régente », elle, repose sa tasse et replonge dans l'onctuosité lactée pour nous vanter les avantages que comporterait pour nous une installation dans mon ancien appartement :

– Ça vous permettrait de le tester et d'imaginer les éventuelles améliorations que vous pourriez lui apporter. Sans compter que ça vous éviterait le garde-meubles ou le transit par le grenier des « Oublières ».

La « Régente » conclut ce condensé de bon sens en apothéose :

– A vous de réfléchir ! Ce sont vos affaires ! Moi, ça ne me regarde pas !

Là-dessus, elle lève le siège, nous embrasse sur le front, salue de loin rituellement le portrait d'Athanase de Cormantin et, fidèle à la formule de l'ancêtre vénéré, nous annonce qu'elle va « porter sa bêtise sur l'oreiller de la raison ».

Nous la suivons jusqu'à la mezzanine du premier étage. Là, nos chemins bifurquent. Avant de se diriger vers l'aile droite, elle jette un coup d'œil sur le rez-de-chaussée :

– Tu as oublié ton « Mac » en bas, me dit-elle. Moi, à ta place, j'irais le chercher... au cas où les enfants se lèveraient avant toi.

– Tu as raison. Je descends.

Dans ma chambre, subitement, je me souviens du mail qui était signalé sur mon ordinateur et que volontairement j'avais occulté. Cette fois, j'en prends connaissance. Et je lis :

Chère madame et joli rêve,

Je vous aime.

Je me permets de vous dire cela pour trois raisons :

La première : je suis un mort vivant. J'attends depuis longtemps, très longtemps, trop longtemps qu'on me greffe un cœur.

La deuxième : je suis immobilisé dans un hôpital à douze mille kilomètres de vous.

La troisième : je devrais avoir vingt-deux ans, au dernier jour de l'été.

Dans un demi-coma, j'ai entendu à mon chevet un médecin qui disait : « Il y a une chance sur un million pour qu'on trouve un cœur compatible avec son organisme. »

Une chance sur un million...

Je me suis résigné au pire qui, en fait, est l'attente du pire. J'ai accepté l'inacceptable. Etranger à moi-même, je me suis abandonné sur le bord de ma route jusqu'au jour où... je vous ai rencontrée par livres interposés. Vous m'avez administré à travers vos mots deux produits miraculeux et inconnus de la pharmacopée traditionnelle : l'espoir et l'optimisme. Pourquoi ? Parce que. J'ai cherché d'autres explications, il n'y en a pas. Sans le vouloir, vous m'avez entraîné dans le monde de l'Indicible. Je n'en sortirai que guéri grâce à vous, grâce à mon amour pour vous.

Je ne suis ni fou. Ni exalté. Ni mystique. Malheureusement, seule ma guérison pourrait vous en convaincre. Elle est entre vos mains. Elle est au bout de vos mots. Un seul me suffirait pour que je reprenne le combat. Un mot starter. Un mot talisman. Il y a une chance sur un million... pour que vous l'écriviez. N'importe lequel pourtant ferait l'affaire. L'essentiel étant pour moi de savoir que vous m'avez entendu, que vous croyez – si peu que ce soit – à mon histoire, à ma guérison.

Pour vous, ce n'est rien, un mot.
Pour moi, ce peut être tout.
Alors... s'il vous plaît, madame...
S'il vous plaît, mon rêve...

C'était signé « Perdican » : mon héros préféré !

Ma pensée s'est mise à surfer sur les vagues du Destin, puis m'a entraînée sur les troublants chemins du Hasard. Je m'y suis égarée entre passé et avenir. Les douze coups de minuit m'ont ramenée au présent. Je l'avais complètement oublié... Grâce à Perdican !

Le mot qu'il réclamait s'est inscrit spontanément sur mon ordinateur : « Merci ! »

Chapitre 10

Nous claquons nos portières. Nous attachons nos ceintures. Aline ouvre sa vitre. Je mets le moteur en marche.

Dernière image des « Oublières » : maman et Clément sur le perron. La « Régente » se penche sur son arrière-petit-fils pour nous cacher qu'elle a la larme à l'œil. Le vicomte « Bel Ange de la Fossette », égal à lui-même, nous envoie une série de baisers plus photogéniques les uns que les autres : du déchirant au clownesque.

Aline agite sa main, incapable de prononcer un mot. Pas plus loquace qu'elle, je démarre.

Un quart d'heure plus tard, dernière image du « Mieux-Etre » : en rang d'oignons, le fils d'Aline et ma fille, main dans la main, mon fils et « notre » Damien côte à côte.

Arnaud dit à sa mère :

– Si tu as un trou dans une conversation en Amérique avec mes sœurs, tu peux leur glisser que je vais bien, et même très bien.

Isabelle me dit :

– Donne-nous de tes nouvelles – toutes tes nouvelles – pas seulement les bonnes !

Pascal peut à peine articuler :

– Soyez prudentes !

Damien enchaîne :

– Soyez tranquilles : je veille !

Aline, de nouveau, agite sa main par la portière, incapable de prononcer un mot.

Je redémarre. Direction Roissy. Je secoue Aline :

– Qu'est-ce que tu préfères ? Pleurer en silence ? Pleurer en musique ?

Aline se mouche, s'essuie les yeux, se frotte les tempes et enfin me répond :

– T'écouter !

– OK ! Sur quel sujet ?

– Toi !

– Vaste programme !

– Réduisons-le à aujourd'hui : quels sont tes sentiments, aujourd'hui ?

– A propos de quoi ?

– Dominique. Pierre. Ton métier. L'avenir.

Après avoir interrogé mon for intérieur en toute objectivité, j'avoue à regret :

– Je ne sais vraiment pas : entre le cœur, le corps, la raison, la volonté, la tête, l'à-quoi-bonisme, il y a une telle cacophonie...

Une averse aussi brusque qu'inattendue claquant sur le pare-brise de la voiture m'aide à me définir avec un peu plus de précision :

– Je suis continuellement comme le temps que nous avons depuis ce matin : j'alterne les orages avec pluie et sans pluie ; les orages gris ; les nuages blancs.

– Jamais d'éclaircies ?

– Exceptionnellement. Ces derniers jours j'en ai eu deux. L'une, bien sûr, due à la guérison de notre Clément... L'autre, plus insolite...

– Due à Pierre ?

– Non ! A Perdican !

Je raconte à Aline ma découverte sur le web de mon étrange amoureux, que je classe maintenant dans les farceurs ou dans les malades mentaux.

– N'empêche que tu lui as répondu.

– Juste un mot.

– Juste un encouragement.

– Sans effet. Puisqu'il n'a pas envoyé d'autre message.

– Tiens ! Tu as donc consulté ton ordinateur pour le savoir...

– Juste une fois.

– Juste une preuve de ton intérêt.

– Non, de ma curiosité.

– Une preuve, de toute façon, que ni ta tête ni ton cœur ne sont fermés.

– Ça dépend à quoi. Pas fermés à l'amitié, à la tendresse familiale, ça c'est certain.

– Pas fermés non plus à la rêverie...

– Oui, mais par déformation professionnelle uniquement. Comme je cherche un sujet pour mon prochain roman, je me lance sur n'importe quelle piste, au hasard.

J'avoue à Aline mes doutes, pis, mes craintes : « Trouverai-je toujours ma chanson dans mon cœur ? » Pour le moment il ne fait que des grossesses nerveuses : il enfle, il enfle... mais rien n'en sort. Je soupire :

– Dire qu'il y a moins d'un mois j'avais décidé de renoncer à ma pudeur naturelle pour raconter mon histoire avec Dominique. Je voulais que ce soit un hymne à la passion, un éloge de la déraison, un ex-voto à l'Homme avec un grand H... Avec tout de grand. Dans ma tête, je transposais les situations, j'inventais des images chocs ; des mots-cris ; des mots crus. J'allais me mettre à l'ouvrage quand j'ai perdu l'homme de ma vie et du même coup le héros de mon roman.

Aline me reproche d'amalgamer les deux : pour elle, le premier est bel et bien mort mais le second, lui, continue à vivre dans ma mémoire et peut, comme tant d'autres, briguer une belle carrière de héros romanesque :

– Sans compter, ajoute-t-elle gaillardement, que la douleur se vend bien, que le deuil sied aux best-sellers et qu'en allongeant la sauce, tu pourrais en tirer au moins trois bouquins !

J'attribue le cynisme d'Aline à un désir mal contrôlé de m'aider. Je passe outre et j'en reviens à la base de son argument : Dominique.

– Je n'ai qu'un objectif : l'oublier. Eteindre le feu, tous les feux qu'il a allumés en moi. Je suis sur la bonne voie. Mais il reste encore des braises et il serait absurde de les attiser avec la pointe de mon stylo, alors que je m'efforce au contraire de les étouffer sous d'autres émotions.

Aline se laisse convaincre par ma volonté d'oubli. Mais à regret : elle est sûre que les « braises » – en dehors d'un joli titre – me fourniraient le thème d'un bouquin... fumant ! La plaisanterie d'Aline m'agace autant que la satisfaction qu'elle en tire, autant que son insistance devant mon silence pourtant visiblement réprobateur :

– Ça ne t'inspire vraiment pas, les « braises » ?

– Non ! A aucun point de vue : ni littéraire ni commercial !

– Tant pis ! Mais ne t'inquiète pas, je trouverai autre chose.

Aline s'étire, semble s'abîmer dans une profonde réflexion, puis subitement ouvre la boîte à gants de ma voiture, transformée en boîte à cassettes. Elle les examine l'une après l'autre, soupire et invente à mon intention ce proverbe qu'elle m'expédie d'une voix chevrotante de dinosaure :

– Dis-moi ce que tu écoutes, et je te dirai qui tu es.

Mes braises frémissent : Dominique adorait les chansons démodées qu'il découvrait grâce à moi et qu'il appelait avec attendrissement – le salaud ! – mes « chansons à paroles ».

Résignée à mes goûts d'un autre âge, c'est-à-dire du nôtre, Aline enfourne dans l'engin d'aujourd'hui la cassette d'hier. En l'occurrence, une de Brassens. Elle la laisse défiler, fredonnant avec moi quelques bouts de phrases où s'accrochent quelques bouts de souvenirs : « Les amoureux qui se bécotent sur les bancs publics... bancs publics... » Il embrassait bien, Dominique... « J'ai l'honneur de ne pas te demander ta main... », la plus belle des déclarations d'amour, selon Dominique... « Ce n'était rien qu'un peu de miel... ». Il m'appelait quelquefois « mon miel », Dominique...

J'ai mal à mes braises ! Ouf ! Aline arrête la bande au deuxième couplet des « Copains d'abord » et me demande à brûle-pourpoint :

– Et Pierre ?

– Quoi Pierre ?

– Il ne pourrait pas t'inspirer un bouquin ?

– Le pauvre ! Il a déjà donné ! Et bien donné ! La mine est à sec.

– Pas forcément ! Il est un autre homme à présent, avec un autre mental, un autre caractère.

– En apparence, mais dans le fond...

– Ça vaudrait quand même la peine de creuser.

– Je n'en ai aucune envie.

– Tu n'envisages pas de le revoir ?

– Pas vraiment. Sinon à l'occasion d'une fête familiale, aux « Oublières » ou au « Mieux-Etre ».

– En copain ?

Le ton d'Aline est de plus en plus insidieux. Le mien de plus en plus sec :

– Evidemment, en copain. Exclusivement en copain.

– Note bien, les « copains », c'est aussi valable comme thème.

– Pour une chanson, oui ! Pour un roman, non ! Pour un autre auteur, pourquoi pas ? Pour moi, sûrement pas !

Comme si ma phrase ne signifiait pas encore assez clairement que pour moi le chapitre de Pierre était clos, d'un geste nerveux je remets en marche la cassette interrompue. Aline l'écoute jusqu'au bout, puis me propose avec un excès de politesse de la remplacer par une sonate de Bach. J'approuve le choix : Bach, je ne crains pas de réminiscences sentimentales : Dominique l'ignorait. Au contraire de Pierre qui, lui, en raffolait, comme moi. Mais Pierre, ça m'est égal : c'est un copain.

Nous roulons en silence. La musique m'apaise. Je ne pense à rien. Si tant est que penser... qu'on ne pense à rien, ce ne soit pas déjà penser à quelque chose !

Aline, rencognée sur son siège, ferme les yeux, dodeline. Mais à la dernière note, soudain elle se redresse et m'apostrophe avec la même alacrité qu'avant notre longue pause musicale.

– Et Bruggen ? Mon feu mari, tu ne pourrais pas écrire son histoire ? Moi, je trouve qu'il aurait une bonne gueule de héros.

Mes deux mains se crispent sur le volant. Je respire à pleins poumons l'air bien connu de la décontraction et je parviens à dire avec un calme de super-lac :

– J'envie les gens qui comme toi, comme Pierre, n'arrivent pas à se contrôler.

– Ah oui ? Pourquoi ?

– Parce que, si c'était le cas, je te dirais volontiers le mot que tu utilises en toute occasion, ton mot soupape, ton mot exutoire.

– Eh bien, ne te gêne pas, dis-le !

Le ton d'Aline est si volontairement incitatoire que j'explose d'un « merde » volontairement énorme. Un « merde » à décoiffer Cambronne lui-même ! Cambronne, oui. Mais pas Aline. Elle, elle m'applaudit à tout rompre comme si je venais d'accomplir un exploit, puis me tape sur l'épaule en m'apostrophant gaillardement :

– Elle est pas belle, la vie ?

Question insolite, voire inconvenante dans la bouche d'une veuve, déçue soit ! mais quand même récente. Je suis désarçonnée :

– Enfin, Aline, qu'est-ce que tu as ?

Calme, posée, joyeuse, sa réponse me foudroie :

– Une éclaircie... comme toi ! Ni plus. Ni moins.

– Tu veux dire...

– Simplement que j'ai, comme toi, un admirateur inattendu qui vient de se manifester, mais le mien, lui, n'est pas mystérieux.

– Qui est-ce ?

– Essaye de deviner. Je vais t'aider.

– D'accord ! Je t'écoute. Premier indice ?

– C'est quelqu'un que j'ai connu quand il avait dix-sept ans... et moi aussi. Nous fréquentions la même école de dessin.

Je cite à Aline quelques noms de jeunes godelureaux qui tournicotaient à l'époque autour de sa rayonnante innocence. Elle les récuse tous et me donne un deuxième indice :

– Il était laid, petit, adipeux. Avait des bras

anormalement courts, terminés par des mains anormalement longues.

Le nom jaillit de ma mémoire avec une netteté assez surprenante après tant d'années et en sort presque dans un cri :

– Nikos Phidias !

– Alors là... chapeau ! Je ne pensais pas que tu trouverais aussi vite. Tu le connaissais à peine, toi ?

– Oui, je crois que j'ai bavardé juste une ou deux fois avec lui, en t'attendant, mais je m'en souviens très bien. Il s'est présenté comme le frère de Quasimodo, en me disant : « Je suis dépareillé. Comme lui : mon physique ne va pas avec le reste ! »

– Il t'a dit ça ?

– Sûr ! Et autre chose aussi... d'une lucidité extraordinaire... Attends... il faut que je me rappelle exactement... Ah ! ça y est : « Je suis une grenouille enceinte à perpétuité d'un prince charmant ! »

– C'est touchant.

– Pathétique, même. Ça m'avait frappée.

– C'est curieux !

– Quoi ?

– Toi, tu retiens les mots ; moi, les visages et les gestes.

– Ça a toujours été comme ça : toi, tu regardes et, moi, j'écoute.

Et ça continue ! J'écoute Aline avec mon attention habituelle. Je note le sourire dans sa voix quand elle me raconte avec emphase la « genèse de l'affaire Phidias ». Tout a commencé ce matin « aux aurores », quand son galeriste bruxellois, notre copain Benoît, l'a appelée sur son portable pour lui apprendre qu'un de ses anciens amoureux était devenu un de ses nouveaux admirateurs et lui avait acheté... pas un de ses tableaux ! Pas deux ! Mais trois ! Sans même discuter les prix. Ce qui est normal, dans la mesure où il est riche comme... comme les Grecs quand ils se mettent à être riches, mais néanmoins assez rare.

Je note une légère accélération du débit pour la suite des informations :

– Nikos a demandé à Benoît plein de renseignements sur moi : si j'étais mariée ? Où je vivais ? Si j'avais pris la grosse tête ? Si je préparais une nouvelle exposition ? Si je venais souvent à Bruxelles ? Si je voyageais beaucoup ? Et... tiens-toi bien ! si j'allais quelquefois aux Etats-Unis parce que figure-toi que lui... il y habite !

– Tu vas le rencontrer là-bas ?

Aline hausse les épaules et m'assure (je note qu'elle ne le jure pas) qu'il n'en est pas question, que Nikos réside dans une tour d'ivoire en plein Arizona (je note qu'elle s'est renseignée), qu'elle devrait reprendre l'avion ; quitter ses filles ; ses petits-enfants et tout ça, pour quoi ?

Je lui suggère une réponse :

– Pour se rendre compte si avec le temps une grenouille ne peut pas, dans certaines circonstances, accoucher d'un prince charmant.

Je note qu'Aline rit... un peu faux.

Chapitre 11

Nous sommes sur le point de quitter notre chambre à l'hôtel de Roissy. Un dernier coup d'œil sur nos bagages et... la voix d'Aline :

– Ouvre ton « Mac ».

– Mais...

– Tu en crèves d'envie... et moi aussi !

J'affirme à Aline qu'elle se trompe. Que je n'y pensais pas du tout. Que Perdican m'est complètement sorti de la tête. Que je suis sûre de n'avoir aucun mail. Que de toute façon, même s'il y en avait un, j'ai décidé de...

J'ouvre le « Mac ». Il y a un mail. Je joue l'étonnée, puis l'indifférente. Assez mal. Je lis tout haut :

Certains êtres comme les oiseaux ont des poches d'air qui les aident à voler. Vous êtes de ceux-là. Mais les vôtres sont si vastes et si pleines que vous pouvez entraîner dans votre sillage des oiseaux perdus, pelés, éclopés et même, j'en suis la preuve : morts vivants ! Mais oui ! Grâce à votre « merci » – quelle merveille ! Un mot de reconnaissance, à moi qui vous dois déjà tant et qui vais peut-être vous devoir tout. Grâce donc à votre message *M*agique, *E*nergique, *R*apide, *C*lair, *I*nespéré, j'ai réussi à soulever toutes sortes de montagnes et vais m'envoler vers l'opération de l'ultime chance. Je ne veux pas vous dire quand. Non par discrétion. Au contraire : par calcul ! Pour que tous les jours, vous vous disiez que c'est peut-être le bon... ou le mauvais. Soyons clairs : pour que tous les jours vous ayez une pensée pour moi. Fixons une heure : midi, voulez-vous ? heure de votre pays. Pourquoi midi ? Parce que c'est central, comme il est écrit à la page 184 de votre deuxième roman, et qu'en lisant cela, j'ai souri... une seconde. Une seconde de gagnée sur l'angoisse. Alors, d'accord pour notre rendez-vous quotidien interplanétaire et ésotérique à midi ? Répondez-moi juste « oui ». Je vous croirai. Forcément, vous êtes une femme... de parole(s) !

Je ne crois pas pouvoir vous donner d'autres nouvelles avant... disons, avant longtemps. Mais si vous ne deviez plus en recevoir... jamais, vous en seriez prévenue par un ami notaire à qui j'ai confié mes dernières volontés. Jamais cette expression n'aura été plus juste : vous êtes ma dernière volonté.

Et mon dernier rêve.

Entre au revoir et adieu.

Signé « Perdican ».

Je ricane faux et je ne parle pas très juste :

– Il est complètement dingue !

– A mon avis, non ! Il est plutôt malin.

– Malin ?

– Qui plus est, un malin psychologue ou intuitif, qui à travers tes deux livres t'a très bien perçue, captée cinq sur cinq et a trouvé le truc pour retenir ton attention.

– Admettons ! Mais dans quel but ?

Aline ironise sur un ton tragico-comique :

– Pour te rendre folle de curiosité, au point que tu deviennes accro du web, dépendante de ton « Mac », obsédée par ton « mec », dépendante de Perdican, capable de n'importe quoi pour en avoir ta dose !

Bien joué ! En face de cette caricature, je me sens évidemment ridicule de porter le moindre intérêt à ce... dingue – car finalement, c'en est un ! Ou pour le mieux, un de ces spécialistes du canular qui prolifèrent actuellement à la télé. Je ferme mon « Mac » : clac ! Une vraie gifle à Perdican ! Le temps que nous avons perdu avec lui nous oblige à ne plus en perdre, à ne nous occuper que des choses matérielles : les bagages dans l'ascenseur. La note à régler. Les parkings, celui de l'hôtel et celui de l'aéroport. Le billet d'Aline à retirer. L'aire d'embarquement à trouver, d'abord sur les écrans ; ensuite, au bout des interminables couloirs si justement signalés à la « Régente » par sa nouvelle copine. A propos, qui ça peut être ? Pourquoi pas un copain ? Pourquoi pas un autre Perdican ? Et pourquoi pas le même ?

Allons bon ! Heureusement que nous arrivons enfin à destination. Et heureusement, pile à la minute où les passagers pour New York sont invités à se diriger vers la salle de départ. Ainsi, pas de recommandations inutiles du genre : « Regarde le film ! Enlève tes chaussures ! Bois de l'eau ! » Pas d'optimisme de commande : « La météo était bonne ce matin ! » Pas de salut de la main désinvolte comme si on allait se revoir dans une heure. Pas de parole maladroite : Que Dieu te garde ! (Pas trop longtemps !) Mektoub ! Inch Allah ! (Ce n'est pas le moment !) Merde ! Merde ! Merde ! (Ça non plus.)

Rien de tout cela avec Aline. Juste un clin d'œil. Pas besoin de sous-titres : je sais. Et elle sait que je sais.

J'ai à peine tourné le dos que la musique de mon portable éradique toute velléité de mélancolie. C'est Carla. Elle m'a téléphoné tous le jours aux

« Oublières ». La première fois, apprenant mon départ précipité de Waterloo et sa cause, elle s'est montrée aussi discrète que désolée. Par la suite, elle a pris ponctuellement des nouvelles de Clément et a eu la délicatesse d'attendre sa guérison pour me parler affaires. De nos affaires, puisque les miennes dépendent des siennes. Lors de notre conversation, le jour même de l'enterrement de « notre » Dominique (son mari et mon compagnon), nous nous sommes engagées, elle à reprendre la direction des éditions L'Imprévisible, moi à y rester. Dès que j'ai été en mesure de m'y intéresser, elle m'a tenue au courant de ses projets de restructuration, de son obligation d'ouvrir son capital à un commanditaire, et du contact qu'elle avait eu avec le premier qui s'était présenté. En vérité le seul. Contact assez rugueux qui l'avait poussée à recourir aux services d'avocats plus rompus qu'elle à ce genre d'exercice. Les négociations étaient en cours et elle souhaitait me tenir au courant de vive voix, quand je passerais en coup de vent à Paris, entre la Vendée et Waterloo. J'avais eu beau lui dire que ces tractations ne me regardaient en rien et qu'en outre je n'avais aucune compétence en la matière, elle avait insisté pour que nous nous rencontrions... ne serait-ce qu'à titre amical. A ce titre-là, je ne pouvais refuser et nous étions convenues que je la retrouverais vers 13 heures au siège de ses éditions, derrière l'église Saint-Sulpice.

Présentement, au bout de son sans-fil, elle me fixe un autre lieu de rendez-vous : un bistrot derrière l'église de la Madeleine :

– Pour toi, c'est pareil, ajoute-t-elle en riant, tu seras à pied d'œuvre si tu veux mettre un cierge à sainte Carla !

Je n'ai pas le temps de lui répondre que sainte Carla aurait pu lui inspirer un autre endroit que la cantine préférée de mon mari. Elle a tout de suite coupé la communication.

Je la retrouve donc au restaurant « Vite et Bon » qui, respectant son enseigne, est surpeuplé. Cependant, Carla y occupe une table d'angle, réservée à la clientèle privilégiée. Je m'en étonne. Elle m'explique que ce n'est pas elle qui l'a retenue, mais une habituée de l'établissement. Une brusque intuition me pousse à demander :

– Lorraine Lorin ?

Carla lève un pouce approbatif :

– C'est ce qui s'appelle entrer dans le vif du sujet.

– Ah bon ? Parce que c'est elle qui va être notre sujet de conversation ?

– Pas le seul ! On va parler de toi aussi. On va même commencer par ça.

– Non, merci ! Moi, je connais. Ça ne m'intéresse pas. Tandis que Lorraine...

– Alors...

On commande le même plat unique. La même eau minérale et Carla joue immédiatement cartes sur table :

– C'est elle que j'ai engagée pour me seconder dans mes négociations avec mon commanditaire. J'aurais souhaité te demander si tu n'y voyais pas d'inconvénient, mais étant donné les circonstances...

– Tu n'avais aucune raison de me consulter. Je n'ai pas à me mêler de ta gestion ou du choix de tes collaborateurs.

– Là, c'est un peu spécial : Lorraine est quand même...

– La maîtresse... pardon : la copine de mon mari.

– Ben oui...

– Mais comme je l'ai quitté il y a deux ans...

– Elle l'a été avant, tu le sais très bien, et tu pourrais avoir gardé de cette époque-là une certaine rancœur contre elle.

– Du tout ! Elle ne t'a pas dit que nous nous étions rencontrées chez les Bruggen ?

– Si ! Et que vous aviez sympathisé.

– Alors, ça aurait dû te rassurer.

– Elle aurait pu mentir.

– A priori, ce n'est pas son genre.

Carla m'approuve moins fermement que je m'y attendais et enchaîne aussitôt sur les indiscutables qualités professionnelles de Lorraine. Celles-là même que Pierre avait tout de suite repérées lorsqu'elle était venue, en quête d'emploi, se présenter à son étude avec une franchise justement décoiffante. Il y a presque une dizaine d'années de cela. Aujourd'hui c'est sûrement Carla qui a sollicité ses services, mais...

– Comment l'as-tu connue ?

– Par Dominique.

Allons bon ! Ce prénom souffle sur mes braises, qui du coup étouffent ma voix :

– Et lui ? Comment la connaissait-il ?

– Par ton confrère en best-sellers à L'Imprévisible. C'est elle qui a discuté pied à pied son contrat avec Dominique et lui a arraché des conditions inespérées pour son client. Il était soufflé par la façon dont elle l'avait roulé dans la farine. Presque admiratif.

Bien entendu, mes andouilles de braises se remettent à rougeoyer :

– Il a couché avec elle ?

– Non.

– Mais il a essayé ?

– Oui.
– C’est elle qui n’a pas voulu ?
– Oui.
– Il ne lui plaisait pas ?
– Si !
– Alors pourquoi ?
– C’est une histoire un peu compliquée qu’elle souhaiterait te raconter elle-même, en tête à tête et au plus vite. Après le déjeuner, par exemple, à son bureau.
– Communiquant avec celui de Pierre ?
– Il n’est pas là. Il est parti en thalasso avec son ami François Bourdin pour trois jours.
– Bravo ! Belle organisation : toi qui changes le lieu de notre rendez-vous au dernier moment, histoire de me rapprocher de Lorraine ; Pierre qui exceptionnellement commence son week-end le vendredi ; le nom de Dominique qui tombe comme par hasard dans la conversation...
– Rien ne t’oblige à aller voir Lorraine.
– Non, rien. Sinon ma curiosité qui ne me laissera pas en paix avant d’être satisfaite.
– J’en conclus ?
– Que nous allons déjeuner très vite !
Moins vite pourtant que je ne l’espérais... à cause de nos brochettes de langoustines grillées, servies comme il se doit brûlantes et dont le décorticage difficile nous laisse le temps de bavarder. Ainsi, j’apprends que Carla, installée provisoirement dans une minuscule pièce des éditions, ne supporte plus son campement et rêve d’un appartement offrant un juste rapport qualité-prix... exactement comme Lorraine ! Si bien que les Cha-Cha, alertés par leur copine, prospectent à la fois pour elle et pour Carla. Jusque-là, leurs recherches ont été vaines. Alors, Lorraine et Carla, ayant les

mêmes goûts et le même budget, envisagent d'habiter ensemble dans un appartement assez grand, dont elles partageraient la location. La vérité m'apparaît alors lumineuse : Lorraine avait convoité notre appartement de l'avenue Duquesne pour elle et Carla. Cette dernière ne me contredit que partiellement :

– Lorraine a bien pensé à cette solution. Elle y pense encore mais avec moins d'enthousiasme depuis qu'elle a visité l'appartement.

– Il ne lui plaît pas ?

– Si ! Mais d'une part, elle le trouve un peu grand pour nous deux, d'autre part, un peu trop...

– Bon chic, bon genre ?

– Voilà ! Un peu...

– Bourge ?

– Elle n'a pas été jusque-là.

– Moi, si !

– Ah bon ? Mais pourtant...

– Les goûts changent...

– Bien sûr !

– Et moi-même, si pour une raison ou une autre je m'y réinstallais, j'en changerais la décoration et même peut-être l'ordonnance des pièces.

– Vraiment ?

– Tu l'as visité, toi ?

– Non ! Je n'en ai pas eu le temps.

– C'est dommage ! J'aurais bien aimé avoir ton avis.

Je ne suis pas innocente en disant cela : une idée vient de me passer par la tête : séparer l'appartement en deux et l'agencer de façon à y vivre ensemble mais séparément : Carla et Lorraine d'un côté. Aline et moi de l'autre. J'expose mon projet à Carla, comme s'il s'agissait d'une plaisanterie, d'une pure divagation de mon imagination. Mais elle le prend très au sérieux. Et avec un emballement qui à la fois me réjouit et me désarçonne, me dit :

– Il faut absolument que tu en parles à Lorraine !

– Aujourd'hui ?

Elle hésite avant de me répondre :

– Oui... si toutefois tu as encore envie de voisiner avec elle, à l'issue de votre conversation.

– Pourquoi ? Elle a des choses tellement désagréables à me raconter ?

Je sens Carla désolée de ne pouvoir que soupirer :

– Pas forcément... A toi de juger.

Chapitre 12

Un peu mal à l'aise, je sonne à la porte du cabinet de mon mari. Un peu contractée, Lorraine me l'ouvre. Subitement nos visages se détendent.

Je dis :

– Tiens ! Vous avez changé votre couleur de cheveux.

Elle dit :

– Ah ! vous aussi !

Ensemble, nous disons :

– Ça vous va mieux !

La femme sera toujours la femme !

Ça, on ne le dit pas, mais on pourrait, car entre nous, vous imaginez deux hommes – qui plus est, époux et amant d'une même femme – à l'instant d'un contact difficile, échanger ce dialogue :

L'un :

– Tiens ! Vous avez coupé votre moustache !

L'autre :

– Vous aussi !

Ensemble :

– Ça vous va mieux !

Moi, en tout cas, je ne l'imagine pas. Pourtant, quand passent à la télé certains chanteurs avec le poitrail au vent, le sexe en offrande, la voix en irruption et le sourire de fauve en vitrine, mais la chevelure abondamment garnie de mèches décolorées, je ne manque pas de les imaginer aussitôt chez le coiffeur, hérissés de papillotes argentées et s'inquiétant auprès de M. Camille, le coloriste, si le résultat final va être celui qu'ils escomptent : un blond viril de sportif suédois !

C'est le blond de Lorraine, celui de son enfance sans doute, qui avec les années avait viré au châtain terne. Ses cheveux sont juste assez longs pour être assemblés à l'arrière dans une grosse barrette en écaille : pas un poil ne dépasse. Son visage a assez de personnalité pour négliger les artifices : pas un pouce de maquillage. Son corps est assez jeune pour supporter les vêtements moulants : pas un pli à la taille... ni à la jupe ! C'est de l'infroissable, cette fille-là ! Elle me fait entrer dans son bureau. Sans surprise, je le découvre à son image « clean ». Un détail accroche mon regard : le plaid en fausse panthère étalé – sans un pli évidemment – sur le dossier du canapé. J'avais le même dans ma chambre de l'avenue Duquesne : un cadeau de Pierre, qui comme d'habitude ne correspondait ni à mes goûts ni à mes envies et que j'ai laissé en partant. Lui aurait-il donné ? Je ne pose pas la question à Lorraine, mais elle doit la lire dans mes yeux car elle y répond :

– Je sais que vous avez le même, mais ce n'est pas votre mari qui me l'a offert. C'est Me Dupin, le troisième avocat du cabinet qui vient régulièrement ici s'extasier sur la qualité de sa « couvrante pour safari du pauvre », appellation de notre secrétaire bilingue qui n'apprécie pas plus que moi la « chiotte-fashion » de notre collaborateur !

– Je n'apprécie pas davantage.

– Le contraire m'aurait étonnée. Je ne connais pas un homme qui offre aux femmes ce qu'elles attendent.

– Moi non plus : bonbons ou bijoux, ils tombent toujours à côté.

– Et dans l'impunité totale : les femmes les ayant bêtement persuadés que la façon de donner vaut mieux que ce qu'on donne.

Cette phrase me rappelle quelque chose : mais quoi ? C'est Lorraine qui me renseigne :

– Vous avez écrit ça dans votre dernier livre.

– Ah oui ! C'est juste. Vous l'avez lu ?

– Oui. Le premier aussi. J'ai beaucoup aimé les deux. J'espère avoir l'occasion de vous en reparler, mais maintenant je préférerais aborder le véritable objet – moins plaisant – de notre rencontre.

– Moi aussi.

Lorraine m'invite à m'asseoir. Pendant qu'elle s'installe à son bureau, je remarque les casiers de rangement qui sont derrière elle. Protégés de la poussière par des vitres coulissantes, les dossiers y sont alignés en piles de différentes couleurs, mais la même pour chaque pile. Lorraine répondant de nouveau à mon regard curieux et non à une question posée m'apprend que, pour elle, toutes les couleurs ont une signification particulière et que leur choix pour tel ou tel dossier n'est pas gratuit. Ainsi le rose est réservé aux clients agréables ; le rouge aux colériques ; le mauve aux ressortissants du troisième âge ; le noir aux pessimistes ; le bleu ciel aux optimistes ; le bleu-vert aux indécis ; le vert tendre aux naïfs ; le fuchsia aux emmerdeurs parce qu'elle déteste le fuchsia ; le beige aux hypersociables, parce que le beige ça va avec tout !

Je suis très frappée par la coïncidence : dans mon carnet d'adresses personnelles, je n'ai pas classé les noms par ordre alphabétique comme il se doit, mais par les qualités ou les défauts de ceux qui les portent. C'est ainsi que je suis sûre de retrouver les insipides ou les imbéciles au « I », les gais, les gourmands ou les gentils au « G » et les quatorzième à table au « Q ». Je viens d'expliquer à Lorraine mon classement si proche dans l'idée du sien et n'hésite pas à conclure :

– C'est incroyable !

– Pas vraiment ! Pierre m'avait parlé avec admiration de votre carnet d'adresses et j'ai voulu immédiatement adopter votre système à mon travail. Ce qui prouve quand même que nous avons un point commun.

Je rectifie avec un sourire grand siècle :

– Au moins deux... si on compte mon mari !

Lorraine acquiesce, la mine encombrée d'excuses que je m'empresse de balayer avec cette question, brute de décoffrage :

– Pierre vous parle souvent de moi ?

– Uniquement depuis que vous l'avez quitté. Et uniquement pour chanter vos louanges. A propos de tout et de rien.

– J'en suis désolée pour vous.

– Ne le soyez pas. Vous le savez sans doute, j'ai toujours entretenu avec votre mari des relations beaucoup plus amicales qu'amoureuses.

– Oui, je sais.

– C'est donc en amie, exclusivement, que je l'écoutais. Tour à tour en amie intéressée parce que votre histoire à vous, Agnès de Cormantin, et celle de vos trente-quatre ans de mariage sont riches d'enseignement..., et puis en amie inquiète.

– Inquiète ?

– Oui, après votre séparation, Pierre n'était plus dans son état normal. Il passait sans arrêt de l'exaltation en pensant à vous, à la haine en pensant à Domani ; de l'abattement en imaginant son avenir solitaire, à la rage en imaginant le vôtre... trop bien rempli.

– Jamais je ne l'aurais cru capable de tels excès.

– Moi non plus ! C'est pourquoi je m'inquiétais. Et le jour où je l'ai vu, de mes yeux vu, se taper physiquement la tête contre les murs en se traitant de con, je me suis dit qu'il était grand temps d'agir. Fermement. Jusque-là, nous nous étions relayés, son ami François Bourdin, ses copains les « Cha Cha » et moi-même, pour l'exhorter au calme, pour le distraire, l'entourer d'attentions, le forcer à sortir. Il m'est apparu évident que ça ne suffisait plus ; qu'il fallait trouver autre chose. Mais quoi ?

Lorraine vient de me planter son interrogation en plein dans les yeux et maintenant c'est au bout de son index, raide comme la justice, qu'elle m'en plante une autre :

– Vous qui êtes romancière, quel scénario auriez-vous inventé ?

Après une courte réflexion, j'avoue mon incapacité à répondre. Elle insiste :

– Compte tenu que l'obsession de Pierre était de vous récupérer, quelle est la première idée qui vous serait venue à l'esprit ?

La romancière prenant le pas sur la femme, ma réponse fuse immédiatement :

– Me séparer de Domani !

– D'accord. Et comment ?

– En lui envoyant l'éternelle pomme de la tentation.

– Evidemment ! Mais sans oublier que Domani avait autour de lui tout un tas de ces pommes... très appétissantes, qui ne demandaient qu'à être cueillies, et à son domicile, une superpomme...

– Un peu mûre.

– Disons... plus mûre, mais aussi beaucoup plus juteuse à tous points de vue, une pomme qu'il appréciait au plus haut point.

Prise au jeu, je poursuis comme s'il s'agissait d'une histoire qui ne me concernait pas :

– D'où la nécessité de lui expédier une pomme susceptible d'entrer en concurrence, sur tous les plans, avec l'autre, de la dévaloriser et de prendre sa place.

– Gagné !

Dans un sens, oui : la romancière a gagné. Le scénario est bouclé et pour en jouer le rôle clé, un nom s'impose : il sort davantage de ma tête que de mon cœur et je le prononce presque amusée :

– Ruth ?

– Oui ! Le stylo et les fesses ! La tête et les jambes ! Sans compter la manière de s'en servir...

– Où avez-vous déniché cet oiseau rare ?

– Pas si rare que ça dans ce cas précis puisque la tête n'appartient pas aux jambes et le stylo est étranger aux fesses.

– Vous voulez dire qu'il ne s'agit pas d'une seule personne mais de deux ?

– Oui. Ruth est un montage que j'ai réalisé sur le principe de Cyrano de Bergerac, à ces différences près que le beau Christian est une jolie fille et que la plume de Cyrano n'est pas romantique mais salace !

Je remarque au passage que Lorraine a qualifié la prose de Ruth de « salace » comme moi et non d'« érotique » comme Domani. Brève satisfaction qui s'efface devant le visage soudain grave de cette ex-rivale qui m'est de plus en plus sympathique :

– Mon idée était bonne, me dit-elle. Elle a sûrement sauvé Pierre, mais elle a tué Domani.

– Ce n'est pas votre faute, mais celle de l'« imprévisible » comme toujours.

– J'en ai été l'instrument.

– Involontaire...

– Soit ! Mais ça ne m'empêche pas de culpabiliser. Surtout quand je pense que Ruth aurait pu aussi être tuée dans l'accident.

– Pourquoi surtout ?

– Parce que Ruth, c'est ma sœur... et mon frère !

Un rocher vient de tomber dans mon lac. A la fois consternée, stupéfaite, incrédule, amusée. Je suis incapable d'exprimer en mots la diversité de mes sentiments. Heureusement Lorraine la lit sans difficulté sur mon visage et la comprend :

– Vous êtes bien placée pour savoir que la littérature n'a pas le monopole du « vrai qui peut parfois n'être pas vraisemblable ». Dans la vie aussi, il y a des vérités... incroyables.

– Comme la vôtre.

– Effectivement ! Et encore...

– Quoi ?

– Vous n'en connaissez qu'une partie !

– Vous avez autre chose à m'apprendre ?

– Oh oui !

Cette affirmation puissamment exclamative me laisse présager que le plus dur est à venir. Je ne me trompe pas. Lorraine me confirme ce qui était déjà pour moi une évidence : dans le personnage de Ruth inventé par elle, son frère, c'est la tête et le stylo. Sa sœur, les jambes et les fesses. Cela posé, Lorraine entre dans les détails : elle est leur aînée à tous les deux. De sept ans pour le premier. De neuf ans pour la seconde. Dans un schéma classique, elle a été la grande sœur protectrice, en complément bien nécessaire d'une mère trop ravissante pour l'emploi et d'un père avocat à Lille qui, comme Pierre, s'intéressait beaucoup plus à sa carrière qu'à son foyer. Lorraine, travailleuse et ambitieuse comme lui, n'a pas hésité, ses études de droit terminées, à quitter la maison familiale près de Hardelot et les deux « petits » – la fille de quatorze ans et le garçon de seize. Livrés quasiment à eux-mêmes, entre une mère en pleine idylle extra-conjugale et un père en pleine effervescence professionnelle, la fille eut tout loisir d'étudier l'influence de ses charmes sur les garçons, d'en peaufiner le mécanisme et d'en constater les résultats. Bref, de devenir ce qui aurait été au temps de nos rois une courtisane de haute volée et ce qui est de nos jours une « escort girl à CDD (d'une nuit à un mois) ». Quant au garçon, gueule d'ange et cœur pur, aussi révolté par les frivolités dispendieuses de sa mère que par l'âpreté laborieuse de son père, il cherche une échappatoire dans la musique et la littérature. Doué pour l'une comme pour l'autre, il échoua dans les deux domaines. D'après lui parce qu'il ne tombait que sur des cons ou des magouilleurs ; d'après Lorraine parce qu'il se refusait à la moindre concession. Il lui en voulut d'abord de cette opinion ; lui en voulut ensuite de ne pas le présenter à tous les auteurs, artistes, éditeurs dont elle était l'avocat ; en voulut à ses parents, à ses amis, à la terre entière de ne pas reconnaître son génie et jeta ses rancœurs à la mer sur un rafiot, racheté pour trois bouchées de « shit » à un dealer en difficulté... grâce à l'argent de sa jeune sœur ou plutôt à celui du vieux friqué qu'elle fréquentait à l'époque. Il a bourlingué de port en port, d'aventure en aventure, s'est enrichi d'expériences diverses qu'il a consignées dans un journal de bord. Une fois ou deux par an, il faisait escale à Boulogne ou à Calais et s'arrangeait pour voir ses deux sœurs. Pas seulement pour leur « emprunter » – il tenait à ce terme et à le justifier par un papier – des sommes à valoir sur sa future part d'héritage. Non, il n'était pas intéressé. Il les voyait parce qu'elles étaient sa seule famille, ses seuls points d'ancrage et que tout simplement il les aimait bien. Lorraine pour sa franchise et sa rigueur; l'autre pour son insatiable appétit de vivre. C'est lors de l'une de ces escales qu'il confia à Lorraine son journal de bord : plus de mille pages écrites à la main au jour le jour pendant six ans. Il lui confia en même temps une nouvelle qui lui tenait autant à cœur que son manuscrit : il était amoureux. Lorraine me précise la date de ce double événement :

– Cela s'est passé la veille du jour où votre amie Aline Bruggen – ex-Bourdin – et vous-même, Agnès de Cormantin – épouse Pierre Cazeaux –, vous étiez les héroïnes d'une fête astucieusement organisée par Domani, à la fois pour la première exposition des tableaux de votre amie et pour la sortie de votre premier roman. Vous vous en souvenez, je pense, bien qu'il y ait un peu plus de deux ans de cela ?

– Bien sûr, c'était le dimanche 12 mai, le jour de la fête des Mères. Un de ces jours charnières où soudain la vie pivote.

– Vous en avez été conscientes toutes les deux, que vos vies pivotaient ?

– Sur le plan professionnel, oui, toutes les deux nous avons entendu sous les politesses ou les flatteries des invités présents le bruissement délicieux du succès.

– Et sur le plan affectif ?

– En ce qui me concerne, oui. J'ai senti que mon attirance de plus en plus évidente pour Domani risquait de m'entraîner assez vite à une rupture avec mon mari.

– Et en ce qui concerne Aline ?

– Sa vie à elle avait déjà pivoté... depuis qu'elle avait investi la forteresse de Bruggen et conquis de haute lutte l'amitié de Daphné, en cosignant avec elle tous les tableaux de cette fameuse exposition.

Lorraine m'a écoutée avec une attention soutenue, disproportionnée par rapport au sujet. Elle se mord les lèvres. Manipule un porte-mine en bois : manifestement, elle hésite à me dire quelque chose. Mais quoi ? Sûrement pas ce que j'entends :

– Voudriez-vous une tasse de thé ? Un verre d'eau ? Ou un whisky ?

– Non. Je voudrais uniquement savoir ce que vous me cachez et qui est probablement le véritable objet de notre rencontre.

– Exact !

– Alors ?

Avec la voix volontairement neutre des présentateurs des journaux télévisés, Lorraine me lance l'un après l'autre les titres des principales informations.

La première :

– Ma sœur s'appelle Agathe. C'est elle qui vous a enlevé Domani.

Crac ! Un voile se déchire : je viens de comprendre les dérobades de Carla à Waterloo, à propos de « Ruth ». Elle considérait ce personnage fictif comme la propriété privée de Lorraine : entrée interdite, sous peine de...

Deuxième information :

– Mon frère s'appelle Robinson.

Troisième information :

– La fille dont il est tombé amoureux et qu'il a épousée c'est Daphné.

Dernière information :

– Ce sont Robinson et Daphné qui ont envahi sans ménagement la maison de votre amie Aline.

Toutes ces nouvelles tournent dans ma tête comme les boules numérotées dans la cage ronde du Loto. Et puis la tête s'arrête. Une phrase tombe :

– Finalement, je prendrais bien un whisky !

Chapitre 13

Lorraine a terminé son long bulletin d'informations. Moi, mon whisky.

– Voilà, me dit-elle, vous savez tout.

C'est sûrement vrai : je sais tout. Mais je n'ai pas tout assimilé. Alors, pour mon usage personnel, je me repasse les principales nouvelles :

Robinson a pour Daphné un amour profond et désintéressé. Epris de justice, il a été d'abord touché par l'injustice de la vie envers la jeune femme, sourde et muette de naissance. Ensuite, il a admiré ses efforts tenaces pour s'en sortir, s'imposer comme styliste et s'assumer seule à Bruxelles où il l'a rencontrée par hasard.

Révolté contre la société, Robinson a partagé d'emblée l'antipathie viscérale de Daphné pour cette « bourge d'Aline » qui lui avait volé son père et en conséquence, comme elle, avait minimisé le rôle primordial que la « bourge » avait joué dans sa réinsertion.

Artiste et marginal de nature, il avait été séduit par le monde du silence où Daphné évoluait et par la poésie du langage des signes qu'il avait maîtrisé en un temps record.

Bon ! Ça, c'est clair. C'est imprimé. Voyons la suite :

Agathe, la sœur de Lorraine, à l'approche de la trentaine, commence à être fatiguée par sa vie tumultueuse, incertaine, faussement facile. Elle rêve d'un prince charmant légitime, mais bien sûr argenté, parce que à la longue l'argent a fini par créer chez elle une espèce de dépendance et qu'elle aurait du mal à s'en passer.

Parallèlement, Robinson est fatigué, lui, de ses errances et rêve d'une chaumière et d'un cœur. Le cœur, il l'a trouvé en la personne de Daphné. Manque la chaumière. C'est-à-dire l'argent pour l'acheter. C'est-à-dire un moyen d'en gagner.

A partir de ces données, Lorraine imagine le plan qui devait résoudre non seulement le problème d'Agathe et de Robinson, mais aussi celui de mon mari : parachuter dans la vie de Domani, Ruth, créature doublement de rêve, qui allierait la sensuelle beauté de Messaline-Agathe et la plume talentueuse de Sade-Robinson. Grâce à Ruth, Domani me quitterait. Pierre retrouverait l'espoir de me récupérer. Robinson se paierait sa chaumière. Agathe, via la promotion télé, dénicherait son fiancé milliardaire et Lorraine... quoi Lorraine ?

– Quel bénéfice personnel escomptiez-vous de cette opération ?

– D'une part, sortir mon frère et ma sœur d'une ornière où je souffrais de les voir s'enliser un peu plus chaque jour. D'autre part, j'espérais redonner un peu de sérénité et d'espoir à Pierre qui, comme je vous l'ai laissé entendre, sombrait dans la dépression grave.

– Je ne vous aurais pas crue aussi altruiste !

– Je ne le suis pas. Aider des proches à devenir moins malheureux et, de ce fait, les rendre plus détendus, plus agréables à fréquenter, c'est du pur égoïsme.

– C'est drôle, dans mon enfance, ma mère me disait la même chose et me citait à ce propos les vers de je ne sais plus quel poète.

Je suis en train de les chercher quand soudain Lorraine me les souffle :

– *Allez, rien n'est meilleur à l'âme*
Que de faire une âme moins triste.

J'ai dû malgré moi montrer un certain étonnement car Lorraine juge utile de s'expliquer :

– C'est le refrain préféré de mon frère. Comme qui dirait son « gimmick ».

Là encore, je dois avoir l'air étonné, car Lorraine insiste :

– Robinson est un type bien. Très bien même.

– Excusez-moi, mais la clôture en barbelés qu'il a installée de nuit à Waterloo pour marquer son tout nouveau territoire ne plaide pas vraiment en sa faveur.

– Je le reconnais, mais il a des circonstances atténuantes : il a agi sous l'influence de Daphné qui accusait Aline d'avoir provoqué la mort de son père par une overdose de Viagra et, en plus, de ne pas l'en avoir prévenue tout de suite.

– Ce n'est pas sa faute ! Aline a mis deux jours avant de trouver le numéro du portable de Robinson, collé sous le socle d'une statuette de la Vierge ! Et quand elle l'a trouvé, il lui a encore fallu deux jours avant de joindre Robinson, plus exactement avant de pouvoir lui laisser un message... auquel il n'a même pas répondu. D'où son étonnement lorsque Aline l'a vu avec Daphné à l'enterrement de Vincent Bruggen. J'ai été témoin de tout cela. Vous pouvez, vous devez me croire.

– Je vous crois. Et je vous promets de convaincre Robinson qu'il se trompe sur le silence d'Aline.

– Et sur sa responsabilité dans l'overdose de Viagra qui en réalité...

– Ça, je suis au courant... par Carla qui, elle... était au courant par Domani qui, lui... était au courant par l'intéressé en personne.

– Tant mieux ! Je déteste les injustices en général bien sûr, mais la haine de Daphné pour Aline, conditionnant celle de votre frère, me paraît particulièrement odieuse. Et je vous serais vraiment très reconnaissante si vous réussissiez à les rendre tous les deux un peu plus clairvoyants. Même si, ni Aline ni moi ne devons plus jamais les rencontrer.

– Je pense que ce ne sera pas le cas. Du moins en ce qui concerne ma sœur et vous.

– Pourquoi ?

– Vous allez avoir le même éditeur.

– Carla ?

– Bien entendu. En tant qu'héritière de Domani, elle est liée par le contrat qu'il avait signé à Ruth, représentée par ma sœur Agathe.

– Mais ce contrat, elle l'avait signé sous quel nom ?

– Le sien : Agathe Astier.

– Comment ? Elle ne s'appelle pas Lorin comme vous ?

– Non, Lorin c'est le nom de mon mari. C'est même une des raisons pour lesquelles je l'ai épousé. Lorraine Lorin, je trouvais que ça se retenait facilement.

Sous le coup de la surprise, je lui pose cette question absurde :

– Pierre sait que vous êtes mariée ?

– Forcément ! C'était stipulé et même souligné sur le CV que je lui ai présenté en lui proposant mes services : Mariée. Séparée. Vivant seule. Sans enfant.

– Tout pour plaire, en somme !

– A votre mari, oui. Au mien, non. Il aurait voulu fonder une famille.

– Et pas vous ?

– Non.

– Vous n'aimez pas les enfants ?

– Ceux des autres, oui... enfin quelquefois ! Et puis je me suis toujours un peu considérée comme la mère de mes frère et sœur. Je m'en sens moralement responsable.

– D'où votre désir de les aider à changer le cap de leur existence.

– D'où mon espoir de voir le *Soliloque du phallus* obtenir assez de succès pour leur permettre de poursuivre dans cette voie-là.

– Vous avez dit « leur » permettre : vous avez donc l'intention de conserver le personnage virtuel de Ruth ?

– Oui : le physique d'Agathe assurant la promotion du talent de Robinson.

– Vous pensez que votre frère va accepter ce rôle de nègre ignoré ?

– Il en est ravi et compte bien rester dans l'ombre... au moins tant qu'il s'agira d'écrire pour Ruth.

– Dois-je en conclure qu'il n'apprécie pas sa propre prose ?

– Pas vraiment, en effet. Il considère son livre comme un pastiche. Rien de plus. Il lui préfère de beaucoup son *Journal de bord*.

– Vous l'avez lu ?

– Oui... C'est la brocante d'un cœur désordonné. Il faut avoir la patience d'y fouiller longtemps pour trouver une « jolie perle de culture » ou un « bonheur du jour » bien policé.

– Ça serait joli comme titre : *La Brocante du cœur*.

– C'est vrai. Ça vous amuserait de le lire ?

– Moi oui, beaucoup. Mais lui, ça ne l'amuserait sûrement pas que je le lise. Il doit m'avoir classée, comme Aline, dans les bourges indécrottables.

– Pour le moment, oui, mais je vais très vite plaider pour votre réhabilitation à toutes les deux et je suis certaine de gagner le procès. D'abord auprès de lui. Ensuite, auprès d'Agathe. Quant à Daphné... Robinson s'en chargera.

– J'en serais ravie, mais...

– Quoi ?

– Vous ne pourriez pas, par hasard, plaider tout de suite ma cause par téléphone ?

– Pourquoi me demandez-vous cela ?

– Parce que, en sortant d'ici, je vais partir pour Waterloo ; que ce voyage dont le seul but est de liquider deux ans de ma vie... pour solde de tout compte, m'est déjà assez pénible et que l'idée de voisiner avec une, deux ou trois personnes qui me haïssent ou me méprisent me le rend encore plus désagréable.

– Je comprends.

En effet, elle comprend si bien et si vite qu'après avoir constaté sur son agenda qu'elle n'avait plus qu'un rendez-vous à 17 heures 30, elle téléphone à son frère pour lui annoncer son arrivée à Waterloo dans la soirée et son intention de mettre quelques petites choses au point.

A peine a-t-elle raccroché son téléphone de bureau que son portable sonne. Elle regarde le numéro qui s'est inscrit sur le cadran, prend la communication, répond à l'économie : « Oui... oui... oui... », puis sourit avec de plus en plus de gaieté, jusqu'à éclater de rire en reposant l'appareil.

– C'était Carla, me dit Lorraine. Elle est en bas. Elle n'osait pas monter. Elle pensait qu'on était en train de se crêper le chignon et craignait de nous déranger ou de se retrouver comme arbitre entre nous !

Au premier coup d'œil, Carla est rassurée : sur le visage de Lorraine comme sur le mien tous les signes d'une entente plus que cordiale, presque amicale, sont évidents.

– Décidément, s'écrie Carla, en cinglant vers le bureau de Lorraine, c'est un jour avec !

Pour Carla, il y a les jours « avec »... avec tout ce qui marche : les feux au vert ; les gens au bout du fil ; les nœuds qui se dénouent. Et puis les jours « sans »... sans rien qui va : les feux au rouge ; les répondeurs ; les « pas libre » ; les crottes de chiens ; de chats ; de pigeons ; les crottes de crottes. Et puis il y a la plupart des jours où alternent les « sans » et les « avec », en quantités variables. Mais aujourd'hui, Carla est formelle : c'est un jour « avec ».

– Je n'ai pas osé te le dire pendant notre déjeuner, m'avoue-t-elle, radieuse, mais j'avais eu une matinée très prometteuse, commercialement parlant...

– Concernant, je suppose, le livre de... Ruth ?

– Oui ! Selon la méthode Domani, j'avais lancé des bruits qui sont arrivés jusqu'aux oreilles des journalistes. Trois m'ont appelée pour avoir l'exclusivité de sa première interview.

– Déjà ! Mais quand paraît le livre ?

– En septembre ! C'est inespéré, mais ce n'est pas tout. Ce matin, la maquettiste est venue m'apporter la couverture qu'elle avait imaginée pour le livre.

– Et alors ?

– Une vraie réussite. Tout ce que je souhaitais : accrocheuse mais pas vulgaire !

Après ce démarrage euphorisant, la journée de Carla s'est poursuivie par notre déjeuner, beaucoup plus détendu qu'elle ne le redoutait, et s'est terminée par un projet qui l'enchante : aller visiter l'appartement de l'avenue Duquesne. Dynamisée par tous ces « avec », Carla a décidé de s'offrir une virée dans les grands magasins.

Les dieux de la chance l'y ont encore accompagnée. Elle a déniché le maillot de bain de ses rêves... en promotion ! Un paréo divin... en solde ! Un peignoir génial... le seul qui restait en rayon ! Des tongs introuvables... que la vendeuse est allée chercher dans la réserve !

Pas plus adultes que Carla, Lorraine et moi demandons à voir ces trésors balnéaires. Deux secondes plus tard, les voilà étalés sur la moquette. Nous sommes à bureau-plage. Pour un peu, on sentirait l'air de la mer. Tout naturellement on en vient à évoquer nos futures vacances. Aucune de nous trois n'a de projet ferme et définitif. Comment en avoir avec ce fichu « imprévisible » qui se révèle gentil complice ou ennemi juré, selon les jours, selon les heures ? Nous nous contentons d'espérer. Donc...

Lorraine espère partir avec une bande de célibataires – tous sexes confondus – dans un club de vacances.

Carla, elle, espère que les travaux de rénovation dans sa maison d'édition seront terminés et qu'elle pourra aller picorer çà et là quelques moments de détente avec l'un ou l'autre de ses « intermittents de la bagatelle » – qu'elle appelle également avec attendrissement ses « Findus », les assimilant ainsi à ces produits surgelés que l'on garde en réserve pour les jours de pénurie... ou les petits creux.

Quant à moi, dès que j'aurai réglé mes affaires en Belgique, j'espère me remettre au travail.

– J'y compte bien, s'écrie Carla, mais où ?

– Ça dépendra du temps et de mon humeur... Soit aux « Oublières », soit à Paris, dans mon appartement.

Carla saute sur l'occasion :

– Si on allait le visiter ?

J'adhère avec enthousiasme à cette proposition. Lorraine la refuse à regret : elle a son rendez-vous de 17 heures 30 avec un client qu'elle ne peut... hélas... Le téléphone sonne. Le client se décommande.

– Elle a raison, Carla, c'est un jour « avec » !

Chapitre 14

Ça continue !

Dans ma voiture, au moment où je vais démarrer, Lorraine à côté de moi pose son bras sur le mien :

– Je ne veux pas vous mentir, me dit-elle, j'ai déjà visité l'appartement avec Pierre.

– Je sais et je sais ce que vous en pensez.

Sûre de ma source de renseignements, Lorraine se retourne sur Carla et lui reproche son indiscrétion avec un sourire indulgent. Carla esquisse, elle, un sourire faussement coupable et me tape sur l'épaule :

– Puisqu'on en est à l'heure de vérité, autant t'avouer tout de suite qu'après notre déjeuner, j'ai téléphoné à Lorraine pour lui apprendre, sous le sceau du secret bien sûr, ton idée de cohabitation à quatre.

J'éclate de rire. Carla soulagée en fait autant. Lorraine tire la leçon de notre « déballage » à retardement :

– Dans notre intérêt commun, je crois que nous devrions à l'avenir éviter les cachotteries.

Moi, je m'y engage avec enthousiasme. Carla avec réticence :

– Il y a quand même des fois où...

D'une seule voix, Lorraine et moi tranchons la suite d'un « non » sans appel. Carla ironise sur nos exigeantes franchises, nous rappelant que depuis une dizaine d'années nous nous mentons mutuellement par omission, gardant de part et d'autre un silence complet sur Pierre, notre dénominateur commun. Je plaide pour nous deux « non coupables » :

– Nous ne nous connaissions pas.

– Mais maintenant, poursuit Lorraine, je me fais un devoir et une joie de dire à Agnès que je n'ai plus et que je n'aurai plus avec son mari que des relations strictement amicales... et professionnelles, bien entendu.

Je me récrie :

– Il n'y a aucune raison. C'est vous, depuis deux ans, qui l'avez pris en charge, je ne vois pas pourquoi sous prétexte que ma vie sentimentale a changé, vous changeriez la vôtre !

Elle m'explique :

– Parce que désormais, que vous le vouliez ou non, je vous verrais en filigrane derrière Pierre et que j'ai horreur de l'amour à trois !

J'argumente :

– Il est possible que la première fois vous soyez un peu perturbée en pensant à moi, mais il est certain qu'à la longue...

Elle se rebiffe :

– Il n'y aura pas de « à la longue ». Considérez que je ne suis plus et que je ne serai plus la maîtresse de Pierre.

J'insiste :

– C'est idiot ! Vous allez le priver et vous priver sans motif valable et vous finirez par m'en vouloir !

– Stop !

C'est Carla qui vient d'interrompre notre dialogue avec autant de fermeté que de bonne humeur. Elle nous en montre le ridicule en le parodiant à la manière d'une espèce de vaudeville cornélien qu'elle improvise avec une surprenante rapidité :

AGNÈS : Avec mon ex-époux, poursuivez vos ébats.
LORRAINE : Vous trahir à présent, je ne le pourrais pas.
AGNÈS : Ce n'est pas me trahir, puisque je vous en prie.
LORRAINE : Malgré tout, ça serait pour moi une infamie.
AGNÈS : C'est idiot ! Prenez Pierre et prenez votre pied !
LORRAINE : Non ! Je ne veux que vous et que votre amitié.

Bonnes joueuses, Lorraine et moi applaudissons l'image caricaturale que la glace grossissante de Carla vient de nous présenter. Mais Lorraine reste sur ses positions : Pierre sera désormais un copain, au même titre que François, les « Cha-Cha » et les autres.

Sur cette affirmation que dans le fond je comprends et j'apprécie, je démarre enfin et, pour ne pas laisser le silence s'installer, je félicite Carla sur son improvisation :

– C'est bien la première fois que je rencontre quelqu'un qui parle en alexandrins aussi facilement.

– C'est une question d'habitude. Au début du XXe siècle, c'était une pratique assez courante dans les milieux littéraires.

– Oui, mais pas à notre époque...

– En vérité, moi je n'ai connu qu'un type comme ça : il ne se disait pas poète d'ailleurs, mais « poémier » ou « fabricant de vers ». Je suis tombée amoureuse de lui au douzième vers ! Alors, pour l'épater, j'ai voulu l'imiter. Je me suis exercée tous les matins. J'appelais ça ma gymnastique intellectuelle, mes « pompes du cerveau » !

– Et tu as mis longtemps pour y arriver ?

– Six mois, à peu près !

– Belle performance !

– Hélas ! manque de pot : quand j'ai commencé à pas mal me débrouiller... lui, il s'est remis à la prose et grâce à Domani il est devenu célèbre !

– Célèbre ? Mais alors, on le connaît ?

– Evidemment, c'est le « Monsieur best-seller » des éditions.

– Le lâcheur qui vient de signer avec la concurrence ?

– Non ! L'autre : celui qui a resigné avec moi pour trois bouquins.

– Laurent Barnet ?

– Lui-même ! Avec les brumes du Nord dans la tête et la chaleur du Sud partout ailleurs.

Le ton exagérément énamouré de Carla justifie la question de Lorraine :

– Tu as eu une histoire avec lui ?

– Oh ! Pas une ! Des ! Nous n'arrêtons pas d'en avoir !

– Ah bon... Il est...

– Bigame !

– Bigame ?

– Oui, marié pour le meilleur avec la littérature, et pour le pire avec sa femme, intouchable derrière le bouclier de son môme !

– Je vois...

– Et moi, je ne le vois pas... ou si peu, entre deux romans, entre deux crises conjugales, entre deux bouderies, entre deux engueulades. N'empêche que c'est mon « Findus » préféré.

Je sens Lorraine, comme moi, touchée par les déboires amoureux de notre Carla, mais elle nous coupe l'attendrissement sous la langue :

– J'ai vraiment de la chance : avec, dans mon congélateur affectif, un « Findus » italien sauce « joli cœur » et mon « Findus » français sauce « surbookée », mon cœur ne craint ni la pénurie... ni l'indigestion !

Je rectifie :

– Tu as surtout la chance d'avoir le caractère que tu as.

Lorraine renchérit :

– Et nous celle de t'avoir rencontrée.

– Et réciproquement, les filles ! conclut Carla en entourant nos épaules de ses deux bras.

La chance est encore au rendez-vous avenue Duquesne : je trouve une place pour ma voiture juste devant l'immeuble. Carla s'extasie sur le calme des lieux, la largeur des trottoirs et le nombre des arbres. Enfin de la verdure ! Enfin de l'espace ! Lorraine, plus pratique, remarque la proximité de plusieurs stations d'autobus, de la très commerçante rue Cler, d'un Monoprix, d'un kinési...

– Et d'un podologue ! s'exclame-t-elle dans l'extase avant de nous expliquer : mes cors aux pieds adorent avoir un podologue à portée de main !

– Tu n'as pas honte ? demande Lorraine. Une plaisanterie de garçon de bain...

– Et toi ? Tu n'as pas honte d'en avoir ri, sale hypocrite !

Lorraine fait semblant de s'offusquer, menace Carla d'une gifle, Carla se baisse pour l'esquiver, chatouille Lorraine qui se tortille comme une anguille, qui se débat, qui hurle, qui dit : « Pouce ! », qui se réfugie derrière moi. Moi, l'aînée.

Je franchis le lourd portail en bois que j'ai franchi la dernière fois dans l'autre sens... il y a deux ans.

Je maintiens ouvert le battant droit à l'intention de Lorraine et Carla, comme Pierre à mon intention... il y a deux ans.

J'emprunte avec mes deux amies, pour monter jusqu'au quatrième étage, le même ascenseur que j'ai utilisé avec mon mari pour en descendre... il y a deux ans.

Dans mon sac, je prends la clé de l'appartement que Pierre avec une émotion, exceptionnelle chez lui, ou peut-être exceptionnellement visible, m'a priée de garder en me disant : « On ne sait jamais. » Je l'ai prise alors, indifférente comme une femme amoureuse, en pensant : « Il n'a encore rien compris ! »... il y a deux ans.

A présent, je tourne vers la droite cette clé que Pierre a tournée vers la gauche pour refermer la porte sur trente-quatre ans de vie commune et un amour mal partagé... il y a deux ans.

Dans l'entrée, il ne reste plus que la console en marbre scellée dans le mur ; les panneaux de glace qui l'entourent où d'un bout de l'année à l'autre se reflétaient des compositions florales, variables selon les saisons, mais unanimement appréciées d'un bout de l'année à l'autre par nos invités : « Ah ça ! Les bouquets d'Agnès ! Quelle merveille ! » En vérité, ils devaient tout au goût et au soin de ma dévouée Monica. Moi, je ne m'intéressais qu'à mes bouquets de mots... qui n'intéressaient personne.

Mes automatismes de naguère me reviennent : je vais poser mon sac sur la console et je me regarde dans la glace. Je passe ma revue de détail : elle a raison, Lorraine, mon nouveau châtain abondamment méché de blond clair « m'adoucit »... un euphémisme employé pour ne pas dire qu'il me « rajeunit ». A mon dernier coup d'œil dans cette même glace, j'avais, selon le souhait de Domani, une de ces crinières blanches et courtes qui ne peuvent s'accommoder que d'un visage lisse et lumineux, le mien, à l'époque... il y a deux ans. Deux ans déjà... deux ans seulement.

Tous les éléments sont réunis pour que je glisse vers la délectation morose. Mais j'y résiste, grâce à mes deux vigiles qui me pressent de commencer la visite. Sans grand effort, je m'amuse à jouer les guides de musée :

– Mesdames, votre attention s'il vous plaît ! Vous l'avez déjà compris, nous sommes ici dans l'entrée. Elle n'a aucun intérêt en dehors des « commodités » qui méritent bien leur nom dans la mesure où tous les appareils, conçus pour le soulagement et l'hygiène de l'usager, sont, par leurs matériaux et par leur emplacement, particulièrement commodes.

Mes deux visiteuses, ayant vérifié et approuvé mes dires, je continue :

– Je vous signale, par conscience professionnelle, le nombre et la qualité des placards : quasiment invisibles, intachables et pourvus d'agencements intérieurs très variés. Vous pouvez y ranger tout, absolument tout : l'utile et l'agréable, du manteau d'hiver à la mousseline d'été en passant par l'imperméable d'automne et le châle de printemps !

Carla, probablement bordélique, s'émerveille devant cette profusion de rangements.

Lorraine, certainement ordonnée, les a déjà admirés en compagnie de Pierre et, me rappelant le rendez-vous qui nous attend en Belgique, m'invite à ne plus trop m'attarder.

Qu'à cela ne tienne ! Nous nous contentons de traverser l'appartement fantomatique, avec ses meubles recouverts de housses blanches. Le living est assez grand pour accueillir les rêves de chacune. Carla y voit un billard et un bar ; Lorraine, un harmonieux assemblage de toutes les technologies modernes ; moi, une bibliothèque avec une échelle spéciale où l'on pourrait s'asseoir sur chaque marche pour lire le livre ou un passage du livre que l'on vient de découvrir ; Aline, j'en jurerais, y verrait des sculptures et des tableaux en liberté. Les six autres pièces, de dimensions variables, peuvent se prêter à divers usages : chambre, bureau, lingerie. Les trois salles de bain et la cuisine, rénovées sur mes directives avant mon départ, remportent tous les suffrages. Pour le reste ?

Commentaire de Carla, emballée : c'est génial !

Commentaire de Lorraine, réservée : c'est fonctionnel.

Aucun commentaire de ma part.

Conclusion de Carla : quand est-ce qu'on va emménager ?

Conclusion de Lorraine : il faut réfléchir.

Ma conclusion : c'est tout réfléchi. On n'habitera pas ensemble. Je suis désolée. C'est moi qui ai eu l'idée. Elle est mauvaise.

Lorraine est visiblement soulagée. Carla non moins visiblement déçue.

– Mais enfin, pourquoi ce revirement ?

Je le lui explique au plus vite que je peux :

– D'abord, Aline n'est pas là. Elle n'est au courant de rien. Et je ne peux pas prendre une décision de cet ordre sans la consulter.

– Mais...

– De vive voix. Pas par téléphone.

– Admettons. Ensuite ?

– Aline et moi travaillons à domicile. Nous avons donc besoin de beaucoup d'espace, elle pour ses toiles, moi pour mes dictionnaires, ma documentation, mes paperasses...

– Vous n'en manqueriez pas avec toute la place qu'il y a ici ! D'autant que Lorraine et moi, nous serions absentes du matin au soir.

– Mais pas le week-end, deux jours sans téléphone où je profite du silence pour m'immerger dans l'écriture et où je supporterais aussi mal les bruits que vous feriez que vos efforts pour ne pas que je les entende !

– On n'est pas idiotes, quand même ! En plus, Lorraine et moi on est proches des métiers artistiques, on connaît leurs exigences.

– Je sais ! Et vous les respecteriez ! Donc, vous vous contraindriez. Et comme dans tous les ménages, vous vous lasseriez des concessions auxquelles votre gentillesse, votre sociabilité, votre amitié vous auraient obligées. Et ça finirait, comme dans tous les ménages, par des engueulades ou un claquage de porte !

– Peut-être... Mais avec Aline, tu auras le même problème !

– Non ! Parce que nous nous connaissons depuis toujours et qu'il y a entre nous des affinités de goûts, de caractère et... de génération. Ce qui est très important.

– Qu'est-ce que tu racontes ? On est de la même génération.

– Non ! Le temps va si vite maintenant que les générations n'ont plus entre elles vingt ans d'écart comme autrefois, mais dix. Si bien qu'il y en a un peu plus d'une entre toi et moi, et presque deux entre Lorraine et moi.

– Ce n'est pas visible. Ni audible.

– Pour moi, si !

– Quand par exemple ?

– Tout à l'heure, moi je n'aurais pas chahuté sur le trottoir comme Lorraine et toi ; moi, je n'aurais jamais eu l'idée de mettre un bar ou un billard dans mon salon ; moi, je n'emploierais pas l'adjectif « génial » à propos d'un appartement...

– Ce sont vraiment des broutilles !

– D'accord, des grains de sable qui s'envolent dans le provisoire, mais qui, en s'accumulant dans le quotidien, finissent par l'entartrer. C'est d'ailleurs pourquoi, dans la mesure du possible, il faut éviter de vivre avec ses enfants... et avec ses parents.

– C'est ridicule ! Pas une seconde depuis que je te connais, je n'ai eu l'impression d'être avec ma mère !

– Tu l'aurais très vite si on poursuivait la conversation. Tu l'as peut-être déjà. Je te parle... avec l'expérience de mon âge. Tu me réponds avec la légèreté du tien.

L'argument semble avoir frappé Carla. En tout cas, suffisamment pour qu'elle ne trouve pas dans l'immédiat une phrase propre à le combattre. Lorraine en profite pour s'infiltrer dans le silence avec un affolement parfaitement feint :

– Oh là là ! Déjà 6 heures ! Il est grand temps de partir.

Je lui emboîte le pas... et le ton :

– Surtout avec les embouteillages du vendredi !

– OK, les filles ! nous lance Carla, pas dupe. On se tire ! On n'est pas d'accord ! On se l'est dit ! On ne s'en veut pas ! On n'est pas des mecs ! On est des copines ! D'accord ?

Bien sûr que Lorraine et moi, on est d'accord.

Juste à la sortie de l'immeuble, nos trois portables se déclenchent à vingt secondes d'intervalle. Le mien est le premier. C'est Aline qui m'appelle de l'aéroport de New York. Heureuse.... Heureuse... « comme une vache qui retrouve son plancher », hurle-t-elle.

– Et tes filles ?

Silence. Puis, une octave au-dessous :

– C'est ça, je te rappellerai.

Le deuxième appel est pour Lorraine. Elle me fait signe d'approcher.

– C'est Pierre, me dit-elle. Je lui ai dit que nous étions ensemble. Il a un trou de mémoire. Il cherche depuis ce matin le nom de... attendez... je vous le passe.

Je prends l'appareil et après le rituel du : « Bonjour. Bonjour. Ça va ? Ça va ! » il me demande le nom de l'acteur qui jouait le rôle de Marius dans le film éponyme de Pagnol. Je lui réponds avec la rapidité d'un gagnant de « Questions pour un champion » : Pierre Fresnay ! Il pousse une exclamation de joie, soulagé comme après le percement d'un abcès dentaire ! Je veux lui repasser Lorraine, mais il me dit :

– Ce n'est pas la peine. Je lui téléphonais juste pour ça !

– Alors... bon week-end à toi !

– Bon week-end à vous !

Carla est en train de remettre son portable dans son sac quand nous la rejoignons, Lorraine et moi, devant ma voiture. Il y a de la coquinerie dans son regard :

– C’était mon « Findus » préféré, nous annonce-t-elle.

– Qu’est-ce qu’il voulait ?

– Ben... il a fini son chapitre, il a lourdé sa bonne femme pour le week-end... et il me demandait si je pouvais le sortir de son congélateur...

Complice et ravie de l’être, je m’écrie :

– Génial !

– Malheureusement, on ne sait pas bien où aller : aux éditions dans les plâtras, ce n’est pas très excitant. A l’hôtel, ce n’est pas très intime...

Sans un mot, j’ai ressorti de mon sac la clé de l’appartement et je la lui ai tendue.

Lorraine, avec un sourire d’enfant de chœur qui a goûté au vin de messe, lui précise :

– Sous les housses, les lits sont confortables et les sanitaires en parfait état de marche !

Carla nous embrasse, émue au point de ne pas pouvoir nous dire que c’est vraiment un jour « avec ». Mais ça n’a pas d’importance : on le sait.

Chapitre 15

Aucun risque d'être pénalisée pour excès de vitesse !

Lorraine, aussi tendue que moi dans le bourbier parisien, attend que nous soyons sur l'autoroute du Nord miraculeusement dégagée pour rompre le silence :

– Vous avez été drôlement courageuse, tout à l'heure, avec Carla.

– Courageuse ? En quoi ?

– D'abord en reconnaissant que votre idée de cohabitation à quatre était une erreur.

– C'était votre avis, non ?

– Oui... mais à votre place, je ne l'aurais peut-être pas avoué avec autant de spontanéité et surtout pas invoqué mon âge avec autant de franchise.

– Je n'y avais guère de mérite ! Carla sait pertinemment que je suis de neuf ans son aînée, et vous, vous savez que je pourrais carrément être votre mère... même si vous faites très bien semblant de l'ignorer.

– Justement, c'est par comparaison avec la mienne que je trouve votre attitude très courageuse.

– J'en déduis que votre mère est une de ces « Madame Faust » qui ne cesse de courir après l'éternelle jeunesse ?

– Pas courir, plutôt trottiner... en minijupe, en talons aiguilles, et avec en prime un tatouage sur son genou déformé !

– Vous n'avez pas essayé de lui expliquer que...

– Bien sûr que si ! Elle ne veut rien entendre. Je n'arrive pas à savoir si elle refuse de se voir ou si elle ne se voit vraiment pas. De toute façon, c'est un manque de lucidité que je réprouve totalement. C'est pourquoi j'ai tellement apprécié la vôtre.

– Elle m'a posé bien des problèmes avec Domani qui avait neuf ans de moins que moi... et elle m'en aurait rapidement posé de bien plus douloureux encore si...

Les débris de l'hélicoptère de Domani passent devant mes yeux. Mes braises se raniment et m'empêchent d'aller plus loin. Lorraine, vigilante, s'empresse de les éparpiller :

– Plus je vous connais, moins je comprends que Pierre ait pu vivre à côté de vous sans vous voir. En revanche, je comprends de mieux en mieux que votre rupture l'ait aussi profondément atteint.

Je plaisante pour cacher ma gêne, entachée d'un rien de satisfaction :

– Je devrais faire un vœu : c'est la première fois que je reçois un si beau compliment d'une femme et, en plus, d'une femme qui...

– Qui est totalement objective et qui n'a aucune raison de ne pas l'être.

Lorraine n'a pas ajouté : « Point barre. On passe à autre chose », mais je l'entends sans difficulté et j'enchaîne... avec moins de fluidité que je ne l'aurais souhaité :

– A propos de différence d'âge, puis-je vous demander si celle qui existe entre Pierre et vous a joué un rôle, positif ou négatif, dans vos relations ?

– Je ne peux pas répondre en ce qui le concerne, lui. Mais en ce qui me concerne, moi : aucun ! Physiquement, il est assez en forme pour que je n'aie jamais eu l'impression de... comment dirais-je ?...

– Vous taper un vieux !

– Voilà ! Et pour le reste, comme je n'ai jamais eu le moindre projet d'avenir avec lui, sa soixantaine ne m'a jamais gênée. Au contraire, je la trouvais pleine d'enseignement.

– Dans une certaine mesure, il a remplacé votre père qui, comme vous me l'avez dit, a toujours été un peu absent.

Lorraine n'est pas d'accord. Elle refuse le schéma conformiste de l'amant âgé pris comme substitut paternel. Elle refuse d'ailleurs tous les schémas classiques proposés par le docteur Freud, imposés petit à petit par ses successeurs et propagés par les courriers du cœur des gazettes. Elle est contre le psychanalytiquement correct. Contre l'assistanat psychologique au moindre pet de travers du citoyen ; cet assistanat systématique qui a annulé la salutaire autogestion de ses emmerdes. Elle est contre tous les docteurs Knock de l'âme qui usent de leur pouvoir pour transformer un cafardeux en dépressif, un inquiet en parano, un timide en complexé et un cocu en traumatisé.

Diable ! Sous la plage, les pavés ! L'apparemment infroissable Lorraine est une froissée en profondeur, elle doit avoir toujours un solide fer à repasser à portée de main pour lisser sa surface. Je suis un peu surprise, mais surtout intéressée. Les propos de Lorraine – qu'on y adhère ou pas – ne sont pas de ceux qui courent les rues et je ne peux m'empêcher de lui retourner son compliment de tout à l'heure :

– Je comprends de mieux en mieux l'intérêt que mon mari vous porte et de quelle aide précieuse vous pouvez lui être dans tous les domaines.

– Je suis son « Findus » à lui.

– Vous êtes beaucoup plus que ça, et vous le savez.

– Mettons... sa roue de secours.

Avant même que je me récrie, Lorraine ajoute :

– C'est un rôle qui me convient tout à fait. Je n'en brigue pas d'autre. Pas plus auprès de lui qu'auprès de quiconque.

– Vous dites cela aujourd'hui, mais vous êtes jeune encore et vous pouvez demain rencontrer un « quiconque » qui vous donnera envie de changer d'emploi.

– Je ne le crois pas. Je ne le souhaite pas.

– Pourquoi ?

– La passion n'est pas mon pays.

– Vous êtes comme Vigneault : « Mon pays c'est l'hiver » ?

– Non, les demi-saisons.

Nous sommes à une centaine de kilomètres de la frontière belge. Tout baisse : l'aiguille de mon compteur d'essence. La luminosité. Ma vue. En conséquence, nous nous arrêtons dans la prochaine station-service afin de remplir le réservoir de la voiture, ainsi que plus modérément nos estomacs.

Après cette pause, sur ma demande, Lorraine me remplace au volant. Sans le moindre problème, ni pour moi ni pour elle.

– J'avais exactement la même voiture, m'explique-t-elle. Je l'ai remplacée par un scooter. Je n'arrivais plus à la garer : ni parking, ni place de stationnement dans mon quartier, ni garage dans mon immeuble.

– Où habitez-vous ?
– Montmartre. Rue du Chevalier-de-La-Barre. Ravissante, donc touristique ; donc surencombrée ; donc bruyante. C'est pourquoi je cherche à déménager. En plus, mon appartement est minuscule. J'hésite même à acheter un foulard pour ne pas aggraver le désordre ! Alors vous comprenez que j'aie pu fantasmer devant l'espace et les tiroirs de l'avenue Duquesne !
– Ça, je le comprends. En revanche, je comprends moins, indépendante comme vous l'êtes, que vous envisagiez de vivre avec Carla... ou avec n'importe qui d'autre, d'ailleurs.
– Pour des raisons financières uniquement.
– Ce n'est pas un obstacle insurmontable. Entre vos relations, celles de Pierre, les miennes...
Lorraine ne me laisse pas aller plus loin. Elle refuse d'être prisonnière de dettes « amicales » ou de crédits angoissants. Notre visite de cet après-midi et surtout ma réaction négative aussitôt après, lui ont éclairci les idées et changé complètement ses projets. Elle renonce à toute cohabitation et dès lundi, chargera ses copains les « Cha-Cha » d'une part de vendre son nid montmartrois devenu invivable, d'autre part de lui trouver un appartement à louer, calme, aéré, avec plein de rangements... et à proximité de l'avenue Duquesne. Je m'étonne de cette dernière exigence :
– Vous aimez tellement mon quartier ?
– Je l'aime bien, c'est certain. Mais, à vrai dire, j'y tiens pour une autre raison.
– Laquelle ?
Elle réfléchit, puis me pose cette question, apparemment sans rapport avec notre bavardage :
– Vous connaissez Françoise Dorin ?
– Vaguement. Je l'ai croisée il n'y a pas très longtemps dans le Thalys.

– Vous avez lu l'un de ses premiers romans : *Les Lits à une place* ?

– Non, mais j'en ai entendu parler.

– En gros, c'est l'histoire d'un petit immeuble où quatre amis vivent chacun à un étage. Evitant ainsi les inconvénients de la cohabitation et ceux de la solitude.

– L'idéal, quoi !

– Pour moi, oui.

– Pour moi aussi... maintenant ! Pour Aline, pareil.

– Comme pour Carla. C'est pourquoi j'avais pensé que nous quatre, nous pourrions connaître cet idéal en vivant dans votre appartement.

– Ensemble et séparément ?

– Oui, mais j'ai compris mon erreur. Et comme il était inenvisageable d'habiter dans votre immeuble, les unes au-dessus des autres...

– Vous pensez maintenant que nous pourrions habiter les unes à côté des autres ?

– Voilà !

– Moi avec Aline. Vous avec Carla ?

– Non, moi seule. Je ne supporterai pas qu'un quelconque « Findus » fasse irruption dans notre domicile et m'impose – sans le vouloir – les contraintes inhérentes à sa présence. Je m'en suis rendu compte tout à l'heure après le coup de téléphone de son « Findus » préféré : tant qu'il y a une éventualité d'idylle – ou assimilée – il faut éviter la cohabitation.

Pour plaisanter, je me récrie :

– Donc, pour Aline et moi, vous n'envisagez qu'une vie monacale ?

– J'avoue qu'après les deux orages sentimentaux que vous venez de traverser, je vous imagine mal en train de vous jeter à la tête du premier venu.

Toujours pour plaisanter, je m'offusque :

– Pourquoi la tête ? Et pourquoi le premier venu ? Pourquoi pas un vieil original qui saturerait sur la chair fraîche ? Ou un déçu de la galipette « fast food » qui en reviendrait au libertinage mitonné ? Ou encore un jeune admirateur assez fougueux pour penser comme Musset « qu'importe le flacon pourvu qu'on ait l'ivresse » ?

Lorraine me répond, elle, très sérieusement :

– Ne vous méprenez pas. Je suis sûre que ce ne sont pas les partenaires qui vous manqueraient, mais uniquement l'envie de vous en servir.

– Ça...

Quoi « ça » ? Qu'est-ce que j'ai voulu dire ? « Ça »... vous avez raison ? « Ça »... on ne peut pas savoir ? « Ça »... j'en suis moins sûre que vous ? Cette imprécision n'est pas fortuite. Elle m'a été dictée par quelqu'un. Le même qui m'a soufflé à l'instant avec Lorraine la troisième catégorie d'hommes susceptibles d'être tentés par une aventure amoureuse avec des femmes comme Aline et moi : le jeune admirateur assez fougueux pour... Autrement dit, Perdican. Je croyais l'avoir perdu définitivement, celui-là, dans la foule de mes occupations et de mes préoccupations. Je n'avais pas la moindre intention d'aller le réclamer au « bureau des rêves trouvés ». Mais voilà qu'il est revenu d'un coin sombre de mon inconscient, qu'il a retrouvé son chemin comme les chiens égarés, loin, très loin de leur foyer. Je n'essaye pas de le chasser. Au contraire. J'ai hâte d'arriver à Waterloo pour voir si par hasard il ne m'aurait pas laissé sur mon « Mac » un « pense-cœur » comme dit Aline, un « petit mot de billet » comme on disait au XVIIe siècle.

Je regarde ma montre. Je guette le panneau indiquant Waterloo. La petite route sur la droite, puis sur la gauche, le chemin mal carrossé qui mène aux deux maisons où nous venons Aline et moi de passer il y a une semaine de fichus quarts d'heure après y avoir passé pendant deux ans des jours délicieux, que j'ai crus de bonne foi inoubliables et qui se sont déjà miraculeusement estompés... grâce aux révélations de Ruth d'abord, puis grâce à l'accident du petit Clément qui a bien remis les choses à leur place, grâce à la « Régente », à mes enfants, à Aline, à Pierre, à Lorraine..., grâce aussi à celui que certains appellent le « Voisin du dessus », d'autres le « Coordinateur », le « Hasard », le « Grand Manitou », le « Très-Haut », « le Barbu », « le ministre des Affaires qui nous sont étrangères »... C'est curieux le nombre de pseudonymes que Dieu peut avoir... Sans doute qu'Il voyage plus facilement sous de fausses identités...

Il fait juste nuit quand Lorraine me dépose devant le domicile de mon ex-bonheur. Comme convenu, après que j'ai pris mes bagages, elle garde ma voiture pour se rendre chez Daphné et Robinson dont le terrain est toujours délimité par un grillage. Elle compte avoir une discussion – ou plutôt une explication – avec son frère ce soir même et m'en rendre compte demain matin.

Avant de redémarrer, un inutile scrupule pousse Lorraine à me demander par la vitre baissée :

– Vous êtes sûre de ne pas avoir besoin de votre voiture ?

– Cette nuit, non ! Je rejoindrai mon prince charmant par d'autres moyens !

Lorraine me quitte souriante, rassurée par ce qu'elle prend pour une plaisanterie et qui, en vérité, n'en est pas une.

A peine dans l'entrée, je sors mon ordinateur. Le branche. Le pose sur mes genoux et ouvre ma boîte à courrier.

Un mail d'Elvis : « Si tu trouves en Belgique le dernier CD de Prince, tu peux me l'acheter. Salut ! »

Un mail de Jean-Lotus : « Waoou ! J'ai battu maman au Mikado ! Quand tu reviendras, je t'apprendrai ! »

Un mail d'Isabelle et Arnaud : « Clément pète la forme. On t'embrasse fort tous les trois. »

Un mail de la « Régente » : « Pierre m'a téléphoné pour me demander des nouvelles de chaque membre de la famille. Même incidemment des tiennes. Il était détendu. Charmant. Presque drôle. Votre séparation lui va vraiment très bien. Tendres pensées. »

Un mail de Pascal et Damien : « On T'm, madame l'auteur, et tout le reste n'est que littérature ! »

Je souris. Heureuse. Attendrie. Amusée et... un peu déçue à chaque message. Agacée de l'être. Je ferme le « Mac ». Je monte me coucher. Je suis « hors d'état de nuire » comme disait autrefois maman, les soirs de grande fatigue. Je m'abats sur le lit tout habillée et... je ne m'endors pas.

Au bout d'un certain nombre de soupirs, d'exhortations à la détente, d'exercices sophrologiques et de moutons comptés, je me relève pour prendre un calmant... et je prends mon ordinateur ! Bonheur ! Mon Témestat est sur l'écran :

Pour vous, dans douze heures, il sera midi : l'heure de notre rendez-vous dans l'espace. Pour moi, il est midi tout le temps. Douce nuit, mon rêve.

Signé : « Perdican ».

Chapitre 16

La nuit a été effectivement douce. Ma première pensée est pour Perdican : critique envers moi. Ma deuxième pensée est pour Domani : agacée contre moi. La troisième pensée est pour Pierre : dubitative à son égard. J'ai seize ans et demi (de 1950). Treize ans de 2005 ! Je me lève. Je vois le désordre et la poussière de ma chambre. J'imagine l'état des autres pièces. Je mesure le travail à accomplir pour déménager l'ensemble. Je pense à la discussion qui m'attend avec Lorraine et sa petite famille... J'ai cent ans, toutes époques confondues !

Vite ! Une douche ! Un T-shirt et un jogging propres !

Normalement, maintenant, je devrais avoir mon âge. Voyons... A l'extérieur : oui ! A l'intérieur : non ! J'ai une grave envie de me recoucher. Mais comme il ne peut en être question, je m'auto-coache : « Allez ! Courage, Agnès ! Ressemble-toi ! Ressemble à l'image que les autres ont de toi ! Sors tes masques, celui de la “ Joconde ”, du “ lac ”, de la “ diva du quotidien ” et selon le principe de la “ Régente ”, débarrasse-toi en premier de ce qui te coûte le plus. » En l'occurrence l'affrontement avec mes jeunes voisins.

C'est parti ! Je vais dans la chambre qui a vue sur la clôture et au-delà, sur leur maison. J'ouvre la fenêtre, les volets. Lorraine devait me guetter. Elle sort, vêtue d'un T-shirt et d'un jean noir beaucoup trop grand pour elle, et qui doivent appartenir à son frère. Elle me fait des signes de sémaphore, me crie : « On arrive ! » et disparaît. Derrière ce « on » – pluriel collectif – j'entends clairement : « on » est unis. « On » est solidaires. « On » t'emmerde.

Je descends, mobilisée pour le pire. J'ouvre la porte... et je suis désarmée par le meilleur : « On » se dirige vers moi en file indienne. Lorraine est en tête du cortège. Elle agite un drapeau blanc bricolé avec une branche d'arbre et une vieille chemise d'homme. Elle est suivie par celui qu'avec sa tête d'angelot et son corps d'araignée, j'identifie facilement comme étant Robinson. Il porte un plateau avec apparemment les divers éléments d'un petit déjeuner. A ses côtés, Daphné porte un Thermos contenant sans doute du thé. Agathe, que j'ai connue sous le nom de Ruth, ferme la marche, toujours boitillante, mais avec plus d'aisance. Elle porte en bandoulière un grand sac en paille, non fermé, dont elle vérifie avec soin le contenu invisible. Sur un geste autoritaire de Lorraine, le minicortège s'arrête à quelques pas de moi. Elle prend la parole avec la solennité d'un ministre en mission à l'étranger :

– Madame et chère Agnès, en tant que chef de la délégation familiale, en accord total avec tous ses membres, après explications détaillées de la situation, puis vote à main levée, nous venons solliciter de votre haute bienveillance une paix juste et durable et vous présenter nos excuses globales à partager avec votre amie Aline pour l'ensemble de nos erreurs, tant de jugement que de conduite. Au nom de tous, je demande votre indulgence. A titre personnel, je l'espère !

Je voudrais répondre dans l'humour ou dans l'émotion, de toute façon avec brio ; mais la surprise me coupe toute inspiration et j'avoue bêtement :

– Je ne sais pas quoi vous dire...

– A l'unanimité, déclare Lorraine sur le même ton solennel, nous considérons cet aveu d'impuissance comme une réponse en soi. Une réponse positive et en conséquence nous vous prions d'accepter les modestes cadeaux que nous avions pris à tout hasard avec nous.

A l'invitation de Lorraine, Robinson s'avance et annonce :

– Breakfast préparé selon les goûts de Mme Aline Bruggen, belle-mère et bienfaitrice désormais reconnue de Daphné, ma chère épouse. Goûts que, d'après celle-ci, vous devez partager : jus de pamplemousse frais. Kiwis. Muesli aux fruits des bois – sans sucre ajouté –, pain grillé : nature, au sésame, aux raisins. Beurre allégé. Yaourt à 0 %. Lait de soja.

Robinson poursuit son numéro de maître d'hôtel de palace en désignant le Thermos tenu par Daphné :

– Thé Yearling, en provenance de l'épicerie fine de la place De Brouckère, infusant dans l'eau versée bouillante et en deux fois.

Je reconnais là les maniaqueries d'Aline que j'ai bien sûr adoptées et cache ma confusion amusée dans mes deux mains, juste le temps d'entendre Lorraine passer le relais à sa sœur Agathe.

Laquelle, parvenue devant moi, sort le contenu de son sac : une boule de poils gris, percée de deux yeux de jade ; un de ces chatons dont la plus expérimentée des courtisanes pourrait jalouser le pouvoir de séduction.

– C'est pour vous, me dit Agathe en me tendant l'« irrésistible ». Sur son pedigree, son nom entier est « Colombe de la paix ». Mais si vous l'appeliez Colombe tout court, elle en serait très, très contente.

– C'est une chatte ?

– Oui, elle a fait ses griffes, et maintenant, à la suite d'un accident... elle est devenue plus fréquentable... me semble-t-il !

Ce texte-là aussi doit être de Robinson... A moins, après tout, qu'il soit tout simplement d'Agathe. Aucun de nous n'est monolithique. Chacun est composé de facettes plus ou moins nombreuses. Nous présentons l'une ou l'autre selon notre humeur ou les circonstances du jour. Celle que m'a réservée Agathe pour notre première rencontre à l'enterrement de Domani était détestable. Celle que je vois aujourd'hui est exquise. C'est celle-là que j'embrasse. Enfin... que ma facette « indulgente » embrasse... et remercie de son cadeau ronronnant pendant que ma facette « pratique » cherche un moyen de le lui rendre, et que ma facette « bien élevée » ou « lâche » y renonce en l'entendant me dire :

– Je suis heureuse que vous aimiez les chats autant que moi. J'ai gardé son frère. Il est de la même portée, mais il ne lui ressemble pas du tout : il est noir et blanc.

Je n'ai pas répondu : « Comme vous. » Pas davantage : « Comme Robinson. » Je l'ai invitée avec les trois autres artisans de la réconciliation à partager avec moi dans la cuisine le petit déjeuner de l'amitié. Ils picorent. Je dévore. Colombe ronronne. Robinson avec beaucoup de discrétion et de délicatesse s'est placé en face de Daphné pour lui traduire l'essentiel de nos propos. Lorraine, en chef de troupe organisé, me soumet son plan de « soutien à la voisine solitaire », élaboré avec ses collaborateurs.

– D'abord, le tri : 1, des vêtements; 2, de la vaisselle, des verres, des ustensiles de cuisine; 3, des bibelots et des tableaux. Il est évident, Agnès, que cette opération vous incombe à vous seule et que notre aide – non négligeable – consistera à sortir des placards, commodes et penderies, les affaires qui s'y trouvent. Ensuite...

Je l'interromps :

– N'allez pas plus loin ! Rien qu'avec cette opération-là, on en a pour la journée.

– J'espère bien que non ! A cinq...

Elle jette un œil sur son éclopée de sœur et rectifie :

– A quatre et demi, ce sera moins long que vous ne le pensez; mais vous avez raison, procédons par étapes.

Lorraine lance la première immédiatement : Agathe, Robinson et Daphné sont chargés du rez-de-chaussée et du sous-sol. Lorraine et moi, sur ma demande, allons au premier étage, celui où sont rangées les affaires de Domani. Lorraine l'a tout de suite deviné et, à peine dans ma chambre, me questionne sur mes intentions à ce sujet, avec une gêne certaine :

– Je comprends à quel point ça doit être pénible pour vous de remuer un passé si récent.

– Ça devrait en effet, mais, quitte à vous décevoir, ce n'est pas tout à fait le cas.

Comme Lorraine à l'instant, je me suis étonnée à plusieurs reprises et encore hier, en retrouvant « notre » maison, de n'éprouver depuis la disparition de Domani qu'un chagrin... disons raisonnable. J'ai trouvé quelques explications que je donne à Lorraine en rangeant les affaires de celui que, sans me forcer, j'appelle à présent plus volontiers Domani que Dominique.

– D'abord, grâce à son aventure avec Ruth, à sa trahison, à ses mensonges, ma colère a pris le pas sur ma souffrance et mes déceptions ont... comment dirais-je ?... ont dévitalisé l'amour que j'avais pour lui.

– C'est rare comme réaction. En général, on pare les morts de toutes les qualités.

– Pas moi ! J'ai la chance de rester objective dans le dépit comme dans l'enthousiasme. Ça m'a permis, malgré ma profonde rancœur contre Domani, de lui garder une non moins profonde reconnaissance pour tout ce que je lui dois.

– Sur le plan professionnel ?

– Pas uniquement : sans lui, je n'aurais jamais eu le courage de rompre avec une vie conjugale qui me pesait de plus en plus. Jamais je n'aurais goûté aux délices de la liberté.

– En somme, vous ne le pleurez que d'un œil !

– Exactement ! En revanche, j'aurais pleuré des deux et définitivement si l'accident de mon petit-fils avait mal tourné. J'en ai eu tout de suite l'intime certitude. Ce qui a contribué aussi à relativiser les choses.

– Je comprends.

Nous restons un moment silencieuses à entasser d'un côté mes vêtements personnels, de l'autre ceux de Domani. Un blouson d'aviateur qu'il affectionnait me tombe sous la main. Je demande spontanément à Lorraine s'il ferait plaisir à Robinson.

– Si *vous* lui donniez, ça lui ferait particulièrement plaisir.

– Pourquoi « particulièrement » ?

– Parce que vous l'impressionnez beaucoup.

– Moi ? Il ne me connaît pas.

– Si ! A travers ce que vous avez écrit et... à travers ce que je lui ai dit hier soir de vous, de votre comportement.

Je saute sur l'occasion pour m'informer de leur réunion familiale de la veille. Lorraine m'affirme qu'elle s'est très bien passée... grâce surtout au docteur Levens ! Elle a eu l'inspiration subite d'aller le chercher chez lui après m'avoir déposée et l'a forcé à la suivre, afin qu'il déballe à Daphné – via Robinson – les vraies causes de la mort de son père, disculper Aline et la mettre, elle, devant ses injustices présentes et passées.

– Comment ça s'est terminé ?

– Par un grand lavage de linge sale en famille après le départ du docteur Levens... suivi par une amnistie générale, elle-même suivie par la recherche du meilleur moyen pour obtenir un recours en grâce auprès de vous.

Je suis contente d'apprendre que l'idée de leur arrivée groupée est de Daphné : la plus repentante ; l'idée du drapeau blanc, de Robinson : le plus inventif ; l'idée du petit déjeuner, de Lorraine : la plus fonctionnelle et l'idée de Colombe, d'Agathe : la plus mal à l'aise et la plus féline.

Au bout de deux heures, Lorraine et moi avons fini la tâche prévue : mes affaires personnelles, celles que je vais remporter à Paris sont dans ma chambre, entassées par piles. Celles dont je vais me débarrasser sont dans la chambre voisine. Le linge de maison dans mon bureau. Lorraine est aussi ordonnée que moi, ce qui m'amuse ; et aussi fatiguée, ce qui me réjouit !

Elle regarde sa montre. Moi, la mienne. Aux deux il est midi. Pour elle, l'heure de la pause. L'heure de rejoindre les autres. De vérifier leur travail. Pour moi, eh oui ! l'heure de penser à Perdican et l'heure de m'engueuler : « Enfin, pauvre idiote, qu'est-ce que ça veut dire " penser à Perdican " ? Penser quoi ? Dans quelle direction ? Il n'existe peut-être pas. A quoi ressemble-t-il ? »

Ça me rappelle un exercice, donné un jour à des élèves des Beaux-Arts par un professeur facétieux : « Illustrer ce vers de Racine : " Hippolyte étendu sans forme et sans couleur ". » Voilà ! Perdican est pour moi sans forme et sans couleur. Un ectoplasme. Je ne vais quand même pas tous les jours penser à un ectoplasme... Trop tard ! J'y ai déjà pensé.

Je descends au rez-de-chaussée. Ah ! là, il y a des formes et des couleurs. Pour rester dans le domaine de la peinture : un véritable champ d'objets relevant à la fois de l'impressionnisme et du dadaïsme. Difficile d'y poser le pied sans heurter un souvenir... ou l'écraser. Au milieu, deux êtres humains... ou ce qu'il en reste : dans le living, Robinson. Dans la cuisine, Daphné. Tous deux montrant les placards vides... comme des trophées.

– Et Agathe ? s'inquiète Lorraine.

– A la bouffe, en face ! Ici, elle n'était pas très efficace.

Chez les Bruggen, en revanche, elle l'a été... grâce, nous avoue-t-elle, à l'étroite collaboration du « tonton Findus ».

A ce nom, j'échange avec Lorraine un regard complice. Je pense comme elle à Carla, avec son amant « décongelé » dans mon appartement. Mais elle est seule à se soucier de ma clé.

– J'irai la récupérer demain et je la garderai au bureau. C'est plus sûr que dans le chantier des éditions. Je téléphonerai tout à l'heure à Carla.

– Vous comptez repartir pour Paris quand ?

– Ça dépend : tôt le matin, si ce soir votre maison est à peu près en état de recevoir les déménageurs. Si elle ne l'est pas, je resterai jusqu'au déjeuner, pour les bricoles finales. Mais malheureusement pas au-delà. J'ai un dossier à préparer pour lundi.

Lorraine a pris le lendemain dimanche le Thalys de 11 heures 55. Je l'ai conduite à la gare dans ma voiture. Avant de quitter Waterloo, elle a prié Robinson de la remplacer auprès de moi et de veiller à ce que Daphné et Agathe soient à ma disposition, dans la mesure de leurs moyens.

Dans la voiture, Lorraine m'a remis une espèce de feuille de route qu'elle avait préalablement établie. Il y était consigné toutes les démarches que j'allais devoir accomplir... avec les adresses concernées par ces démarches. Il y avait à la fin de cette liste une note, à proprement parler un « pense-bête ». Elle m'y spécifiait de ne surtout pas oublier d'emmener Colombe.

Avant de nous séparer, nous avons prononcé ensemble les trois mêmes mots : « Merci pour tout », suivis du même sourire satisfait. Après quoi, Lorraine a tourné les talons et moi la clé de contact. Aussi vite l'une que l'autre.

A un feu rouge, machinalement, j'ai mis la radio. J'ai aussitôt entendu le « single » précédant le flash d'informations, puis plus lointainement, une voix qui disait : « Il est midi. Rappel de l'actualité... »

Ma voix s'est substituée à celle du présentateur et j'ai entendu : « Agnès de Cormantin, quelque part dans sa tête, cherche à rejoindre un certain Perdican quelque part dans la sienne... »

Furieuse, j'ai coupé la radio !

Chapitre 17

– Miaou ! Miaou ! Miaou !

– Oui, je sais, Colombe, c'est long pour toi ce voyage. Mais je ne peux pas aller plus vite. D'abord, c'est interdit... et malgré tout ton charme, je ne crois pas que tu attendrirais les gendarmes. Ensuite, Robinson est derrière moi, dans une camionnette nettement essoufflée et je ne veux surtout pas le perdre de vue. Le pauvre ! Il connaît très mal Paris et mettrait un temps fou à trouver mon quartier et mon immeuble. Ça m'ennuierait vraiment : il a été tellement gentil, tellement serviable...

Colombe se rendort dans son panier. Je jette un coup d'œil dans mon rétroviseur. Robinson le perçoit et lève le pouce par sa vitre baissée pour m'indiquer que tout va bien. Etrange garçon : à trois semaines d'intervalle, capable du pire avec Aline sous l'influence de Daphné ; capable du meilleur avec moi sous l'influence de Lorraine. Pendant ces six derniers jours, il s'est conduit tour à tour comme un adolescent respectueux de la femme de lettres que j'étais et comme un homme dominateur, heureux de voler au secours de la représentante du sexe faible que j'étais aussi.

L'adolescent s'est confié à moi. A sollicité mes conseils. Discuté mes opinions. Hier soir, il m'a donné son *Journal de bord* dont Lorraine m'avait parlé, m'assurant, avec le concours valorisant de Racine, qu'il « craignait mon silence et non pas mes injures ».

L'homme, lui, m'a aidée à séparer meubles et bibelots en trois lots : ceux – la majorité – qui étaient destinés à une quelconque salle de vente. Ceux – peu nombreux – qui pouvaient intéresser un antiquaire. Ceux enfin qui feraient le bonheur d'une brocante. Il a convoqué un déménageur pour embarquer et livrer les premiers ; il a dispatché lui-même les deux autres dans les lieux adéquats, en compagnie de ses deux copains, propriétaires de la camionnette déglinguée qu'il conduit aujourd'hui et qui ne sont autres que les deux « araignées » qui ont nuitamment déployé avec Daphné et lui « le mur de Waterloo » sous les yeux d'Aline, exorbités par la colère. Il me les a présentés. Ce sont des produits pur sucre d'une certaine génération sans aucune attache familiale, sociale, morale ou matérielle. Des électrons libres... paradoxalement prisonniers de leur liberté. Robinson aurait pu devenir comme eux, sans les quelques idées d'un autre âge que sa grande sœur a réussi à lui inoculer au fond de la moelle ; sans sa rencontre avec Daphné et sans le goût – voire le don – qu'il a pour l'écriture.

– Miaou ! Miaou !

– Patience, ma Colombe, on arrive ! Enfin... presque ! Encore une cinquantaine de kilomètres. Mais sans encombrement... de notre côté. Parce que de l'autre, si tu voyais ça... Des voitures sur trois rangs ! Eh oui, c'est samedi : on va respirer le bon air de l'autoroute. Tu ne connais pas ça, toi, les joies du week-end. Dieu soit loué, moi non plus ! Tiens ! Encore un point commun entre les chats et les écrivains. De quoi réjouir Baudelaire. Tu sais ce qu'il a écrit sur nous ? Attends, je vais te le dire... si je m'en souviens... Ecoute ! C'est superbe :

Les amoureux fervents et les savants austères
Aiment également dans leur mûre saison
Les chats puissants et doux, orgueil de la maison
Qui comme eux sont frileux et comme eux sédentaires.

C'est joli, non ? Et puis, c'est tellement juste ! En tout cas, en ce qui me concerne. Je suis comme toi : j'ai besoin d'un « panier » douillet... J'ai bien aimé celui de Waterloo... Mais j'ai toujours pensé qu'il était provisoire. Tandis que celui des « Oublières », ça a été le premier et ce sera sans doute le dernier. Quant à celui de l'avenue Duquesne... il va vraiment falloir que je le réchauffe !

Surprise ! Il est beaucoup moins froid que je ne le craignais. D'abord, Lorraine nous y accueille comme prévu. Carla aussi. Elles ont enlevé les housses des meubles ; mis des fleurs dans les vases ; couvert l'odeur de renfermé avec un parfum d'ambiance. « Mon » parfum. Comment ont-elles su ? Simple ! Elles ont retrouvé ma dévouée, mon irremplaçable Monica. Elle travaille toujours dans le quartier et elle s'est empressée de revenir donner un petit coup de propre, un petit coup de fête à l'appartement.

Dans l'office, il y a même déjà une litière que Colombe à peine sortie de son panier utilise avec un sûr instinct et une évidente satisfaction. En revanche, elle dédaigne à côté l'habitat prévu pour elle : une ancienne corbeille à fruits des jours de réception. Elle préfère visiblement choisir elle-même son territoire, après test olfactif et tactile. Les trois femmes présentes s'esbaudissent. L'homme les rappelle à l'ordre :

– Sans vous commander, mesdames, si vous m'aidiez à vider la camionnette, ce serait plus rapide que si je m'y colle tout seul !

Le chef a raison : il faut cinq voyages à quatre que nous sommes par l'escalier et l'ascenseur, pour que le contenu de la camionnette et de ma voiture se retrouve en vrac dans le living, au milieu des quatre déménageurs de fortune que nous sommes, affalés sur les canapés, aspirant tous à une boisson fraîche et chacun avouant joyeusement sa flemme d'aller jusqu'à la cuisine en chercher. Lorraine, la plus courageuse – ou la plus déshydratée – finit quand même par se lever. C'est alors que retentit un curieux coup de sonnette sur le rythme de tac-tagadac-tac-tsouin-tsouin. Lorraine est la seule à ne pas s'en étonner. Au contraire ! Sans même regarder sa montre, elle nous annonce :

– Il est midi !

Décidément ! Tous les jours à cette heure-là, à cette minute-là – la minute de Perdican –, il se passe quelque chose qui me force à y penser. A Waterloo, il y a eu alternativement le carillon de l'entrée, le facteur et un coq du voisinage, baptisé par Robinson l'« attardé », qui se sont relayés pour me signaler qu'il était midi. Et aujourd'hui, c'est Lorraine qui manifestement attendait, à cette heure précise, ce coup de sonnette particulier. De qui ?

Deux hommes, à la cinquantaine bien entretenue, l'un habillé en cuistot, l'autre en serveur de restaurant, munis chacun d'un chariot gonflé de marchandises. Ils restent figés comme des automates à l'entrée du living pendant que Lorraine nous les présente avec la solennité d'un huissier :

– Me Pierre Chazeaux, avocat spécialisé dans l'immobilier, et M. Christian Chazal, directeur d'une agence immobilière, mais plus connus sous le nom... je les laisse vous le dire eux-mêmes...

Les deux automates sortent alors de leurs manches des pochettes en mousseline, s'avancent vers nous en se tortillant comme deux folles en rupture de gay pride et s'annoncent :

– *Les Cha-Cha ! deux amis venus là dans l'urgence*
Alléger vos humeurs et alourdir vos panses !

Je suis celle qui les applaudit le plus fort, car j'ai plusieurs fois croisé l'un d'eux : Pierre Chazeaux, presque homonyme de mon mari et l'un de ses anciens collaborateurs. Sérieux dans son travail, irréprochable – apparemment – en famille, il avait sur un coup de cœur, largué les deux – le travail et la famille – pour s'embarquer, toutes voiles dehors, sur la joyeuse chaloupe de Christian. Lequel, s'il était parfois folle en privé, n'était jamais fou en affaires.

Depuis quatre ans, ils formaient un de ces couples rares qui regardent ensemble dans la même direction. Ils s'étaient peu à peu liés d'amitié avec mon mari puis avec son alter ego François Bourdin. Les « Cha-Cha », plus jeunes qu'eux et dans l'ensemble moins « bourges », étaient devenus tout naturellement les ministres des loisirs de leur petite communauté. Sur la demande de Lorraine, ils avaient accepté de grand cœur d'exercer leurs fonctions pour nous aujourd'hui.

La journée se déroula dans une ambiance décontractée. La bonne humeur nous accompagna dans la cuisine, avant, pendant et après le déjeuner, puis dans le living que nous avons débarrassé de son fouillis, puis dans les pièces où nous l'avons réparti provisoirement en attendant que je décide avec Aline la place de chaque chose, puis enfin dans mon ancienne chambre qui sera d'ailleurs peut-être ma nouvelle chambre où nous nous sommes écroulés, les trois femmes sur le grand lit, les trois hommes sur l'épaisse moquette.

Curieusement, c'est là que Colombe s'est installée sur un fauteuil crapaud, pelotonnée contre le coussin du dossier. Maintenant, elle m'a rejointe sur le lit. Je la caresse sous le cou. Elle ronronne. J'en ferais volontiers autant. Lorraine soupire. Carla bâille. Les « Cha-Cha » chantonnent : « Dodo, l'enfant do... », Robinson recharge ses batteries en position de lotus. Méthode efficace a priori : il saute sur ses pieds et déclare :

– Il est 7 heures ! Si vous n'avez plus besoin de moi, je me tire !

– Tu retournes à Waterloo ? demande Lorraine.

– Oui. C'était prévu. Je ne veux pas que Daphné et Agathe soient seules la nuit.

– Ne t'inquiète pas ! Tes deux « araignées » de copains doivent leur tenir compagnie.

– Justement...

La grande sœur se tait. Mon demi-sourire rejoint son silence, probablement sur la même pensée : « C'est charmant, un homme jaloux », avec la même restriction : « De temps en temps ! »

Je me lève pour le raccompagner. Les autres en font autant et décident dans l'entrée qu'ils vont partir aussi. Chacun pour une raison différente. Lorraine, bien entendu, a encore un dossier à étudier. Carla voudrait, elle, relire à tête reposée le nouveau roman de son « Findus » préféré qu'elle a dévoré pendant leurs éphémères retrouvailles. Les « Cha-Cha » ont envie d'aller regarder dans leur nid climatisé un DVD que leurs amis de Suresnes leur ont offert. Il s'agit d'un repiquage d'un vieux film de Sacha Guitry : *Ils étaient neuf célibataires.*

Nous sommes cinq à éclater de rire. Robinson hoche la tête avec commisération : c'est charmant aussi, un adolescent amoureux.

Je referme la porte sur les derniers échos d'une bonne journée : « A bientôt, j'espère », « A plus tard », « A tout le temps ».

Colombe vient se frotter à mes jambes. Après l'agitation de cet après-midi le silence est pesant. Le vide, palpable. Il serait très facile de s'offrir un peu de larmes à l'œil ; de se croire malheureuse... Comme c'est tentant...

Allons, sainte Agnès, ne me laissez pas succomber à la tentation !

Le téléphone sonne. Incroyable ! Déjà exaucée !

– Allô, c'est Pierre.

– Chazeaux ?

– Non, Cazeaux, ton mari !

– Oh, excuse-moi, mais justement...

– Je sais, les « Cha-Cha » sortent de chez toi. Ils viennent de m'appeler. Tu les as complètement séduits. Et Dieu sait comme ils sont impartiaux... s'agissant des femmes !

– Moi aussi, je les ai trouvés vraiment très sympathiques, très drôles...

– Oui, mais aussi, tu verras, très fiables en amitié, très...

– Excuse-moi, on m'appelle sur mon portable.

– Ah oui ! J'entends. Ça n'a pas d'importance, je raccroche. C'est tout ce que j'avais à te dire. A plus !

Clac !

Clic !

– Allô ! C'est Aline... *from America* !

– Ah ! Quelle chance ! Comment vas-tu ?

– Très bien ! Je te donne en mille qui vient de m'appeler...

Je crois l'épater en lui lançant le nom de son Crésus grec :

– Nikos Phidias !

– Non ! De ce côté-là, pas le moindre signe de vie... C'est dommage : ça m'aurait bien amusée... Encore que celui qui m'a appelée, quand je l'ai entendu, ça m'ait bien fait rigoler !

– Ce n'est pas François, par hasard ?

– Ben... comment as-tu deviné ?

– Comme ça...

Chapitre 18

– Bref, dis-je pour éviter que la batterie de mon portable ne s'essouffle plus vite qu'Aline, bref, tes filles travaillent et tu ne les vois que le soir ; tes petits-enfants sont plus américains que français ; tes gendres, eux, sont totalement américains ; les New-Yorkais parlent américain. Toi, pas. Donc tu t'ennuies et tu voudrais revenir à Paris dans un délai décent. Une semaine par exemple, sous un prétexte valable que tu me charges d'inventer, moi dont l'imagination est le fonds de commerce ! C'est bien ça ?

– Tout à fait.

– Bon ! Eh bien, je vais chercher et, dès que j'ai trouvé, je t'appelle.

– OK ! Bye... comme on dit en France !

Déformation professionnelle : moi qui suis dans la vie une adepte convaincue de la franchise, j'adore inventer des mensonges pour les autres. Ça doit être un défoulement. Sur-le-champ, je m'amuse à concocter celui qui va rendre le départ prématuré d'Aline obligatoire, donc pardonnable. Comme d'habitude, par superstition, je m'interdis d'invoquer une raison de santé : si par malheur elle s'avérait, je ne me le pardonnerais pas. Je décide donc, comme souvent, d'avoir recours aux incontournables exigences du travail. J'invente un scénario très simple avec un seul intervenant : Benoît, le galeriste bruxellois d'Aline et notre ami commun. Je lui téléphone le lendemain dimanche à son domicile, afin de lui demander...

Rien ! Il ne m'en laisse pas le temps. Il allait m'appeler pour me dire...

Tout ! Tout ce que j'avais imaginé dans mon scénario mais en mieux, parce que vrai.

– Je n'arrive pas à joindre Aline.

– Elle est à New York chez ses filles.

– Allons bon ! J'ai absolument besoin d'elle ! Quand va-t-elle revenir ?

– Euh... ça dépend... Elle pourrait peut-être écourter son séjour... s'il y a urgence ?

Il y avait urgence : Nikos Phidias, le dernier en date des admirateurs d'Aline, la grenouille qu'elle a sans doute rêvé de rencontrer, métamorphosée en prince charmant, au milieu de la 5e Avenue, sur une musique de Cole Porter et dans une chorégraphie de Fred Astaire ; celui auquel je ne croyais, comme à mon Perdican, qu'une vocation d'étoile filante... eh bien oui, celui-là, le revenant complexé... est revenu dans la galerie de Benoît et a prié celui-ci, sans complexe, de lui organiser au plus vite une rencontre avec Aline. Pour la bonne cause, bien entendu. Celle de l'Art : fouineur éclairé, il avait déniché à Londres, dans une petite brocante de Porto Bello Road, une modeste aquarelle. Il l'avait achetée avec une satisfaction telle que le marchand aurait pu la croire signée par un maître. Or elle ne comportait aucune signature. Même pas des initiales. Mais, au premier coup d'œil, il avait estimé qu'il y avait quatre-vingt-dix chances sur cent pour qu'Aline en soit l'auteur. Il comptait sur l'intéressée elle-même pour supprimer les dix pour cent de doute en instance, et le cas échéant, pour signer à retardement son œuvre. C'est pourquoi, depuis trois jours, Benoît essayait de la joindre et conjointement de calmer l'impatience de Phidias, grandissante à chaque nouvelle visite. D'où son soulagement en entendant ma voix au bout du fil, sa déception en apprenant qu'Aline était outre-Atlantique dans sa famille et maintenant son plaidoyer pro-Phidias c'est-à-dire pro domo :

– Les affaires sont très difficiles et les clients comme le Grec très rares. Vous savez, un collectionneur passionné, donc déraisonnable, dont on peut attendre de substantielles folies..., on a tout intérêt à lui être agréable. Aline la première. Il faut absolument qu'elle revienne.

– Je comprends bien, mais moi, elle ne m'écoutera pas. C'est à vous d'essayer de la convaincre, par fax ou par mail. Je vais vous donner toutes ses coordonnées.

Une minute plus tard, comme il n'était que 5 heures du matin à New York, je laisse un message sur le portable d'Aline : « Mission accomplie. Retour organisé avec le concours inespéré de Benoît et de Nikos Phidias. Surveille fax et ordinateur. A très vite. »

En fin d'après-midi c'est par téléphone que le galeriste m'a communiqué le résultat de son intervention : si tout allait bien, Aline arriverait dimanche à Bruxelles vers 14 heures. Elle rencontrerait Phidias et son aquarelle à la galerie vers 15 heures. Lui, Phidias, repartirait vers 19 heures pour Hong Kong où un important rendez-vous d'affaires l'attendait le lendemain. Oui, ça devait se passer comme ça, si ce samedi-là avait été un jour

« avec ». Mais ce fut un jour « sans ». La veille aussi : les Chinois avaient avancé leur rendez-vous avec Phidias de vingt-quatre heures, sous menace souriante de l'annuler définitivement. La mort dans l'âme, Phidias annula celui qu'il avait avec Aline. Benoît, aux cent coups, m'en avertit. Aussitôt je lui ai proposé d'en prévenir moi-même Aline. Il accepta avec reconnaissance... à cent lieues de penser que je n'en ferais rien, puisque le but initial de l'opération était de la rapatrier plus tôt que prévu et que ce but était sur le point d'être atteint. Il ne me restait plus qu'à me pointer à l'arrivée du vol New York-Bruxelles et à ramener Aline directement en voiture à Paris. Mais...

L'avion d'Aline a été retardé au départ par un contrôle prolongé, sous-entendu suspicieux, et donc pour elle générateur d'un surcroît d'inquiétude.

Elle en sort à présent, verte, titubante de fatigue, l'esprit aussi flou que le regard. Elle est à peine surprise de me voir et très contente d'apprendre qu'elle ne va pas rencontrer Nikos. Je m'en réjouis sincèrement :

– J'avais peur que tu sois déçue.

– Oh là là ! Non ! Au contraire !

– Au contraire ?

Ma question ne provoque qu'un bâillement prononcé et cette réponse balbutiée :

– Je t'expliquerai... plus tard... promis...

Suit un tir groupé de nouveaux bâillements qui décapitent toute velléité de conversation. Je bâillonne ma curiosité et traîne en silence ma zombi et son chariot à bagages jusqu'au parking. Sans la moindre hésitation, Aline monte à l'arrière de ma voiture, s'y installe le plus confortablement possible, sort de son sac un masque et des boules

Quiès qu'elle emploie avec promptitude, et dans la minute qui suit s'abîme dans un sommeil tel qu'il justifierait qu'on dise qu'elle « en écrase » ! C'est moi qui la réveille en criant : « Terminus ! » devant l'immeuble de l'avenue Duquesne. Elle grogne, s'extirpe de la voiture comme un escargot de sa coquille, me regarde hébétée transporter ses bagages, bredouille : « Excuse-moi, mais... »

Elle entame dans l'appartement en s'appuyant aux murs un circuit toilettes-salle de bains-chambre (celle autrefois occupée par Pierre) : « Excuse-moi, mais... » A tâtons, elle trouve le lit, s'affale dessus sans même se déshabiller et sur un dernier : « Excuse-moi, mais... » se rendort comme une droguée... qu'elle est réellement.

Elle me l'apprend le lendemain matin, enfin réveillée, enfin en peignoir de bain, prenant un petit déjeuner... digne d'un grand !

– Dans l'avion, j'ai eu tellement peur que j'ai pris une triple dose de somnifère pour m'abrutir, échapper à mon autodestruction. Malheureusement, ce remède de cheval a eu sur moi un effet retard... comme tu as pu le constater !

– Tu as dormi quand même pendant le vol ?

– Un quart d'heure ! Le reste du temps, je n'ai pas arrêté de surveiller les allées et venues des passagers, leurs attachés-cases, les gestes de mes voisins, le comportement des hôtesses. A la moindre « bizarrerie » (ou ce que je prenais, moi, pour une bizarrerie) j'avais le cœur prêt à éclater. J'ai vu le moment où j'allais mourir par peur de la mort ! C'est d'ailleurs là que...

Arrêt café ? Pas seulement. Arrêt confidence. Pause hésitation. Puis redémarrage en trombe :

– C'est là que j'ai fait un vœu !

– Un vœu ?

– Oui... C'est ça, hier à l'aéroport, que j'ai promis de t'expliquer.

Aline tient sa promesse, les yeux baissés comme à confesse.

Dame ! Ce n'est pas très facile d'avouer, même à moi, sa jumelle de cœur, en ce début de XXIe siècle où la foi religieuse n'est pas culte, que sous le coup d'une angoisse irrépressible, elle s'est mise à prier dans son Boeing 747 et, pire, à faire un vœu, comme au temps où nous préparions notre première communion à Saint-François-Xavier ou encore quand nous étions en classe de philo au lycée Montaigne ! Fait aggravant : un vœu de chasteté ! Aline me supplie de ne pas rire. De ne pas l'engueuler. Elle n'a rien à craindre. Je la rassure :

– Moi, fumeuse invétérée, un jour de désespoir, j'ai fait le vœu de ne plus jamais toucher à une cigarette pour que mes deux enfants suicidaires retrouvent la paix. Plus récemment, j'ai fait le vœu de me rendre tous les ans à Lourdes pour que notre petit Clément sorte vivant et indemne de sa chute dans l'escalier des « Oublières ». J'ai été exaucée les deux fois. Coïncidences ! Fichaises ! Superstition ! Bourrage de crâne ! Intox ! Conneries ! Vieilles lunes ! Les esprits forts peuvent me crier tout cela dans les oreilles... Moi, je continue à n'entendre que Musset : « Si le ciel est désert, nous n'offenserons personne. Si quelqu'un nous entend, qu'il nous prenne en pitié. »

Maintenant que je l'ai mise à l'aise, Aline, les yeux relevés, droite dans ses pantoufles, me rapporte les termes exacts de son vœu :

– « Si je sors vivante de cet engin maudit, je jure de renoncer à toute sexualité – de quelque nature qu'elle soit et sous quelque forme qu'elle se présente. »

– Jolie transaction à l'office des échanges... planétaires : le septième ciel contre le plancher des vaches !

Elle sourit de ce résumé à l'emporte-pièce qui allège un peu son vœu. Avait-il besoin de l'être ? Lui semblait-il pesant ? Encombrant ? Difficile à respecter ?

– Franchement non, me répond Aline. En tout cas, pour le moment. Je ne me sens aucun appétit sexuel. Plutôt même une inappétence. Normal ! Avec François, de ce côté-là j'ai été suralimentée et rassasiée de gourmandise. Et avec Vincent... j'ai trop fait la cuisine ! J'aspire à la diète. Mais bien sûr, je ne peux pas t'affirmer que ce soit définitif, que je ne vais pas un jour être titillée par un petit creux ou tenaillée par une grande fringale.... devant un bel étalage de primeurs... ou une marmite de bourguignon ! Comme toi tu pourrais l'être, si ton fantomatique Perdican se matérialisait.

Je botte la réponse en touche :

– De toute façon, la question ne se posera pas : il m'a tout de suite prévenue que je ne le rencontrerai jamais... pour cause de jeunesse, de maladie, d'éloignement.

– Et s'il t'avait menti sur toute la ligne ? S'il était moins jeune qu'il ne le dit ? En pleine forme ? A portée de main ? A portée de cœur ? Comment réagirais-tu ? Physiquement ? Et moralement ?

Dans une bande dessinée, je pourrais avoir des points d'interrogation dans les yeux et un cadenas sur la bouche. Aline considère mon silence comme une réponse.

– C'est bien ce que je pensais, dit-elle.

Chapitre 19

Pendant quatre jours, Aline et moi nous avons rangé. Parlé. Rangé. Parlé. Rangé. Parlé... et vidé le congélateur ! Résultat : en ce mercredi soir, nous sommes courbatues, fourbues mais contentes.

Contentes de notre installation qui s'est révélée finalement très simple : Aline occupe désormais l'ancien espace occupé par Pierre, à ceci près qu'à cause de la lumière, la chambre spacieuse va devenir son atelier et le bureau plus petit, sa chambre. Moi, je n'ai pas changé la disposition de mes deux pièces, mais compte en changer radicalement la décoration, comme celle de tout l'appartement, y compris la partie réservée à Aline, en plein accord avec elle et sous sa direction. Elle a eu déjà plusieurs idées pour rénover son « chez elle » qu'elle a baptisé d'office : le « foutoir », et pour mon « chez moi » que spontanément j'ai appelé : le « labo ». L'appellation de l'appartement dans son ensemble s'est imposée d'elle-même, dans une commune rigolade : ce sera l'« usine ». Pas besoin de Freud pour comprendre qu'à présent nous considérons le travail comme la plaque tournante, l'élément basique de notre vie. Quelle chance pour nous, à l'instant d'aborder la deuxième mi-temps de notre existence, d'avoir ce moteur neuf, puissant, exigeant, pour remplacer l'autre, bousillé par les chaos de notre route amoureuse et qui, de toute façon, aurait fini par nous lâcher, tôt ou tard.

Nous sommes aussi contentes d'avoir établi entre nous un modus vivendi totalement inspiré de celui des hommes mariés : vivre à deux comme si on était seul ! A cette règle qu'ils observent si bien, nous avons ajouté cet apophtegme qu'ils oublient si facilement : « Ma liberté commence où la tienne finit. »

Nous sommes contentes enfin d'avoir décidé... de ne rien décider pour nos vacances, si ce n'est de rester ou de partir quand on en aura envie et où on en aura envie.

Et justement, le vendredi suivant nous vient l'envie d'une escapade... que nous avions projetée naguère sur les conseils conjugués de Domani et de Bruggen. Elle a présentement pour nous l'avantage de joindre l'utile à l'agréable. L'utile, c'est de nous rendre à Bruxelles où Benoît nous attend dans sa galerie : Nikos Phidias, avant son départ pour Hong Kong, y a déposé la fameuse aquarelle, afin qu'Aline puisse l'examiner n'importe quand, sans se soucier de son emploi du temps à lui qui est toujours sujet à fluctuations. Quant à l'agréable, ce sera le reste... du moins, espérons-le ! En tout cas, ça commence bien : je tourne la clé de contact de ma voiture, le tableau de bord s'éclaire et m'indique qu'il est... 12 heures. L'heure du clin d'œil de Perdican... L'heure de me traiter de « pauvre demeurée »... comme tous les jours et, aussitôt après, l'heure de démarrer dans la bonne humeur. Le ciel est d'un bleu de carte postale. La circulation fluide à en dégoûter Bison futé. Nos humeurs légères, invraisemblablement, quand on y pense... et on y pense ! La preuve :

– Tu te rends compte, me dit à brûle-pourpoint Aline après avoir calculé sur ses doigts : il y a à peine plus de cinq semaines que Vincent et Dominique...

– Oui, je sais... mais parce que Carla me l'a dit l'autre jour au téléphone.

– Elle ne t'a quand même pas appelée pour ça ?

– Non ! Uniquement pour me demander si j'avais recommencé à écrire. Et devant ma réponse négative, m'administrer une bonne dose de vitamines « Tellement ».

– Qu'est-ce que c'est que ça ?

– Des dopants pour auteur, du genre : « Tu as tellement de talent ! », « Tellement de lecteurs qui attendent ton prochain livre ! », « Tellement de confrères qui t'envient ! ».

– Ce n'est pas désagréable comme remède.

– Bien sûr ! Comme m'a dit Lorraine : « Même si c'est intéressé, ça vaut mieux qu'un coup de pied aux fesses ! »

– C'est drôle, je l'imaginais plus coincée que ça.

– En surface, seulement. Pas en profondeur.

– Je suis vraiment curieuse de la connaître. Carla aussi, d'ailleurs.

– Comme elles ont la même curiosité vis-à-vis de toi, je vais arranger ça très vite.

Une courte réflexion met un bémol inattendu sur la satisfaction d'Aline :

– Pourvu que je leur sois sympathique à tes labadens.

– Mes quoi ?

– Labadens !

Ce mot me dit vaguement quelque chose. Je cherche à toute vitesse où j'ai pu le lire ou l'entendre. Ça y est ! Ça me revient : dans une pièce de Labiche ! Laquelle ? Encore un effort...

Eurêka ! *L'Affaire de la rue de Lourcine.* Je n'ai pas gagné des millions. Seulement la satisfaction d'épater Aline qui justement avait l'intention de m'épater en sortant ce mot d'un autre âge. La minute d'après, elle reprend l'avantage en me déballant son savoir sur le ton d'un vieux magister :

– Labadens, ma chère, est à l'origine le nom vaudevillesque d'une institution scolaire. Par extension, on l'a employé pour désigner un maître d'école. Et par la suite, l'élève d'une pension. Il a de nos jours pratiquement disparu du vocabulaire, sauf de celui de Bernard Pivot... et de celui de mon premier mari, François Bourdin. Lequel en a usé un jour à ton endroit avec une connotation péjorative, vu qu'il le trouvait aussi démodé que toi !

Je fais semblant d'être offensée :

– François a osé me traiter de labadens !

– Il avait une excuse : ça s'est passé pendant ma dépression, quand il a appris notre visite chez Bruggen, « le gourou », comme il l'appelait. Il a lâché au comble du mépris : « C'est encore une idée de ta labadens ! » A l'époque, j'ignorais ce mot. J'ai cru que c'était injurieux à ton égard et mon état aidant, je me suis transformée en Niagara ! Une fois de plus ! Mon pauvre François ! A ce moment-là, vraiment, il en a essuyé un maximum !

Je grimace : Aline cessera-t-elle un jour de plaindre « son » pauvre François – possessif bien impropre pour un mari que tant d'autres ont partagé avec elle ? Cessera-t-elle d'oublier le machisme de ce « pauvre François » ? son infidélité chronique ? ses aventures ? les courtes, les longues, les plus ou moins officieuses, et la dernière, quasiment officielle, qui a provoqué – enfin ! – leur divorce ?

Je finis par lui poser ces questions qu'elle m'avoue s'être déjà posées elle-même :

– C'est vrai que j'ai plus d'indulgence pour François qui m'a très vite déçue après notre mariage que pour Vincent qui ne m'a déçue qu'à titre posthume.

– La raison m'en semble évidente : tu as plus aimé le premier que le second.

– Oui, sans doute. Mais pour toi, finalement, est-ce que ce n'est pas pareil ?

Je tarde à répondre :

– Il n'existe pas encore d'« amouromètre » qui serait capable d'évaluer, au degré près, la température de notre cœur. Il m'est donc difficile d'estimer très justement l'amour que j'ai éprouvé pour Pierre et celui que j'ai éprouvé pour Domani. D'autant moins qu'ils ne sont pas comparables. L'un, émanant d'une vierge innocente, fut à dominante sentimentale ; l'autre, fruit d'une épouse insatisfaite, fut à dominante physique. Quel est des deux celui qui résistera le mieux à l'épreuve du temps ? Quel sera le choix incontrôlable de la mémoire ? Que retiendra-t-elle ? Que rejettera-t-elle ? C'est imprévisible, comme toute mon histoire avec Domani.

– C'est drôle !

– Quoi ?

– Tu appelles ton mari par son prénom, et l'autre par son nom.

– Oui, j'ai remarqué. Et tu en déduis quoi ?

– Je n'en sais rien. Je ne suis pas psychanalyste, mais pour te donner une idée, dans mon esprit, je suis la première femme de François et la veuve de Bruggen !

Le reste de notre voyage s'est passé dans un silence... bruissant de souvenirs. Notre arrivée à l'hôtel Métropole y met fin. Nous voilà dans notre chambre, pépiant comme deux pensionnaires, puis nous réprimandant et nous donnant des ordres comme deux surveillantes : « Ecartez vos lits, mesdemoiselles ! Ouvrez les fenêtres ! Fermez la clim ! Allongez-vous ! Respirez profondément ! Levez-vous ! Rafraîchissez-vous ! Sortez vos affaires de toilette ! Ne piquez pas tous les échantillons mis à votre disposition ! Laissez-en pour votre camarade ! Prenez vos petites précautions ! Téléphonez à l'ami Benoît ! » Récréation terminée. Exécution :

– Allô Benoît ? C'est Agnès. Nous sommes à Bruxelles ! Avez-vous des nouvelles de Phidias ? Ça alors ! c'est incroyable ! Non ! Au contraire ! Aline va être ravie. Elle ne tient pas du tout à le rencontrer. On arrive. A tout de suite !

Aline est effectivement ravie d'apprendre que Nikos est toujours à Hong Kong et de surcroît en train d'y conclure de si fructueuses affaires qu'il a déjà versé un à-valoir sur un tableau de sa dernière exposition, choisi sur catalogue. Ravie encore quand, dans la galerie, elle découvre l'aquarelle anonyme dont son admirateur la croit et l'espère l'auteur. Ravie, parce qu'elle la reconnaît au premier coup d'œil. Moi aussi. Elle a un sourire attendri. Moi, un peu moins ! Nous avions dix-huit ans quand elle en a eu l'idée. Nous étions pour la première fois follement amoureuses, elle de François, dit « Big Lover » ; moi de son ami Pierre, dit « M. Beau Mec ». Pour la première fois nous venions l'une et l'autre d'essuyer un échec cuisant avec nos élus qui, à juste titre, nous avaient trouvées trop jeunes et trop innocentes pour nous élire. Moi, j'avais caché ma plaie d'orgueil derrière une montagne de glace citron-miel. Aline, elle, partagée entre chagrin et espoir, avait traduit son double sentiment dans un dessin représentant deux pigeons qui s'envolaient dans des directions opposées mais la tête de chacun résolument tournée vers l'autre.

Un an plus tard, nous avons pris notre revanche – ou ce que nous considérions comme telle à l'époque – en épousant le même jour nos deux récalcitrants. Aline, comme moi, a remonté le temps :

– Quand je l'ai donnée à François en cadeau de rupture, me dit-elle en désignant l'aquarelle, ce n'était qu'un dessin.

– Effectivement. Je m'en souviens très bien.

– A l'occasion de notre emménagement dans notre premier appartement, je suis tombée dessus. Il était dans une valise poussiéreuse, sous tout un tas de vieilles radiographies. J'ai pleuré un bon coup et puis j'ai troqué mon œil de femme contre mon œil de peintre et mon mouchoir contre mon pinceau. C'est ainsi que cette aquarelle est née et qu'après avoir transité successivement par le bureau de François, la salle d'attente et le couloir, elle a rejoint beaucoup d'autres de mes « petits ouvrages de dame » dans le grenier de notre maison de Suresnes.

Comment ces deux pigeons naufragés ont-ils pu échouer dans une brocante londonienne ? Benoît, Aline et moi retournons cette question dans tous les sens. Mais, découragés par la multiplicité des réponses plausibles, nous nous contentons bientôt de nous extasier sur la perspicacité de Phidias, sur son œil averti qui a repéré en une seconde les ailes en exil. Beaucoup en tant qu'artiste, mais quand même un peu en tant que femme, Aline est touchée et sur un ton faussement détaché s'informe auprès de Benoît de son ancien condisciple :

– Comment l'avez-vous trouvé ?

Benoît devait s'attendre à cette question, car il y répond immédiatement et sans la moindre hésitation :

– Attachant. Très attachant. C'est un exemple flagrant des injustices de la nature : il a tout, vraiment tout pour lui... sauf les apparences ! C'est terrible à dire, mais il n'y a qu'une aveugle qui pourrait l'aimer !

Seul le regard désolé d'Aline, croisant le mien, fataliste, commente la dernière phrase de Benoît. Pas un mot ! Pas un soupir ! On entendrait un rêve voler !

Benoît le fait atterrir sur l'aquarelle. Il la tend à Aline pour qu'elle la signe. Exceptionnellement, elle se fend d'une dédicace : « Pour le Nikos d'hier, celui d'aujourd'hui et peut-être celui de demain avec ma sympathie globale et affectueuse. »

Voilà de quoi combler M. Phidias et le pousser à de nouvelles acquisitions. Benoît, enchanté, s'empresse de nous inviter à dîner dans un des meilleurs restaurants de Bruxelles. Aline qui, semble-t-il, a renoncé à la diététique en même temps qu'à la sexualité, ne cache pas sa joie. Moi, qui continue à me ressembler, je cache mon peu d'enthousiasme et préviens Benoît :

– Nous ne nous attarderons pas. Nous devons nous lever de bonne heure demain matin pour aller à Bruges, comme je vous l'ai dit au téléphone.

– Je sais. Je vous ai même préparé un circuit touristique un peu à part, compte tenu que c'est une ville que je connais... par cœur, dans toute l'acception du terme.

– C'est très gentil.

– J'ai laissé le papier sur mon bureau. Je vais le chercher.

Je le suis à distance en regardant les tableaux et objets d'art exposés. Je m'attarde devant l'un d'eux : un énorme point d'interrogation en bronze. La curieuse que je suis est attirée par ce signe de ponctuation. La sculpture s'appelle avec humour – ou peut-être sans ? – *Chef-d'œuvre*. En me penchant pour lire cette appellation, j'aperçois sur le socle un objet si petit qu'il me faut le prendre dans mes mains et l'examiner de très près pour me rendre compte qu'il s'agit d'une minuscule statuette en bronze doré, représentant une divinité hindoue. J'ai immédiatement l'impression de l'avoir déjà vue quelque part. Mais où ? Mais quand ? Dès que Benoît revient avec notre « feuille de route », je l'interroge :

– Le gri-gri est-il du même auteur que la sculpture ?

– Je n'en sais rien, mais je ne crois pas. Je l'ai découvert là à cette place, il y a une quinzaine de jours à l'issue du vernissage-cocktail que j'avais organisé en l'honneur du sculpteur. J'ai pensé que c'était lui – ou l'un de ses amis, fétichiste – qui avait déposé ce porte-bonheur, à cette place, avec l'espoir qu'il remplisse sa mission. Je l'ai laissé là... après toutefois avoir vérifié qu'il n'avait aucune valeur !

– C'est bizarre...

– Non ! Vous savez bien que les artistes sont souvent superstitieux.

J'acquiesce mais, en vérité, ce que je trouve bizarre, c'est mon impression persistante d'avoir vu cet objet quelque part. Mais où ? Mais quand ?

Pendant le dîner avec Benoît, entre turbotin et ballottine, je glisse mes deux points d'interrogation dans une indifférence totale.

En rentrant à l'hôtel, Aline m'affirme qu'elle, en tout cas, est certaine de n'avoir jamais vu l'objet de ma curiosité. Donc, il se trouve dans un endroit où je suis allée seule. Evidemment, il y en a beaucoup...

N'empêche ! Avant de m'endormir, ma mémoire court encore après ces deux lièvres : mais où ? mais quand ?

Chapitre 20

Je ne me rappelais plus ce que j'éprouvais quand j'étais éveillée auprès de quelqu'un qui dormait.

La dernière fois que ça m'est arrivé, c'était dans le lit conjugal où je venais de passer pendant vingt-deux ans des nuits sans problème... sur le plan du sommeil : j'étais jeune, amoureuse et fatiguée. Six mois après le départ de nos enfants, sous le prétexte d'une trachéite incoercible et nocturne, je me suis exilée dans la chambre de ma fille pour ne pas déranger Pierre avec ma toux. J'y suis restée, après l'avoir convaincu – sans grande difficulté – qu'à partir de la quarantaine – c'était mon cas – et a fortiori à partir de la cinquantaine – c'était le sien – on avait besoin d'un peu plus... d'autonomie. Et pendant les douze années suivantes où nous avons encore cohabité, personnellement je m'en suis félicitée et je crois que Pierre ne s'en est pas plaint.

Quand je suis partie pour vivre avec Domani (décidément je n'appelle plus le deuxième homme de ma vie par son prénom) dès notre première nuit, après une heure délicieusement fusionnelle, j'ai imposé la séparation, délicieusement cruelle. Seule façon d'éviter le jour où elle deviendrait souhaitée, douloureuse, amère. J'ai eu du mal à le convaincre, mais... j'avais de l'expérience. De la prudence. Et... neuf ans de plus que lui !

Je ne pensais pas une seconde, en partageant avec une femme – qui plus est avec Aline – une chambre à lits jumeaux, retrouver les mêmes inconvénients qu'avec un homme. Et pourtant... Hier soir, j'ai éteint la lumière parce que Aline ne peut s'endormir que dans le noir, alors que j'avais envie de lire jusqu'à la fermeture de mes paupières ; cette nuit, elle m'a réveillée sans s'en rendre compte en m'appelant dans un cauchemar et, ce matin, j'attends depuis une demi-heure qu'elle ouvre les yeux pour m'ébrouer dans la salle de bains. Seul le sommeil des enfants m'attendrit. Celui des adultes me met mal à l'aise. Pour moi c'est un acte privé, intime. Et en être le témoin me donne l'impression de commettre une indiscrétion.

– Tu es réveillée ?

La voix très nette et un peu étonnée d'Aline vient de me surprendre alors que je suis en train d'enfiler discrètement mes mules.

– Ben oui ! Il y a presque quarante minutes !

– Et moi qui faisais semblant de dormir... par solidarité !

– C'est pas vrai !

– Je te promets ! Je me suis même juré : « Plus jamais ça ! » et j'ai pensé que, s'il y avait une petite chambre à l'hôtel de Bruges, en plus de celle qu'on a réservée...

Il n'y en avait pas. L'hôtel était plein. On s'en est vite consolées : avec l'emploi du temps que Benoît nous avait concocté, nous serions normalement assez fatiguées pour rejoindre Morphée dans n'importe quelle condition.

Suivant les directives de notre conseiller touristique, nous avons commencé par le plus fatigant :

la grande promenade à pied dans le centre de la ville, avec la découverte sur la grand-place du marché des maisons à pignons et des boutiques artisanales dont celles, incontournables, des dentellières à l'ancienne, gardiennes de la tradition. C'est à une trentaine de mètres de la plus célèbre d'entre elles que je tombe littéralement en arrêt. Je viens d'apercevoir deux femmes, une blonde et une brune, que je signale aussitôt à Aline comme étant d'incroyables clones de Lorraine et de Carla. Les douze coups de midi ont beau carillonner dans ma tête le nom de Perdican, je ne peux détacher mon regard de leurs deux silhouettes. Nous nous en approchons. Et... cette fois, c'est la surprise qui me cloue sur place : ce ne sont pas les clones de Lorraine et Carla. Ce sont vraiment elles, aussi étonnées que moi ! Je les présente à Aline, aussi enchantée qu'elles.

La même question fuse de part et d'autre :

– Qu'est-ce que vous faites là ?

La même réponse aussi évidente que banale nous déçoit de part et d'autre :

– Nous voulions voir si Bruges avait autant de charme qu'on nous l'avait dit.

La même insatisfaction nous pousse à enfoncer un peu plus nos quatre clous :

– Qui « on » ?

Je suis la première à répondre par une pudique litote :

– Un homme qui a compté dans ma vie.

En écho j'entends un « moi aussi » explosif de Carla. Un « moi aussi » en demi-teinte d'Aline et un « moi aussi » réticent de Lorraine. Uniquement pour savoir ce que cache cette réticence, je passe aux aveux :

– Moi, c'était Domani.

– Moi, c'était mon premier « Findus », dit Carla.

– Moi, c'était Vincent, dit Aline.

– Moi..., commence Lorraine au bord du mensonge, c'était...

Je vole à son secours :

– Mon mari !

Lorraine acquiesce dans un sourire gêné, puis ne voulant pas abuser de notre complicité, enchaîne aussitôt :

– En réalité, Carla et moi nous sommes venues à Waterloo, essentiellement en voyage d'affaires : éditoriales pour Carla, et familiales pour moi.

– Des problèmes ?

– Non, au contraire ! me répond Lorraine. Pour éviter d'en avoir. J'aime bien jouer la grande sœur aînée responsable et surveiller sur place comment se comporte ma famille assez bizarrement recomposée. A ce propos... (Elle se tourne vers Aline avant de poursuivre.) Puisque j'ai la chance de vous rencontrer, je voudrais vous redire personnellement tout ce qu'Agnès, j'en suis sûre, vous a déjà dit sur Daphné et Robinson ; à savoir à quel point ils regrettent leur conduite envers vous.

– Oui, je sais. Agnès m'a expliqué. Je vous suis reconnaissante d'avoir plaidé ma cause. J'avais une très sincère affection pour Daphné et sa haine si injuste, partagée si injustement par votre frère, m'a beaucoup, beaucoup peinée.

– Ils souhaiteraient tous les deux vous rencontrer pour faire la paix avec vous, comme ils l'ont faite avec Agnès.

Pas vraiment rancunière, mais pas vraiment oublieuse non plus, Aline laisse une porte juste entrouverte :

– Pourquoi pas ? Si l'occasion se présente...

– Elle se présente : nous avons rendez-vous avec eux pour déjeuner à la brasserie qui est au coin de la rue.

– Ah bon ?

– Si vous voulez bien nous accompagner...

Aline n'ose pas refuser. Lorraine la remercie. Elles partent bras dessus, bras dessous en direction de la brasserie. Nous suivons, Carla et moi, bras dessus, bras dessous aussi... comme à la noce ! Comme à la fête ! De loin, nous apercevons Robinson et Daphné assis à la terrasse. Ils s'entre-regardent. Ils s'entre-respirent. Manifestement seuls au monde, ils sursautent à notre arrivée groupée. Leurs regards interrogateurs nous photographient en plan général, puis, inquiets, zooment sur Aline seule. Ils se lèvent alors d'un bond. Se figent incertains. Puis leurs mains en même temps s'envolent dans tous les sens ; puis très vite s'immobilisent ; puis les quatre plus jeunes se tendent vers les deux moins jeunes et les étreignent. Le langage des signes, devenu le langage du cœur, n'a pas besoin de traduction. Lorraine sans attendre va embrasser Aline. Moi je me contente d'un clin d'œil. Et c'est avec le jeune couple que j'échange des embrassades qui, elles aussi, peuvent se passer de mots. Carla, la seule d'entre nous à ne pas être directement concernée par cette scène, la décharge de son émotion en la considérant comme la scène d'un film qu'on viendrait de tourner. Elle claque dans ses mains pour imiter le clap des plateaux de cinéma et crie avec l'autorité d'un metteur en scène :

– Coupez ! On ne refait pas le son ! On mettra des sous-titres !

Robinson traduit pour Daphné dont le rire rattrape les nôtres. A table, deux groupes tout naturellement se forment. D'un côté les trois qui parlent avec leurs mains, de l'autre les trois qui parlent avec leur bouche.

A vue d'œil, les premiers ratissent et brûlent les feuilles mortes du passé. Les seconds examinent les bourgeons de l'avenir. Surtout Carla. Etre la P-DG officielle des éditions Domani, après en avoir été pendant si longtemps l'éminence plus que grise, décuple son énergie déjà grande et sa fébrilité. C'est ainsi qu'elle n'avait pas vraiment besoin de se rendre à Waterloo et qu'elle s'est inventé deux prétextes pour justifier son déplacement. Le premier : récupérer en mains propres les épreuves du *Soliloque du phallus* que Robinson venait de corriger. Le second : mettre au point avec Agathe le personnage de Ruth, censément auteur du livre, qu'elle devait incarner pour les médias. Carla reconnaît d'une part que Chronopost aurait été (presque) aussi rapide qu'elle. Et d'autre part qu'avec le téléphone, le fax ou l'ordinateur, elle aurait pu communiquer avec Agathe autant qu'elle l'aurait souhaité. Mais non! Elle avait plus confiance en elle-même que dans les télécoms ou la technologie : une grève ou un virus sont si vite arrivés! Elle avait surtout besoin de bouger, de s'activer, de se donner l'impression d'être utile.

– D'être le chef de ton entreprise! résume Lorraine avec une ironique emphase, l'omniresponsable : le cerveau, la turbine, le moteur et la courroie de transmission!

Carla rit de la caricature de Lorraine et lui renvoie aussitôt à peu près son duplicata :

– Ça te va bien de te payer ma tête! Toi, la super-chef de famille. La super-chef des loisirs, du travail et de l'habitat! Tu as été bien contente que je te fournisse une excuse pour aller fouiner du côté de Waterloo.

– Et toi, bien contente que je t'organise cette journée à Bruges, grâce à laquelle...

C'est moi qui termine la phrase :

– Nous sommes toutes très contentes.

Approbation joyeuse. Fin du repas, encore plus euphorique que le début. Proposition chaleureuse de Carla d'une poursuite en commun de cette journée qui a si bien commencé. Acceptation enthousiaste à l'unanimité, moins deux voix : celle de Robinson et par procuration de Daphné qui souhaitent tous deux avoir quartier libre... en rougissant. Permission accordée... en ricanant. Rendez-vous pris pour le retour à Waterloo avec Lorraine et Carla à 19 heures, à la même brasserie. Séparation. D'un côté, un duo d'amour. De l'autre, un quatuor d'amitié.

Au programme décidé ensemble : promenade en barque sur les canaux. Visite du béguinage et de la basilique du Saint-Sang.

Nous voilà dans l'une de ces petites embarcations, qui ont la fierté de ne pas ressembler aux gondoles de Venise. Lorraine et moi devant Aline et Carla. Nous tournons la tête à droite, à gauche. Nous nous signalons les façades qui nous plaisent, échangeons informations, commentaires, impressions. Nous nous amusons à jouer les parfaites touristes et à saluer ceux que nous croisons sur l'eau, quand de loin ils nous ont semblé sympathiques. Dans le cas contraire, nous tournons nos quatre têtes vers la rive. C'est ce que nous venons de faire après avoir entendu une bande de joyeux drilles chanter à tue-tête « Ma cabane au Canada ». Leurs voix se rapprochent. Puis abruptement se taisent pour, deux secondes plus tard, hurler nos quatre prénoms : Lorraine ! Agnès ! Aline ! Carla !

Nos quatre têtes se dévissent. Nos deux barques assez proches sont sur le point de se croiser. Aline crie : « François ! » Lorraine et moi crions ensemble : « Pierre ! » Carla crie : « Les Cha-Cha ! » Puis elle ajoute :

– Et derrière ! Le chauve bronzé, qui est-ce ?

Aucune réponse. Personne ne sait.

Le batelier de la barque des hommes, obéissant aux ordres bruyants de ses clients, vire de bord. Le nôtre, suivant les desiderata de ses clientes, freine des deux rames. Les deux embarcations sont maintenant côte à côte, dans le même sens et à l'arrêt. Nous sommes tous debout. Equilibre incertain. Présentations flottantes. Joyeux charivari. Nouvelle répartition des passagers dans les bateaux qui, à mon avis, ne doit pas tout au hasard. Dans l'une : Lorraine, Aline, François, Cri-Cri (dit « Cha-Cha Ier ») et le chauve bronzé qui se prénomme Philippe. Dans l'autre : Pierre, Pitou (dit « Cha-Cha II »), Carla et moi. Les différents transferts sont ponctués de cris, de rires, d'applaudissements. Le clan de ceux que j'ai assimilés à de joyeux drilles, mélangé au clan de celles qu'ils assimilent sans doute à des nanas en goguette, forme une bande d'adultes aux relents inopinément estudiantins.

Et voguent les galères ! Assez proches pour permettre une communication par gestes, assez loin pour préserver la confidentialité des conversations. La nôtre démarre par l'hymne traditionnel en l'honneur du Hasard. Refrain : C'est incroyable ! C'est insensé ! Premier couplet à deux voix – celle de Carla et la mienne – où nous expliquons l'une après l'autre pourquoi nous sommes à Bruges et comment nous nous sommes rencontrées. Deuxième couplet à deux voix également – celles de nos accompagnateurs. Explicatif comme le nôtre : Pierre a décidé d'organiser cette expédition récréative à Bruges, uniquement pour soutenir le moral de François plus atteint qu'il ne le laisse paraître.

– Qu'est-ce qu'il a ?

– On doit l'opérer mardi et il déprime.

– Lui, un chirurgien ? s'écrie Carla. C'est un comble ! Il est quand même bien placé pour savoir que les opérations ne sont plus ce qu'elles étaient.

– Vous avez raison, répond un peu sèchement Pierre, mais hélas les prostates, elles, restent ce qu'elles étaient ! Et les conséquences post-opératoires... aussi traumatisantes qu'avant !

– Excusez-moi, je pensais qu'il s'agissait d'une opération moins... moins...

Troublée par sa bévue, Carla ne trouve pas l'adjectif adéquat et lance maladroitement – mais justement :

– Moins privative !

Pour faire diversion, je demande immédiatement si François va être opéré à l'hôpital de Suresnes.

– Non, me répond Pierre, à l'Hôtel-Dieu. Notre copain n'opère que là.

– Quel copain ?

– Philippe, celui qui est dans l'autre barque avec lui.

– Le chauve bronzé ?

– Oui, le professeur Philippe Pons, dit « Pon-Pon », urologue réputé et par ailleurs président de notre Club des Lourdés qu'il a créé peu après avoir été lourdé lui-même par sa femme. François et moi en sommes devenus les membres assidus après que les nôtres en ont fait autant... il y a deux ans.

– Ça c'est génial comme idée, s'exclame Carla.

– Ça semble en tout cas avoir donné de bons résultats, dis-je, en désignant la mine détendue de mon lourdé de mari.

– Effectivement. Il règne au sein de notre CDL (Club des Lourdés) la même solidarité que dans votre CEDEC.

A l'intention de Carla qui n'est pas au courant de cette association à laquelle nous appartenions, Aline et moi, je traduis :

– Comité d'Entraide des Epouses Combattantes.

– Ça existe toujours ? demande Pierre.

– Je suppose, mais depuis deux ans, Aline et moi nous ne nous en sommes pas préoccupées.

– Tandis que François et moi nous ne manquons jamais le dîner mensuel du Club. Et il nous est arrivé assez souvent de partager quelques jours de vacances avec l'un ou avec l'autre de ses membres. A Marbella, notamment, où le docteur Pons possède une maison... idéale pour les lourdés en crise. Je peux en témoigner.

Dans le sourire de Pierre : une ombre d'amertume. Dans le mien : une ombre de gêne. Carla perce l'une et l'autre de sa voix claironnante :

– Mais qui a eu l'idée de Bruges pour chasser les idées noires de votre ami François ?

– Le docteur Pons.

– Il y a aussi une maison ?

– Non ! Une abbaye !

La plaisanterie de Pierre repose sur un fond de vérité : le docteur Pons a une sœur bénédictine, vivant parmi ses semblables dans la maison des anciennes béguines. Il aime bien aller la voir. Elle a sur lui un effet apaisant. Il a pensé qu'elle pourrait peut-être avoir le même sur François. Les « Cha-Cha », tous deux anciens enfants de chœur, se sont déclarés enchantés de « se repayer un petit coup de vin de messe » et les ont accompagnés. Quant à Pierre, dans les circonstances présentes, il aurait suivi son jumeau de cœur où qu'il aille. A fortiori à Bruges qui, aux yeux de ses clients français – résidents belges –, constituait le plus grand attrait de la Belgique, après toutefois ses avantages fiscaux !

C'est ainsi qu'à cause de la sœur du chauve bronzé qui, nouvelle facétie du hasard, se prénomme Agnès comme moi, nous nous retrouvons tous, François, Pierre et les autres, au béguinage. Nous le parcourons sous la conduite éclairée du docteur Pons qui en connaît bien sûr les moindres recoins. Sœur Agnès et François ferment la marche, un peu en retrait. Elle n'arrête pas de parler. Mais sûrement pas en guide touristique comme son frère ; sans doute en guide moral. J'ai beau tendre l'oreille, je n'entends que des chuchotis incompréhensibles venant d'elle et de temps en temps un rire étouffé venant de lui. En revanche, quand je quitte le béguinage avec les autres, je vois clairement comme eux le résultat de ce long conciliabule : le visage de François débarrassé de toute angoisse. Qu'a-t-elle bien pu lui dire, la petite bonne sœur à ce grand Big Lover, pour lui redonner la paix de l'âme, à lui qui a toujours été mené par le bout de son sexe ? Qu'a-t-elle bien pu lui dire pour que continuant notre déambulation touristique en calèche, François s'asseye auprès de moi, naguère perpétuel objet de ses sarcasmes, et m'affirme « qu'à tous points de vue j'ai changé à mon avantage » ? Qu'a-t-elle bien pu lui dire à ce macho pur et dur pour qu'à l'instant où Lorraine et Carla nous quittent afin de rejoindre Waterloo comme prévu, il s'écrie avec une admiration qui englobe Aline et moi :

– Vous êtes quand même de sacrées bonnes femmes !

Spontanément, les trois derniers mots se sont inversés dans ma tête : les sacrées bonnes femmes sont devenues les bonnes femmes sacrées. Par association d'idées, j'ai pensé tout à coup à la statuette de la divinité hindoue qui m'avait intriguée à la galerie de Benoît et, subitement, je me suis souvenue où je l'avais vue la première fois : sur le bureau de Lorraine à Paris. A partir de là, le fil s'est déroulé de lui-même : Lorraine était venue à la galerie. Avec la complicité de Benoît, elle s'était substituée au hasard et avait dûment organisé les rencontres, prétendûment fortuites, qui nous avaient enchantées tout au long de la journée. Elle avait emporté la statuette à titre de talisman sans doute et celle-ci était tombée malencontreusement de son sac... à moins... à moins... que Lorraine l'ait laissée là exprès, à mon intention, comme une signature discrète de tous ses gestes d'amitié. Avec elle on ne peut pas savoir. C'est vraiment une sacrée bonne femme !

Sœur Agnès aussi ! Sauf le respect que je lui dois... J'en reviens à elle... et à ma question : qu'a-t-elle bien pu lui dire, à François ?

Après le sympathique dîner qu'Aline et moi partageons avec nos cinq hommes parachutés à Bruges, grâce à Lorraine, je n'en sais pas plus qu'avant. Sinon ce que nous en a dit son frère : qu'elle avait reçu dans son berceau le don du bonheur, qu'elle en avait pris conscience à l'adolescence et pensé qu'elle se devait d'en faire profiter un maximum de personnes... avec l'aide de son généreux Donateur. En tout cas, ce soir, apparemment nous sommes sept à en bénéficier, sept, gagnants d'un heureux concours de circonstances. Sept qui regrettent de se quitter. Sept qui promettent de se revoir. Sept qui se souhaitent « bonne chance ! » globalement.

Et puis de nouveau deux : Aline et moi, dans nos lits jumeaux. Avec entre nous cette question que je suis seule à me poser : « Qu'a-t-elle bien pu lui dire, sœur Agnès, à ce mécréant de François ? » Par déformation professionnelle plus que par véritable intérêt, avant de m'endormir, je cherche une réponse. J'en trouve une bonne douzaine. J'en rédige quelques-unes dans ma tête. Tous les auteurs se livrent-ils sous la couette à ce petit jeu somnifère ?

Curieusement, le lendemain matin, pendant qu'Aline est dans la salle de bains, ma chère consœur Françoise Dorin (que je continue à considérer comme la plagiaire de ma vie) me donne sa réponse par le truchement de la radio belge où elle parle de son – de notre – métier d'auteur.

– J'écris par curiosité, dit-elle. Il arrive souvent que l'un de mes personnages pose une question, logique dans la situation où il se trouve, et que j'attende avec une impatiente curiosité ce que son interlocuteur va bien pouvoir lui rétorquer.

Comme moi ! Exactement comme moi !

C'est bizarre, quand même...

Chapitre 21

En ce lundi 5 juillet, il est 14 heures pile – oui, exactement deux heures après le flash Perdican – quand nous rentrons, Aline et moi, dans l'appartement de l'avenue Duquesne, avec ce soupir d'aise qu'on réserve parfois à de vieilles pantoufles après avoir porté des escarpins ravissants mais un peu étroits. A peine ce soupir exhalé, avec un bel ensemble, nous crions toujours à l'unisson : « Merde ! », en réponse à la sonnerie du téléphone. Je vais répondre. J'entends : « Allô, c'est toi ? – C'est moi. » Je reconnais le mot de passe de Carla qui enchaîne immédiatement en chantant, oui, en chantant sur l'air de la chanson de Charles Aznavour et de... Françoise Dorin :

– *Ah ! que c'est joyeux Bruges, au temps des amours mortes !*
Ah ! que c'est joyeux Bruges quand on ne s'aime plus !
Personne ne vous juge et tout vous réconforte :
L'amitié des anciens et des nouveaux venus.

Carla s'arrête de chanter et s'autofélicite :

– Ce n'est pas mal, hein ?

– C'est même très bien ! Et c'est surtout très

vrai. On a passé de bons moments à Bruges et tellement imprévisibles, une fois de plus !

– Et j'espère fructueux... pour moi, dans le sens propre du terme.

– Ah bon ? Quels fruits espères-tu tirer de ce voyage ?

– J'en espère trois, très différents. D'abord le fruit « Ruth ». Je pense qu'il sera très juteux pour mon édition. Le physique d'Agathe et le style de Robinson me semblent tout à fait aptes à capter l'intérêt des médias et du public.

– Domani l'a cru avant toi. Et je suis mal placée pour douter de son sens commercial.

– Ça, évidemment !

– Et ton deuxième fruit espéré ?

Sûre de m'intriguer, Carla prolonge le suspense :

– Un fruit... à la bénédictine !

Je lui coupe son effet en m'écriant aussitôt :

– Sœur Agnès ! Tu trouves qu'elle a une bonne tête de best-seller ?

– Comment as-tu deviné ?

– Depuis notre rencontre, je pense beaucoup à elle.

– Comme héroïne, pour ton prochain roman ?

– Non ! Je voudrais simplement savoir ce qu'elle a pu raconter à François pour qu'il change d'humeur aussi vite.

– C'est tout ?

– Oui !

Carla se montre soulagée et m'en explique aussitôt la raison. Lorraine, impressionnée comme elle, comme moi, par la personnalité de la bénédictine, a pensé que Robinson le serait aussi et qu'après l'avoir rencontrée et « confessée » il aurait peut-être envie d'écrire un livre sur elle. L'idée l'avait tout de suite intéressé. L'enthousiasme de Carla l'avait convaincu qu'il tenait avec sœur Agnès la chance de sa vie d'auteur.

– Et bien entendu, conclut Carla, Lorraine a sauté sur l'occasion pour, dès le lendemain matin, téléphoner au chauve bronzé.

– Pourquoi « sauter sur l'occasion » ?

– Elle cherchait un prétexte valable pour le relancer.

– Ah bon, il lui plaît ?

– Ça t'étonne ?

– Du tout ! On a les mêmes goûts !

Carla éclate de rire, puis précise :

– N'exagérons rien ! Il lui plaît... juste comme il faut.

– Comme il faut pour quoi ?

– Pour avoir une aventure officielle avec lui et clarifier sa situation avec ton mari, donc avec toi.

– Tu veux dire...

– Ce qu'elle ne m'a pas chargée de te répéter... mais qu'elle ne serait quand même pas mécontente que tu saches !

Je suis à la fois touchée par la motivation de Lorraine si délicate à mon égard et amusée par la manière alambiquée dont Carla me l'apprend. J'emploie le même genre de périphrase pour la prier de remercier Lorraine du « sacrifice » qu'elle est prête à accomplir par amitié pour moi, mais dont, par amitié pour elle... je souhaite qu'elle tire les plus grands avantages... A l'horizontale, comme à la verticale !

– Sois tranquille, le message sera transmis dans les meilleurs délais.

– Elle le voit quand ?

– Demain soir pour dîner.

– Mais ce n'est pas le jour où il doit opérer François ?

– Si, justement ! Comme ça, il pourra lui donner des nouvelles. Et elle, nous les communiquer à vous et à moi.

– Oui, mais dis-lui qu'elle nous laisse un message sur le répondeur, car demain soir, Aline et moi nous allons au théâtre Marigny voir un spectacle de magie.

– Toutes seules ?

– Non, avec les « Cha-Cha ». Ils avaient prévu d'y aller avec Pierre et François, mais les choses étant ce qu'elles sont...

– Ils vont y aller avec leurs ex !

– Voilà !

– Dommage que je ne sois pas libre, je vous aurais accompagnés : j'adore les illusionnistes.

– Qu'est-ce que tu fais ?

– Du husband-sitting.

– Quoi ?

– Je garde mon « Findus » préféré à la crèche, la mienne, pendant que sa femme est avec son amant.

– Ah ! Ça y est ! Elle le trompe ! Tu dois être contente.

– Oui, bien sûr, mais entre nous il ne faudrait pas que ça s'éternise.

– Ah bon ? Je croyais que...

– Moi aussi ! Mais, à l'usage, j'aime mieux les nostalgies de l'intermittence que l'ennui du permanent.

Après avoir raccroché, je répète cette phrase à Aline. Elle en arrondit les angles. Elle pense, elle, que ça dépend de l'intermittent, du permanent, du caractère des intéressés, et surtout de l'âge, de la santé. A propos...

– Carla n'avait pas de nouvelles de François ?

– Non... Aujourd'hui, on l'hospitalisait. Elle nous en donnera demain sur le répondeur, après l'opération.

– Tu sais à quelle heure elle a lieu ?

– Non, pourquoi ?

– Je voulais...

Sa phrase se termine par quelques envolées de ses deux mains très gracieuses, mais pour moi incompréhensibles.

– Qu'est-ce que ça veut dire ?

– C'est trop long à t'expliquer.

– Tu es pressée ?

– Oui, j'ai une image qui me trotte devant les yeux. Il faut que je l'attrape.

C'est presque en courant qu'Aline me quitte pour aller dans son atelier-foutoir. Je ne m'en étonne pas. Je connais bien ce genre d'impatience. Moi, c'est une idée ou une phrase qui parfois volette dans ma tête et que j'ai hâte de fixer sur ma feuille de papier avec ma plume, comme un papillon dans un filet. Depuis un moment, depuis précisément midi, j'ai l'une de ces idées papillonnantes qui me lancinent. Le coup de fil de Carla l'avait chassée mais maintenant elle revient en force. Je ne cherche pas à lui résister. Moi aussi, c'est presque en courant que je regagne mon bureau, presque fébrile que j'ouvre mon ordinateur, presque émue que je lis sur l'écran :

Chère madame et joli rêve,

Ça y est ! J'ai un cœur nouveau. Le cœur d'un autre. J'avoue avoir pensé logiquement que vous devriez lui être étrangère, qu'il n'avait aucune raison de battre pour vous, à moins... qu'il ait appartenu à quelqu'un que vous auriez séduit autant que moi. Bien sûr, j'ai tendance à croire, comme l'une de vos aimables consœurs, que « tout est toujours possible », mais là, quand même, ça me paraît assez improbable. Même si quelqu'un vous a aimée autant que moi, il n'a pas pu vous aimer comme moi : à la frontière du Rêve et de la Réalité ; à celle de l'espoir incontrôlable et de la résignation consentie ; entre ciel et terre en quelque sorte. A bien y réfléchir, je plane avec vous. Et comme je continue à planer à la même hauteur qu'avant mon opération, j'en conclus que l'on a dû me greffer, grâce aux technologies et aux matériaux nouveaux, un cœur artificiel en tout point semblable à celui d'avant, qui fonctionne comme celui d'avant. Aussi fou que celui d'avant. Car il est fou, je dois vous l'avouer, pour vous écrire dans l'état où il est. Il s'agite... il s'agite... alors qu'on lui a recommandé le repos absolu. C'est pourquoi, la mort dans l'âme, mais le goût de la vie chevillé au corps, je vous demande de ne pas m'écrire pour le moment. D'ailleurs, je crois qu'ils vont m'enlever mon ordinateur. J'en suis même certain. Mon chirurgien vient d'entrer dans ma chambre. Je le supplie : « Encore un mot, monsieur le bourreau. » Ou plutôt quatre mots : « Midi juste ! Juste midi ! »

Signé : « Perdican ».

Je hoche la tête. Je positive de l'œil. Je négative des lèvres... Je relis la lettre et décrète : « Perdican est un psychopathe ! » La seconde d'après, je m'interroge : « Et s'il ne l'était pas ? Si... ? Si... ? » Je me traite de « gamine attardée », d'abord avec conviction. Puis, sans. Je referme le « Mac ». J'y laisse Perdican prisonnier d'un rêve ! Oh là là ! Plus, ce serait trop ! Si mes copines savaient ça ! Je parle de Lorraine et de Carla, parce que Aline, elle, elle sait. Forcément, elle est comme moi « capable, selon son expression, de se shooter à l'eau de rose ». Tiens ! Je vais aller lui raconter. Ça va la rassurer. Ah non ! Ce sera pour plus tard. A présent, c'est moi qui rigole en voyant accrochée sur la porte de son atelier une pancarte de sa fabrication où sous une caricature d'elle en lionne rugissante, on peut lire en lettres d'imprimerie :

ATTENTION. DANGER. NE PAS ENTRER. ARTISTE EN ÉBULLITION.

Je rebrousse donc chemin et vais dans mon « labo », laissant la porte entrouverte.

Aline la pousse en fin d'après-midi. Elle a sur les lèvres le sourire de l'artiste soulagé sinon satisfait, dans les yeux des brillances espiègles et sous le bras un carton à dessin qu'elle me montre sans l'ouvrir en me disant :

– La réponse à la question que tu me posais tout à l'heure est à l'intérieur.

Il me faut un gros effort de concentration pour me souvenir que cette question concernait l'opération de François et, de là, un bien moindre effort de réflexion pour deviner que la réponse est un dessin inspiré à Aline par le futur opéré. Il me tarde de le voir mais, avant de me le montrer, elle tient à m'en expliquer la genèse.

A Bruges, pendant la promenade en calèche, elle a parlé à François des « deux oiseaux » qu'à dix-huit ans elle avait dessinés pour lui et que, trente-sept ans plus tard, quelqu'un avait repérés à Londres, identifiés sans signature, achetés et rapportés en Belgique. Très gêné, François lui a avoué qu'il y a un peu plus d'un an, il avait décidé, en accord avec Pierre, son cohabitant, d'aménager une partie du grenier de la maison de Suresnes en salle de projection cinématographique. A cette occasion, il s'était débarrassé de tout un tas de vieilleries inutiles dont quelques valises vétustes qu'il n'avait pas pris la peine d'ouvrir. Le dessin d'Aline devait se trouver dans l'une d'elles, partie comme les autres chez un brocanteur qui, lui, l'avait ouverte et en avait sorti le dessin des deux oiseaux, promu, dans l'ignorance de leur destinataire initial, au grade d'aquarelle. A partir de là, le

Hasard a pris leur affaire en main et par des chemins inconnus les a conduits jusqu'à Porto Bello Road.

– François était vraiment navré. Pour se faire pardonner, il veut absolument m'acheter un tableau... quand il le pourra.

– Quand il le pourra ? Qu'est-ce que ça veut dire ? Il s'est ruiné avec ses putes ? Ou tes prix ont brusquement grimpé ?

– Ni l'un, ni l'autre. Simplement, d'un côté, avec la salle de projection plus d'autres travaux comme la réfection du toit, du chauffage, de la piscine, qu'il repoussait depuis mon départ, l'argent est sorti à la vitesse grand V et comme, par ailleurs, il rentrait infiniment moins vite depuis qu'il avait une activité beaucoup plus réduite...

– A cause de son pontage ?

– Oui... mais pas seulement. Il y a eu aussi sur le marché de l'esthétique, pendant son absence, une nouvelle vague de chirurgiens plus dans le coup, plus à la mode que lui. Et aussi une nouvelle tendance qui préconisait des traitements à base de piqûres et de produits miracles plutôt que des opérations.

– Oui, je sais. Et pour ne rien te cacher, j'avais en septembre plus ou moins l'intention d'essayer.

– Eh oui, moi aussi. Et je crois savoir que Carla...

– Carla ? Déjà ? Elle n'a pas quarante-cinq ans !

– Justement ! Mieux vaut prévenir l'événement. Préférer une amélioration quasiment invisible à un changement spectaculaire !

– Ça, c'est vrai.

– C'est pourquoi François, si tout va bien, aurait l'intention à la rentrée de troquer le bistouri incertain et traumatisant contre la miniseringue dont les effets ont l'avantage – pour le praticien – d'être de courte durée, donc de nécessiter un renouvellement fréquent.

– Pas bête ! Mais il va exercer dans sa maison de Suresnes ?

– Pas question ! Les « Cha-Cha » sont en train de lui chercher un cabinet médical... avec consigne de ne surtout pas lui en parler.

– Pourquoi ?

– Par superstition ! Son opération l'angoisse tellement qu'il ne veut faire aucun projet d'avenir. Ça, ce sont ses deux petits copains qui me l'ont dit, sous le sceau du secret bien entendu !

– Comme toi tu me le répètes sous le sceau du secret !

– Tu ne vas quand même pas avoir le culot de t'en plaindre, toi ? !

– Non ! Au contraire ! Je vais même te demander, toujours sous le sceau du secret, si les « Cha-Cha » ou François lui-même ne t'auraient pas dit ce que sœur Agnès lui a raconté dans le béguinage de Bruges.

– Non ! Moi aussi, ça m'intrigue. Je me suis renseignée. Personne n'est au courant. Mais ne t'inquiète pas, je vais le questionner quand j'irai le voir à l'hôpital.

– Ah... parce que tu as l'intention de lui rendre visite ?

– Ben... évidemment ! Il faut bien que je lui apporte son dessin.

Je n'ai pas besoin de beaucoup insister pour qu'Aline me le montre. Il est pour le moins surprenant : les deux pigeons d'hier y ont des yeux d'aigles ! Ecorchés vifs, décharnés, ils s'observent de part et d'autre d'un tas de plumes dont quelques-unes sont sanguinolentes ! Seul point positif :

chaque oiseau a une patte en avant. Drôle de patte ! Elle a cinq doigts et peut s'assimiler à une main tendue !

Quelle évolution ! N'est-elle que ponctuelle ? ou définitive ? De toute façon, elle est spectaculaire. J'en discuterais volontiers avec Aline, mais mon opinion lui importe peu. Présentement, seule celle de François l'intéresse.

– Tu crois que ça va lui plaire ?

Ma réponse dégouline de vinaigre doux :

– En tout cas, ça plairait sûrement à Nikos !

Aline a « son sourire qui repasse sans froisser » et bifurque dans ma direction :

– Et toi, tu as écrit un peu ?

– Non ! J'ai lu. Le *Journal de bord* de Robinson. Celui qu'il tenait sur son bateau, au temps de ses errances.

Aline jette un coup d'œil affolé sur l'épaisseur du manuscrit :

– Tout ça !

– Je n'en ai lu que deux cents pages.

– C'est comment ?

– Inégal. Le meilleur et le pire. Une sensibilité rare et une rare agressivité.

– Très orienté « sexe » comme le *Soliloque du phallus* ?

– Non ! Il a un style incroyablement diversifié. Et Carla a raison : il peut aussi bien prêter sa plume à Ruth la Sulfureuse, qu'à sœur Agnès l'innocente.

Aline fronce des sourcils réprobateurs, imaginant déjà quelque roman salace où les religieuses se livreraient aux perversions les plus diaboliques. Je la rassure :

– Carla a juste l'intention, pour le moment, de mettre en rapport Robinson avec sœur Agnès. Elle pense qu'elle pourrait l'inspirer.

– Drôle d'idée, non ?
– Pas forcément.
Le lendemain, à l'heure qui est devenue insidieusement, au fil des jours, l'heure de Perdican, Pierre a téléphoné. Il sortait de l'Hôtel-Dieu, soulagé, heureux : l'opération de François s'était très bien passée. Encore mieux que le docteur Pons ne l'avait espéré. Il n'avait rien d'autre à me dire. Il était pressé de regagner son cabinet. Il était déjà très en retard. Ciao. Bye. Bye !
Trois quarts d'heure plus tard, Lorraine m'a appelée. Pas pour me donner des nouvelles de François : elle savait que j'en avais déjà eu par Pierre. Elle voulait simplement me dire que le docteur Pons – appelé désormais Pon-Pon – s'était souvenu à retardement que sa femme – prénommée de toute éternité Muriel – était une de mes admiratrices et que je lui avais dédicacé mon premier livre « En toute complicité amicale ». Renseignement de la plus haute importance qui ne pouvait vraiment pas attendre leur dîner de ce soir et qu'il lui avait laissé sur son portable ! Ce qui amusait Lorraine... et qu'elle était ravie de m'apprendre. Au revoir. A bientôt.
Aussitôt après, il y a eu le coup de fil, façon coup de vent de Carla. Elle non plus ne nous téléphonait pas pour nous rassurer sur l'état de François : elle savait par Lorraine que Pierre s'en était chargé. Bravo ! Le portable parisien fonctionne aussi bien que le tam-tam africain ! Elle souhaitait m'annoncer que ce même premier livre dont Lorraine venait incidemment de me parler avait retenu l'attention d'un producteur espagnol qui souhaitait en acheter les droits. A suivre ! Touchons du bois. A plus !
Le soir, les « Cha-Cha », très galants, sont venus

nous chercher pour aller au théâtre. Ils nous ont donné le dernier bulletin de santé de François, communiqué par le docteur Pons (devenu aussi pour nous Pon-Pon) et qu'ils avaient trouvé sur leur mail, juste avant de nous rejoindre. Ils nous en ont apporté la copie : en voici le texte qui devance nos questions : « François va tellement bien que je vais finir par croire que je suis un grand chirurgien ! Néanmoins, il faudra attendre une petite semaine pour savoir si le prêche de ma bonne sœur de sœur se révèle aussi euphorisant après l'opération qu'avant... Quant à elle, la bénédictine, au téléphone elle a viré trappiste : impossible de lui tirer un mot ! »

Pendant tout le spectacle, j'ai pensé au secret de sœur Agnès... mais il est resté dans le chapeau du magicien !

Chapitre 22

Il avait été prévu :

Que François quitterait l'Hôtel-Dieu huit jours après son opération, le 12 juillet au matin.

Qu'en accord avec le docteur Pons, quelques-uns de ses amis, dont Aline et moi, viendraient le 14 juillet fêter son retour au bercail et accessoirement la prise de la Bastille.

Qu'Aline, à cette occasion, lui apporterait son dessin des *Deux oiseaux déplumés*, qu'elle avait été obligée de garder, François ayant refusé par souci d'un repos bénéfique, et aussi par coquetterie, toute visite pendant son séjour à l'hôpital.

Que Lorraine, Carla et moi, déguisées en « reines mages », nous lui offririons quelques cadeaux – gadgets d'un goût douteux mais d'un effet sûr.

Que Pierre, avec le concours des anges gardiens de la maison, transformerait les lieux en simili-guinguette, avec guirlandes, lampions, banderoles et airs d'accordéon en fond sonore.

Oui, voilà ce qui était prévu. Ce que nous avons organisé clandestinement en nous amusant. Ce dont nous nous réjouissions à l'avance. Malheureusement...

La « Régente » m'a téléphoné de sa chambre des « Oublières » pour me dire :

– Je ne voudrais pas t'inquiéter, mais j'ai l'impression qu'Isabelle est de nouveau en train de nous filer un mauvais coton et si tu pouvais venir peut-être que...

Isabelle m'a appelée du « Mieux-Etre » sur son portable, dans sa cabine de soins, pour me dire :

– Je ne voudrais pas t'inquiéter, mais je ne me sens pas très bien depuis quelque temps... entre lymphatisme et hypernervosité. J'ai du mal à supporter Arnaud et les enfants. Alors si tu pouvais venir....

Arnaud a appelé Aline, également sur son portable, mais lui de la station-service où il faisait le plein d'essence de sa moto – celle qu'il vient de s'acheter pour ne plus avoir à subir les embouteillages entre les « Oublières » et le « Mieux-Etre », ni les soupirs de sa femme.

En substance, il a dit à sa mère :

– Je ne voudrais pas t'inquiéter, mais... je commence à avoir les nerfs qui lâchent : Isabelle est en train de repéter les plombs. Alors, si tu pouvais en toucher deux mots à Agnès et venir avec elle...

En conséquence, Aline et moi, navrées, nous avons quitté nos pénates parisiens à l'instant où François, ravi, rejoignait les siens.

Nous sommes arrivées aux « Oublières » avant-hier après le déjeuner. Nous avons croisé sur le perron un des rares médecins – en dehors des urgentistes – qui fassent encore des visites à domicile... à de vieux clients. Visiblement pressé, il ne s'est pas arrêté. Il nous a juste saluées en nous souhaitant : « Bon courage ! » Ce n'était pas superflu. La dévouée Rosalie, venue nous accueillir dans le salon vide, nous a appris à toute vitesse que Madame n'allait sûrement pas tarder à descendre, mais que pour le moment, elle était retenue à l'étage par une entérogastrite... « j'vous dis pas ! » Qu'Elvis était, lui, enfermé dans sa chambre avec une foulure, ses DVD, ses CD et une humeur « j'vous dis pas ». Que Jean-Lotus était dans le fond de son lit avec une varicelle, de la fièvre, des moufles aux mains pour l'empêcher de se gratter et des gémissements « j'vous dis pas ! ». Que Clément lui, était dans les jupes de la cuisinière avec ses deux grands yeux bleus réduits à une minuscule fente par des piqûres de moustique, ses doigts partout où il ne faut pas et des caprices « j'vous dis pas ». Quant à Isabelle et Arnaud... ben... ils sont au travail et puis, quand ils n'y sont pas... ben... y sont fatigués « j'vous dis pas ».

Les « j'vous dis pas » de Rosalie nous en disent long sur le climat actuel des « Oublières ».

La « Régente » qui ne supportait pas d'être tributaire de ses entrailles, doubla les doses du médicament prescrit par le médecin et provoqua ainsi cette toux allergique incoercible qui lui était assez coutumière et l'horripilait encore plus que ceux qui en étaient les témoins impuissants.

Elvis qui, lui, ne supportait pas la solitude, avait convoqué deux de ses copains dont on pouvait espérer, au mieux, qu'ils étaient en plein âge ingrat et que ça leur passerait... Ils étaient venus avec « Connard », leur yorkshire aboyeur qu'ils ne manquaient pas une occasion d'appeler par son nom ! Ils le lâchèrent dans la chambre de Jean-Lotus, au pied duquel ne dormait que d'un œil « Madame Butterfly », une hypocrite siamoise. Toutes griffes dehors, elle sauta d'un bond sur la boule de poils anglaise... qui réussit à s'enfuir. S'engagea alors une course poursuite entre les deux quadrupèdes, du haut en bas des « Oublières », au milieu des invectives des pré-ados, déclenchant les hurlements de détresse de Jean-Lotus – l'Asiate à boutons –, les hurlements de peur de Clément – le gnard enflé –, les hurlements de colère du personnel – les esclaves –, les exhortations au calme d'Aline et de moi-même – les deux vioques –, et le silence impressionnant de la « Régente » – la vioque en chef !

Le calme se rétablit partiellement vers 19 heures, au départ de « Connard » et de ses deux escorteurs qui ne l'étaient pas moins, puis totalement vers 22 heures, quand les trois enfants furent sinon endormis, mais bouclés dans leurs chambres. La « Régente » se retira dans la sienne aussitôt après, épuisée à la fois par sa descendance et par sa toux.

Aline et moi avons résisté tant bien que mal devant la télévision jusqu'à l'arrivée d'Arnaud vers 22 heures à moto. Quand Isabelle arriva cinq minutes plus tard, en auto, il venait de monter dans sa chambre après nous avoir dit en bâillant :

– C'est gentil d'être venues. Je suis content de vous voir. Mais je suis crevé. Je vais me coucher. On se verra demain au petit déjeuner.

Isabelle nous a dit à peu près la même chose accompagnée du même bâillement, puis elle a rejoint la chambre conjugale avec le même accablement que son mari.

Nous nous sommes regardées, Aline et moi. Nous avons échangé un soupir plus éloquent qu'un discours.

– Demain est un autre jour, m'a glissé Aline dans l'oreille, pour m'encourager à la sérénité, et de là au sommeil.

– Dans le cas présent, je n'en suis pas sûre, lui ai-je répondu avec un sourire... en guise d'amortisseur.

J'avais raison d'être sceptique : le lendemain fut aussi pesant que la veille. Très tôt, la journée commença par une conversation avec ma fille, venue dans ma chambre vider son sac. Conversation pratiquement à une voix : la sienne, désenchantée, débitant son problème en tranches lucides :

– Je vais avoir trente-quatre ans. J'ai trois fils de trois pères différents. Un mari parfait qui parvient même à cacher aux deux aînés sa préférence pour le petit dernier, le sien. Je n'ai rien à lui reprocher. J'ai simplement un cœur qui a des lézardes par lesquelles l'amour s'écoule doucement. J'ai envie de partir. Mais... ce serait mon quatrième départ. Ma quatrième fuite. Et puis, cette fois, dans quelle direction ? Ma vie affective est ici, aux « Oublières », avec mes trois enfants, ma grand-mère qui a été ma planche de salut et qui le reste, avec mes souvenirs de vacances, avec toi, papa, Pascal. Ma vie matérielle dépend entièrement du « Mieux-Etre » où j'exerce un métier qui me plaît énormément, dans les meilleures conditions – relationnelles et financières. Je ne pense pas qu'il puisse exister pour moi et mes enfants un « ailleurs » plus agréable et plus sécurisant. En plus, j'ai enfin compris que l'« ailleurs » de loin paradisiaque n'est qu'un mirage qui disparaît dès que l'on croit l'avoir atteint. Alors que faire ? Sinon rester. Subir. Se taire.

Evidemment, dans un roman de mon optimiste consœur, Mme Dorin, un bienheureux hasard, déguisé en n'importe qui ou en n'importe quoi, serait survenu pour dénouer la situation ou alors, l'héroïne – en l'occurrence moi – aurait sorti de son esprit clairvoyant pour le moins un argument-Prozac, pour le mieux la solution miracle.

Mais hélas, ma vie n'est pas un roman et je n'ai su offrir à Isabelle qu'un diagnostic de sa crise conjugale :

– Arnaud et toi, vous êtes victimes de l'usure naturelle de vos sentiments par le temps, atteints par le syndrome de la troisième année. Ce n'est pas très grave.

Isabelle a eu l'air de me prendre pour une débile. Ce qui m'a rendue immédiatement plus intelligente :

– A moins que votre effilochage n'ait été provoqué ou accéléré par l'intrusion d'une tierce personne dans votre couple ?

– C'est le cas.

– Ah... Arnaud a rencontré quelqu'un ?

– Non ! Pas lui ! Moi !

– Toi ! ! !

Je n'étais pas au bout de mes points d'exclamation : l'intrus était un animateur-producteur de la télévision réputé pour son humour décalé. Je le connaissais comme tel pour avoir participé à l'une de ses émissions, mais pas du tout à titre privé. Il avait investi le « Mieux-Etre » le 6 juin dernier avec micros et caméras pour recueillir sur le vif les impressions de quelques clients, attablés en terrasse devant leur thé vert, sur le soixantième anniversaire du débarquement des troupes alliées. Il avait vu Isabelle et vu qu'elle l'avait vu. Son enregistrement terminé, il l'avait interviewée hors antenne (« off » comme on dit en français !) sur l'éventuel débarquement... d'un coup de foudre dans sa vie. Elle avait ri. Il avait ri de la voir rire... et il était parti. Mieux ! Il s'était envolé. Il était revenu le soir même, mais sur le web (comme on dit partout !).

Je n'ai pu cacher mon trouble. Heureusement Isabelle ne pouvait en deviner la cause. Elle a cru que je condamnais ce genre d'idylle techno-épistolaire et s'est fait un devoir et un plaisir de m'en expliquer le charme pernicieux, le potentiel ludique ainsi que la complicité qu'il crée et les rêves qu'il suscite ! Merci beaucoup ! J'étais au courant et n'eus aucun mal à lui résumer son état d'esprit :

– Tu es coincée entre la réalité d'un quotidien paisible et le sortilège d'un bonheur virtuel.

Isabelle approuve, puis précise :

– Entre un mari sans surprise et un inconnu inventif.

Elle a justifié son adjectif en me montrant quelques-uns des messages qu'elle avait reçus de son « marquis de Sévigné » – c'est ainsi que la tierce personne signait. Ils étaient tour à tour drôles, délirants, romanesques, nostalgiques, tendres, exempts de la moindre banalité.

Bien que très différents par le fond, ces messages, par leur forme, m'ont rappelé ceux de Perdican et j'ai compris – forcément ! – que ma fille n'y soit pas insensible. Mais, raisonnablement, je me devais de freiner ses tentations :

– Laisse, lui ai-je dit, laisse folâtrer ta tête dans les nuages, si tu veux, mais je t'en prie, garde les pieds sur la terre. Attends au moins pour t'envoler toi aussi que tes enfants soient élevés. Tu es encore très jeune. La vie est plus longue que tu ne penses.

Quand Isabelle a quitté ma chambre, elle avait un sourire résigné en serrant très fort dans ses doigts le petit réticule en dentelle où elle avait renfermé les billets doux-amers du « marquis de Sévigné ». Moi, j'avais le même sourire... mais en pensant à Perdican.

Aline, de son côté, avait parlé avec Arnaud. Il s'était plaint de la dégradation de ses relations avec Isabelle. Il l'en estimait seule coupable, lui reprochant de passer d'une hyper-indifférence à une hyper-agressivité, sans aucune raison, puisque (de source très sûre) il savait qu'elle lui était rigoureusement fidèle et que lui ne l'avait pas encore trompée... Mais du train où allaient les choses, ça ne tarderait pas !

Comme moi, Aline avait accusé l'inévitable lassitude du quotidien et préconisé la patience... sans grande illusion sur l'efficacité de son remède – non de bonne femme – mais de bonne mère.

Après nos deux tête-à-tête avec nos enfants respectifs, nous nous sommes retrouvées le cœur pareillement embrumé. Nous avons cédé avec la même lâcheté démissionnaire aux exigences des trois garçons, puis sommes allées sans entrain discuter des turbulences de leurs parents avec la « Régente ».

Comme évidemment il n'était pas question que je fasse la moindre allusion au rôle du « marquis de Sévigné » dans la perturbation que traversait le couple des jeunes Bourdin, nous en avons traité, Aline, ma mère et moi, en professionnelles du conjungo, c'est-à-dire avec un certain détachement.... En connaissance de cause, nous sommes convenues qu'il valait mieux ne pas se mêler de ce genre d'affaire ; que dans le meilleur des cas, les conseils que l'on donne ne sont pas suivis ; que dans le pire, ils le sont et se révèlent inefficaces, ou carrément mauvais. Nous avons donc voté à l'unanimité la non-ingérence dans les amours en difficulté, sauf sur demande expresse des belligérants ou éventuellement d'un seul. Puis nous avons levé la séance.

– Ben merde ! conclut Aline dès que ma mère a eu tourné le dos. On a laissé tomber nos copains, notre 14 juillet, notre chez nous ; on s'est tapé plus de cinq cents bornes, deux litres de flotte, trois paquets de protéines et tout ça pour quoi ? Pour s'entendre dire – ce qui n'est pas un scoop – que rien ne sert à rien ; pour s'autodéclarer d'inutilité publique ; pour, en plus, supporter les toussotements de la « Régente », les hurlements d'Elvis, les gémissements de Jean-Lotus, les caprices de Clément, les jérémiades de Rosalie, la grogne de mon fils et la hargne de ta fille... Eh ben merde ! Merde et merde !

Il y avait longtemps qu'Aline n'avait pas rendu un hommage aussi vibrant à Cambronne. J'en ai été ravie. Et soulagée. Je pensais la même chose qu'elle. Mais je ne l'aurais pas exprimé aussi bien. La colère s'épanouit mieux dans son langage en l'occurrence relâché que dans le mien qui l'aurait sûrement corsetée. Et puis son explosion a pulvérisé mes barrages et je lui ai avoué que je regrettais autant qu'elle notre voyage. Nous avons eu par la suite bien d'autres occasions de le regretter. Entre autres, pour mémoire :

Quand, ayant affronté les désagréments de la chaleur et de la circulation pour aller aux Sables-d'Olonne embrasser l'équipe du « Mieux-Etre », bavarder avec tous et chacun, nous avons compris très vite que nous dérangions. Et, suivant le conseil qui nous a été donné par nos enfants, nous sommes allées nous promener sur le remblai. Malheureusement, nous avions emmené Elvis... avec ses béquilles et ses « putain-chier »... Aline avait un cor au pied – sa météo portative – qui lui annonçait à chaque pas un orage imminent... et moi, un pantalon – ma balance portative – qui m'indiquait à la taille : « deux kilos à perdre ».

Quand le 14 juillet nous avons regardé devant la télévision des « Oublières » le défilé militaire, au son des « nick ! nick ! nick ! » d'un rap en provenance de la chambre d'Elvis fermée à clé ; des « boum ! boum ! boum ! » du tambour de Jean-Lotus ; des « hi ! hi ! hi ! » de Clément, des « chut ! chut ! chut ! » de la « Régente » ; des « oh là là ! oh là là ! » de Rosalie et de nos soupirs à Aline et à moi qui allions manquer, cet après-midi, la fête dans la maison de Suresnes.

Quand la « Régente » a considéré comme acquis que nous passerions le mois d'août aux « Oublières », au moins en partie, et que nous n'avons pas osé lui dire que Lorraine et Carla nous avaient déjà associées à des projets plus réjouissants.

Quand nous sommes retournées aux Sables-d'Olonne, cette fois accompagnées de Clément, avec l'heureuse perspective de le voir barboter dans l'eau et qu'en réalité nous l'avons vu trépigner pour ne pas y aller, se débattre, se coucher sur le sable, y adhérer comme une ventouse, nous obligeant à tirer sur ses quatre membres pour l'en détacher, devant des vacanciers qui nous prenaient pour des grands-mères tortionnaires.

Quand le matin de notre départ, Isabelle et Arnaud, qui avaient souhaité par téléphone que l'on vienne, ont oublié de nous remercier d'être venues ; Elvis, qui avait retrouvé l'usage de sa jambe, était parti à vélomoteur chez un de ses copains ; Jean-Lotus avec sa « Madame Butterfly » et sans boutons, accompagné de Clément avec « Miss Quick » sa tortue et ses yeux de nouveau grands ouverts avait rallié à la première heure la maisonnette de la mère de Rosalie qu'ils adoraient ; la « Régente » avait manifesté beaucoup d'indulgence pour tous les absents de la dernière heure, du dernier salut de la main et avait évoqué avec une satisfaction mal dissimulée la perspective d'une journée solitaire.

Quand enfin, sur la route, Aline furieuse contre son fils m'a révélé que celui-ci m'avait accusée d'avoir finalement une mauvaise influence sur Isabelle et qu'en retour, moi je lui ai dit que ma fille la soupçonnait, elle, d'avoir une mauvaise influence sur Arnaud ! Aline alors avait délayé notre amertume dans une phrase souriante :

– Enfin... voilà nos enfants avec deux coupables : nous aurons au moins servi à quelque chose !

N'empêche... Pour dissiper nos ultimes regrets, il a fallu l'air de Paris.

Pour alléger encore notre humeur, il a fallu que nous trouvions sur notre répondeur les messages de Carla, Lorraine, François, Pierre et les autres.

Pour que nous nous tombions dans les bras, Aline et moi, entre rire et larmes, il a fallu... Eh oui ! Il a fallu que Phidias et Perdican s'en mêlent. Je pourrais même dire s'*enmailent*... puisqu'ils étaient là, sur nos « Mac » respectifs, par mails interposés. Ils ne pouvaient pas mieux tomber ! Incroyable !

A cet instant-là, j'ai vraiment eu l'impression d'être dans un roman de Françoise Dorin !

Chapitre 23

Le mail destiné à Aline était signé par son galeriste bruxellois, plus primesautier que d'habitude : « Notre ami Phidias sort de la galerie, enchanté par votre dédicace sur " son " aquarelle. Il souhaiterait vivement que vous fassiez son portrait... en grenouille ! Il a vraiment beaucoup d'humour... et de courage ! Bien entendu, le prix importe peu (pour lui !). Vous avez le temps de réfléchir à sa proposition. Il est reparti dans son désert arizonien, où " d'être homme d'honneur, il a la liberté ". En cas d'accord de votre part, il vous propose de vous rencontrer le dernier week-end d'août, n'importe où, à votre convenance. De préférence quand même en Europe... Il attend impatiemment de vos nouvelles. Amitiés. Benoît. »

Une seconde après m'avoir lu ces quelques lignes...

– Allô, Benoît ? C'est Aline ! Je viens de lire votre mail. C'est fabuleux ! Pour moi c'est un challenge : je ne connais pas du tout l'anatomie des grenouilles, mais ce n'est pas grave : je vais me renseigner ! De toute façon, ne le découragez pas ! J'ai très envie de le revoir... ou plutôt de lui parler... Enfin... qu'il me parle... C'est ça : que nous nous parlions. A nos âges, c'est important la conversation... Ah ? il vous l'a dit aussi ?... C'est drôle !

Exit Phidias. Salut, Perdican !

Mon mail à moi n'aurait pas eu besoin d'être signé pour que j'en identifie l'auteur :

Vite ! Vite ! Mon rêve ! Dépêchez-vous ! Nous partons ! Je vous emmène à Gerima. Ne cherchez pas ce nom sur une carte ou un atlas. C'est celui d'une île flottante entre Venise, la baie d'Along, Bali et Acapulco. Elle est montée sur coussin d'air et se déplace à la vitesse de l'imagination. Elle fera escale où vous voudrez, quand vous voudrez. Il s'agit d'une île évidemment déserte, avec « des fruits des fleurs, des feuilles et des branches, et puis avec mon cœur qui ne bat que pour vous ». A la minute présente, l'île est dans le ciel juste au-dessus de vous. Je vous lance une échelle de soie pour que vous puissiez me rejoindre. Je vous attends. Venez je vous en prie. J'ai besoin de vous.

Signé : « Perdican ».

Je n'ai pas pu m'empêcher de lever la tête !

Et puis, comme si ça ne suffisait pas, j'ai écrit Gerima sur mon carnet de notes. J'ai découvert très vite que c'était l'anagramme de mirage. J'étais toute contente. De moi. Et du mot... Quelle andouille je fais ! Moi, la quinquagénaire réaliste, raisonnable, pragmatique, j'ai des réactions de gamine romanesque ! C'est fou, le pouvoir de l'imagination ! Je suis allée raconter mes niaiseries à Aline. Elle était, elle, en train de chercher sur l'écran de son Mac une tête de grenouille ! On a eu le bon goût de rire ensemble de notre abusive juvénilité !

Aujourd'hui, redevenues adultes, nous avons parlé travail. Pas longtemps. Nous savions que nous devions nous remettre à l'ouvrage : Benoît à plusieurs reprises déjà avait questionné Aline sur sa prochaine exposition : avait-elle envisagé une date... même lointaine ? Un thème... même vague ?

Carla, plus directe, m'avait dit carrément que mon intérêt – et le sien – était de publier mon prochain roman le plus rapidement possible, avant que les lecteurs de mes deux précédents ouvrages ne m'aient oubliée. Tout va si vite maintenant : le plus tôt sera le mieux. Elle a raison, mais pour le moment je n'ai pas vraiment envie d'écrire. Je griffonne des bouts d'idées, des bouts de phrases, des bouts d'observations, des bouts de n'importe quoi... Je grignote des notes en attendant que l'appétit revienne. Aline traverse la même phase que moi. Depuis ses *Oiseaux déplumés*, rien n'est sorti de son atelier. De temps en temps, je vois courir la pointe de son crayon sur une feuille de son bloc, sans but précis, et y laisser des bouts de visage, des bouts de maison, des bouts d'arbres, des bouts de n'importe quoi, comme moi. Si on se prenait au sérieux, on appellerait ça l'« écume de notre inspiration ». Mais nous, nous appelons ça « nos ruisseaux », en espérant ou en désespérant, selon les heures, qu'ils se rejoindront un jour et deviendront une rivière. Nous attendons le déclic, sans trop d'impatience. Nous nous donnons des excuses : nos vies ont été très chahutées. Nos emplois du temps bouleversés. Notre concentration mise à mal. Et puis, dans cette deuxième quinzaine de juillet, il règne à Paris une atmosphère de vacances à laquelle nous n'échappons pas. D'autant moins que les projets envisagés avec circonspection avant l'opération de François ont pris corps pendant notre séjour aux « Oublières » et que les coups de téléphone se multiplient entre ceux qui vont y participer. Au total, dix, dont Aline et moi. Nous devons nous réunir demain soir autour d'une paella, dans la maison de Suresnes, pour nous donner un avant-goût de ce qui nous attend ; une espèce de répétition d'un scénario inédit pour la plupart d'entre nous, un scénario qui pourrait s'appeler : « Tous ensemble et chacun tête à tête ». Le décor : Marbella, avec deux espaces distincts. L'un : la maison du docteur Pons où François avait traîné Pierre déboussolé juste après notre rupture. L'autre : le Club Méditerranée. Dans le premier, habiteront les hommes : le propriétaire des lieux, avec sa trousse d'urgence et sa pharmacie ambulante ; les « Cha-Cha » plus particulièrement chargés de l'intendance, François et Pierre préposés à l'organisation et à la coordination des loisirs pour l'ensemble du groupe. Le second espace sera réservé à nous, les femmes. Chacune s'est déjà définie avec un sens certain de l'autocritique. Lorraine : la fausse indifférente ; Carla : la fausse joyeuse ; Aline : la fausse irréprochable ; moi : le faux lac. Et la dernière venue, Marie-Jo : la fausse primate. Elle était, en fait, une vraie spécialiste de la forme physique et préparait sur le sujet un de ces livres qu'on achète après s'être regardé dans une glace et qu'on oublie de lire avant de se mettre à table ; livre que son auteur, kinési de Carla, destinait, bien entendu, aux éditions Domani.

Nous craignons un peu, Aline et moi, que cette soirée test, cette soirée-échantillon, nous déçoive et nous laisse mal augurer de nos futures vacances. En plus, moi, je crains pour Aline ses retrouvailles avec sa maison d'autrefois, imprégnée de trente-quatre ans de souvenirs. Devant la grille d'entrée, elle me rabroue avec alacrité :

– Ah, je t'en prie ! Pas de littérature ! Pas toi !

Et voilà qu'elle me sort le même discours que Lorraine sur la route de Waterloo contre le psychologiquement correct, le bric-à-brac actuel du prêt-à-penser, du prêt-à-pleurer, du prêt-à-souffrir.

– Merde à la fin ! On n'est pas dans un feuilleton télé ou dans le courrier du cœur ! On ne va pas nostalgiquer sur des fleurs fanées ou des tentures jaunies. Les murs sont des murs. Le passé est le passé. On l'oublie. On plonge dans le présent, heureuses et reconnaissantes d'avoir la chance d'y être ! Tu n'es pas d'accord ?

– Tout à fait !

– Alors, c'est simple : si le présent nous plaît, on reste. Sinon, on se tire.

A notre arrivée, nous n'avons pas été sûres de rester. L'ange gardienne nous a accueillies dans l'entrée avec une émotion surdimensionnée.

– Tiens ! Voilà une accro de la cellule de crise ! m'a soufflé Aline, triomphante, pendant que l'employée modèle, habituée à prendre des initiatives, s'apprêtait à ranger dans le vestiaire les deux paquets-cadeaux que nous avions apportés.

L'un contenait les fameux oiseaux d'Aline qui dormaient dans un joli cadre depuis trois semaines. L'autre, une bouteille de sauternes de 1939 – année de naissance du maître de maison – que Domani m'avait apportée un jour à Waterloo, ayant oublié que je ne supportais pas le vin blanc ! Nous n'avons pas le temps de les récupérer : brusquement s'ouvrent les deux battants de la porte du salon. Derrière, ils sont huit alignés sur deux rangs : cinq hommes derrière, trois femmes devant, sous une banderole accrochée au plafond : « Bienvenue au Club des Copains d'abord ». Ils ont tous une partition à la main et sur un signal de Marie-Jo, l'accordéon en bandoulière, ils entonnent la chanson de

Brassens dont le titre est devenu pendant notre absence le label et la devise du groupe. Ils nous la chantent avec le sérieux d'une chorale d'enfants... pas très doués, mais très consciencieux. A la dernière note, Aline et moi les applaudissons de bon cœur, les félicitons de leur bel effort et leur promettons d'apprendre au plus vite les paroles de cet hymne à l'amitié, qui dégage un parfum discret de profession de foi.

Cette promesse nous vaut de recevoir un pin's aux initiales du club, semblable à ceux qu'ils arborent tous avec une fierté... heureusement caricaturale !

– Le port de l'insigne n'est pas obligatoire – seulement recommandé en cas de besoin, nous spécifie Lorraine, avec, m'a-t-il semblé, un « regard de précaution » en direction de Pierre.

– Ça y est, mes chéries, enchaîne Carla gaillardement, vous voilà intronisées ! Et en plus, vous, vous allez échapper à la corvée des cadeaux.

– Ah bon ? lâche Aline pensant à ceux que nous avons apportés.

– Mais oui ! petites veinardes ! A notre fête inaugurale du 14 juillet sur l'ensemble des cadeaux que nous nous étions mutuellement offerts et qui allaient, comme d'habitude, encombrer nos fonds de placards ou nos poubelles, nous nous sommes juré solennellement : « Plus jamais ça ! » Fini le temps et l'argent perdus dans des achats qui font plaisir aux vendeurs, mais jamais aux destinataires, non seulement déçus, mais encore contraints de se répandre en remerciements ! Désormais, aux anniversaires, aux fêtes carillonnées ou non et, en règle générale, à toutes les occasions génératrices de cadeaux, nous mettrons les sommes que nous leur destinions dans une tirelire que nous ouvrirons tous les 14 juillet. Avec son contenu, nous nous paierons soit un dîner dans un 3 étoiles (ou 2 ou 1), soit dans une pizzeria... selon la générosité – anonyme – de chacun au cours de l'année.

Je me réjouis de cette initiative, ayant comme beaucoup versé mon tribut au rituel du cadeau empoisonnant, sinon empoisonné. Aline est moins enthousiaste que moi. Elle pense encore à ces oiseaux abandonnés en consigne dans le vestiaire. Mais bientôt les oublie dans l'euphorie générale. Oui, je dis bien générale : il n'y a pas de clan, pas d'aparté. Autour de la paella, chacun y va de son histoire, de son anecdote, de son souvenir et puis, le vin aidant, on glisse vers le potin, la confidence. Avant d'y céder. François, le dernier à parler, réclame avec une certaine gravité que tous les propos tenus entre nous le soient sous le sceau du « secret amical », aussi exigeant à ses yeux que le secret professionnel, rigoureusement respecté par le médecin qu'il est. Nous adhérons tous sans réserve à cette exigence. Le docteur Pons la trouve seulement superflue, estimant que « ça allait sans dire » ; mais convient sans peine avec nous... et avec Talleyrand, que « ça va encore beaucoup mieux en le disant ».

Rassuré sur notre discrétion, François ose être indiscret et nous révèle – enfin – comment au béguinage de Bruges, sœur Agnès a réussi à recolorer son horizon, mieux, à lui en offrir un neuf :

– Oui, un neuf, insiste-t-il, en tout cas neuf pour moi. Pour moi qu'on avait surnommé dans ma jeunesse « Big Lover » et qui n'ai cessé de justifier ce surnom, sans me forcer, grâce à ou plutôt à cause d'une nature généreuse qui ne me poussait pas à la fidélité... pardon Aline !

Clin d'œil à l'intéressée sous-titré : « Je ne te méritais vraiment pas ! »

Sourire de l'intéressée sous-titré : « Bof ! il y a prescription ! »

– Quand je suis allé à Bruges, poursuit François, sous la quadruple et inlassable pression de Pierre, des deux « Cha-Cha » et de Pon-Pon, mon futur « élagueur », je n'avais vraiment plus d'horizon. Je ne m'en voyais plus. J'avais vécu jusque-là pour les « bonnes femmes ». Pardon à mes copines d'aujourd'hui mais, avant, c'était comme ça que je les appelais !

Regard repentant aux intéressées, sous-titré : « Plus je vous vois, plus je me trouve con ! »

Sourires indulgents des intéressées, sous-titrés : « Ne t'inquiète pas : on était au courant et on te plaignait ! »

François s'autocensure :

– Disons pour être plus galant que je vivais pour l'amour.

Toussotements ironiques dans l'assemblée.

Concession de François :

– D'accord ! L'amour... et ses environs... et ses dérivés !

Rectification scandée en chœur par les hommes :

– Le sexe ! Le sexe ! Le sexe !

Rectification scandée en chœur par les femmes :

– Le cul ! Le cul ! Le cul !

Acceptation amusée par François des deux termes proposés par l'ensemble de son auditoire, en remplacement du mot Amour.

Intervention faussement outrée du docteur Philippe Pons, frère de la bénédictine brugeoise :

– Mais enfin, arrêtez ! Vous n'allez pas mêler ma sainte sœur à toutes ces cochonneries !

– Je te rassure, dit François, elle est parfaitement au courant.

– Ah non ! Ne me raconte pas que ma sœur est une dévergondée repentie qui est entrée dans les ordres pour expier ses péchés ?

– Non ! La vérité est beaucoup plus plaisante : le ciel lui a accordé la grâce de la rendre réfractaire au désir, et en conséquence à toutes les sortes de plaisirs qui en découlent normalement.

– Tu appelles ça une grâce, toi ?

– Moi, pas ! Elle, oui. Attention ! Elle n'a pas pensé ça tout de suite. Même pas quand elle s'est aperçue au fil de ses diverses tentatives, qu'elle était – selon son expression – une « inappétente sexuelle » toutes catégories.

– Quand, alors, a-t-elle considéré cette inappétence comme une grâce ?

– Progressivement ! A force de rencontrer des gens qui rataient leur vie, passaient à côté de leur chance, se détruisaient et détruisaient les autres à cause précisément du sexe et du cul !

Le docteur Pons s'insurge cette fois pour de bon :

– Je ne suis pas bégueule, mais quand même évite d'employer ces mots-là à propos de ma sœur.

– Parce que tu crois qu'elle s'est gênée, elle ?

Stupeur de frère Pon-Pon :

– Ma sœur a dit « sexe » et « cul » ?

– Et comment ! C'est même comme ça qu'elle a accroché mon attention et que je l'ai écoutée d'abord avec curiosité, ensuite avec intérêt et pour finir avec enthousiasme.

Pierre traduit rudement mon impatience :

– Alors, François, tu la craches ton histoire, oui ou non ?

Il ne nous la crache pas. Il nous la mâche avec gourmandise. Aline et moi la dégustons de même. Les autres, je ne sais pas. Je ne les regarde pas. Je suis suspendue aux lèvres sensuelles de François, d'où tombe cette phrase inattendue :

– Grâce à sœur Agnès, j'ai compris qu'il pouvait y avoir une vie en dehors de la « turlutte » ; que nous étions tous victimes du sexe-roi, du sexe-tyran. Et de plus en plus. Et davantage encore les hommes que les femmes, victimes d'une propagande largement médiatisée qui veut nous persuader qu'en dehors de lui, point de salut, transformant en complexés honteux les sous-développés génitaux, au point que certains ont recours maintenant à la chirurgie plastique ou aux hormones pour pallier les carences de la nature.

Témoignage de Marie-Jo :

– Ça c'est vrai ! Moi j'ai vu à la télé un type qui venait de se faire allonger le zizi.

Confirmation de Carla :

– Moi aussi, je l'ai vu : après l'opération, il se le regardait dans un miroir à main pour apprécier le changement, comme s'il s'agissait d'un nez remodelé ! C'était marrant !

Contestation attristée de François :

– Pour moi, c'était pathétique ! Devant cet homme qui avait affronté les risques et les dangers d'une opération, sans parler des sourires ironiques des infirmières, pour trois centimètres de trompe-l'œil, j'ai paniqué, oui, paniqué à l'idée que moi, j'allais devoir bientôt affronter bien pire avec non pas la perspective d'une amélioration valorisante, mais celle, traumatisante, de perdre à jamais ma virilité... jusque-là triomphante et que je considérais comme ma seule raison de vivre. Paniqué au point d'avoir l'intention de me supprimer. Mes amis présents ici pourraient vous le confirmer.

Murmures approbatifs de Pierre, des « Cha-Cha » et du docteur Pons.

Hommage sincère aux précités :

– Sans eux, je ne serais plus là, puisque sans eux, sans leur inlassable insistance, je ne les aurais pas accompagnés à Bruges et je n'aurais pas rencontré la providentielle sœur Agnès.

Intervention personnelle :

– Mais enfin, comment a-t-elle réussi à te convaincre que l'on pouvait vivre, et même bien vivre, sans libido ?

– D'abord avec son exemple à elle : chaste comme pas deux et joyeuse comme pas trois ! Délivrée du souci permanent de plaire, de vaincre, de craindre. Le corps en paix et le cœur en fête.

– Sans amour ?

– Si, bien sûr ! Un amour sans concurrence : celui que le grand Distributeur lui a mis dans son barda de campagne, peut-être en compensation de plaisirs plus terre à terre qu'Il avait oubliés...

– Mais toi, François, tu ne vas pas me dire que...

– Je vais entrer dans les ordres ? Ça non ! Mais sans doute, dans un certain ordre moral, spirituel.

– Le diable qui se fait ermite en quelque sorte ?

– Ermite ? Pas du tout ! J'ai au contraire l'intention de m'amuser plus qu'avant, mais autrement. Tu auras, je l'espère, l'occasion de t'en apercevoir.

François a dit cela sans cette agressivité sous-jacente qu'il a toujours eue à mon endroit. Avec même une certaine bienveillance qui encourage ma curiosité :

– En dehors de son exemple, de quoi s'est servie sœur Agnès pour chasser tes idées noires ?

– De l'exemple de son grand-père.

Exclamation étonnée du docteur Pons.

– Grand-père Charles ?

– Non, papé Marius, le père de votre mère.

– Ah ! Marius Coudert, le Marseillais !

– Oui, le Marseillais ! Le rigolo de votre famille, m'a dit ta sœur.

– Rigolo ? Pas pour tout le monde ! Pas pour notre pauvre grand-mère qu'il a cocufiée comme pas permis.

– D'après ta sœur, ça l'arrangeait plutôt, ta grand-mère !

– Ça, ce n'est pas impossible : il se vantait d'avoir le sexe le plus performant de la Canebière et prétendait en parodiant le célèbre slogan de la pile Wonder... – excusez, mesdames, cette truculence grandpaternelle : « La p... Coudert ne s'use pas, même si l'on s'en sert ! »

Les femmes éclatent de rire de bon cœur. Les hommes riotent, beaucoup plus coincés. François enchaîne :

– N'empêche qu'en dépit de ses fanfaronnades, le grand-père, l'âge venant, avait calculé ce que ses galipettes innombrables lui avaient coûté en énergie, en argent, en soucis professionnels et privés. Au total un prix exorbitant, à son avis disproportionné.

Aline résume avec une évidente satisfaction :

– Le classique « tout ça... pour ça » !

– Exactement ! Si bien que le jour où, en dépit de son slogan, il a constaté une usure de la chose, puis son inaptitude définitive à un quelconque emploi, au lieu de se sentir frustré, il s'est senti libéré. Au point que sur cette même Canebière où il avait coutume de claironner ses exploits amoureux, il est allé claironner la retraite de son flambeau, dansant de joie aux cris de : « Je ne bande plus ! Je ne bande plus ! »

Un seul rire manque à l'hilarité générale : celui de frère Pon-Pon, une fois de plus en proie à l'effarement :

– Comment ma sœur est-elle au courant de cette histoire ? J'en ai été le seul confident. Il me l'a confiée sur son lit de mort, comme s'il me transmettait un lourd secret de famille. C'est pourquoi d'ailleurs il ne m'est jamais venu à l'idée d'en parler à quiconque. Encore moins à ma sœur...

– Qui, elle, n'a pas osé t'en parler, alors qu'elle la connaissait bien avant toi !

– Avant moi ? Mais comment ?

– Par votre papé Marius lui-même ! Quelques jours avant qu'elle prononce ses vœux, histoire de l'encourager, il lui a raconté ce qu'il appelait sa « libération » et par quelle salve joyeuse il l'avait saluée devant ses copains de la Canebière.

Commentaire presque ému d'Aline :

– C'était son « Independance Day » à lui !

– Oui ! Et il a souhaité que d'autres le fêtent aussi gaiement que lui... C'est pourquoi il a demandé à sa petite-fille – bientôt sœur Agnès – de raconter son histoire in extenso aux hommes dont elle saurait ou devinerait qu'ils supportent très mal que leur ticket ne soit plus valable. En tout cas, ce ticket-là. Et qu'elle leur apprenne qu'il en existe d'autres... comme celui-ci par exemple.

Sur ces tout derniers mots, François a retrouvé brusquement un ton plus vif et s'est levé presque aussi vite qu'avant. Il se dirige vers un petit meuble, à peine visible de ma place. Il l'ouvre et en sort successivement, débarrassés de leurs emballages, les deux oiseaux d'Aline et ma bouteille de sauternes.

Aline et moi échangeons un regard surpris : ni l'une ni l'autre ne l'avons vu quitter le salon. Je me souviens vaguement, juste avant le dîner, d'un aparté entre François et l'ange gardienne. J'ai supposé qu'il s'agissait de la paella. En réalité, il devait s'agir de nos paquets-cadeaux.

– Ça, voyez-vous, dit François en tenant la bouteille de sauternes comme si c'était le saint sacrement, c'est un vin rare et voluptueux qui vous procure, croyez-moi, un plaisir autrement plus raffiné et plus durable qu'une banale fellation exécutée entre deux portes. Et je sais de quoi je parle !

Récrimination légère des « Cha-Cha »... qui ne sont pas vraiment œnologues !

Immobilisation et mutisme inquiet d'Aline et de moi-même.

Gloussement approbateur des autres.

– Ça, continue François montrant à présent les oiseaux d'Aline, c'est un dessin d'une sensibilité à fleur de peau, qui vaut pour moi bien plus que n'importe quelle partie de bilboquet japonais, à fleur de portefeuille...

Aline et moi : toujours muettes et statufiées.

Les autres : intrigués, ont des points d'interrogation entre leurs sourcils et entre leurs lèvres. Par bonheur, François les balaie à grands coups de mensonges :

– La bouteille et le dessin ont été déposés devant la maison cet après-midi dans un sac où l'on trimballe en général les surgelés. Aucune carte d'accompagnement n'indiquait le nom du destinataire. Il est donc très possible que ce ne soit pas moi. Tant pis ! Je vous préviens, même si c'est le cas, je ne les rendrai... à aucun prix ! Je vais boire le sauternes. Mais je garderai la bouteille qui, par un hasard incroyable, a le même âge que moi ! Je la ferai transformer en lampe et la mettrai sur ma table de nuit. Quant au cadre, je vais l'accrocher dans ma chambre, en face de mon lit. Comme ça, je pourrai les regarder avant de m'endormir, en pensant par exemple à papé Marius... et à sœur Agnès... En attendant, je propose qu'on lève notre verre en l'honneur de mes deux sauveurs : le docteur Pons et sa sœur.

– D'accord ! Mais le dernier ! déclare le docteur Pons avec l'autorité du praticien responsable.

Tout le monde approuve. Personne n'est dupe du boniment de François, mais personne n'a envie d'en parler. Surtout pas Aline. Ni moi.

Seules dans la voiture, sur le pont de Suresnes, j'ai juste prononcé trois mots pour excuser mon silence :

– On parlera demain.

Aline ne m'a pas répondu : avec son doigt, elle dessinait quelque chose sur la vitre. Peut-être une aile ?

Chapitre 24

Question superflue à Aline qui vient d'arriver dans la cuisine avec les yeux en faire-part d'insomnie :

– Bien dormi ?

– Non. Mais agréablement et utilement mal.

Pas besoin de m'expliquer qu'elle s'est payé cette nuit une bonne partie de « pêche aux idées ». Ni même de me dire dans quel coin elle a pêché :

– Tu t'es repassé le film de la soirée d'hier ?

– Oui, surtout la dernière séquence : celle de François et de nos cadeaux. J'ai trouvé son petit discours très significatif.

– Significatif ? De quoi ?

– D'une certaine évolution ou plutôt d'une évolution certaine.

Aline, comme d'habitude, s'était intéressée moins aux mots qu'aux regards qui les avaient accompagnés. Elle avait remarqué dans ceux de François de vieux restes de sensualité sous son émotion nouvelle. Traduits en image, elle avait vu la « bête » passer le relais à l'« ange ». Elle s'inquiète de mon silence :

– Tu n'as pas vu, toi ?

– Non ! Tu sais bien : toi tu vois ; moi j'entends ! Mais c'est drôle, j'ai ressenti comme toi cette dualité chez François.

– En même temps que moi ?

– Non. Moi, c'est quand il a parlé de sœur Agnès. Ses confidences ont provoqué en moi le déclic que j'attendais pour mon prochain livre.

– Tu ne vas quand même pas raconter l'histoire de papé Marius ?

– Non, ne crains rien ! Elle va seulement m'aider à traiter un sujet plus général qui tournicote dans ma tête depuis quelque temps...

– La chasteté peut-être ? Obligatoire ou consentie...

– Plus précisément, le report auquel elle oblige, de la sexualité sur la spiritualité.

– Oh là là ! Ça c'est trop compliqué pour moi ! Je t'en supplie, décode ! Tu veux dire quoi ?

– Que la victoire de l'âme sur le corps est nécessaire à la survie. Ou à la joie de vivre.

– Comme la victoire du rêve sur le sexe, je suppose ?

– Evidemment !

– En clair : adieu, Sade ! bonjour, Platon !

– Si tu veux.

– Ou encore plus clair : adieu Domani ! bonjour Perdican !

Je commence par hausser les épaules et je finis par admettre à contrecœur qu'elle a bel et bien traduit la vérité. Ma vérité. Celle qui a squatté mon insomnie, que je trouve ridicule à mon âge et dont je me dédouane en pensant que je vais l'exploiter dans mon prochain roman : quant à être idiote, au moins que ça me serve à quelque chose !

Evidemment maintenant que le nom de Perdican a été lâché, me voilà en manque de Rêve. J'ai besoin d'une dose. Sous n'importe quel prétexte, je file dans ma chambre voir si par hasard dans mon ordinateur... Quelle chance ! Ma dose est là ! Je l'absorbe. Je m'en régale... à la première ligne ! Rien qu'avec l'en-tête :

Très chère Calliope...

Je m'arrête. Je sais que Calliope est une muse, mais je ne sais plus de quoi. Je cours vers le dictionnaire : ma... me... mi... mo... mu... mus... musculature... musculeux... Berk ! Ah ! voilà : muse ! C'est celle de la poésie qui s'appelle Calliope ! Celle de Rimbaud : « J'allais sous le ciel, Muse, et j'étais ton féal... » Quel bonheur ! La concurrence va être rude pour Perdican ! Je m'incite à l'indulgence. Je n'ai pas intérêt à mettre la barre trop haut. Trop dure serait la chute. En tout cas, ça commence bien, c'est déjà ça !

Très chère Calliope,

Je peux bien vous l'avouer maintenant : au départ, votre idée d'aller à Venise ne m'a pas emballé. J'aurais préféré que notre voyage commençât (ah ! un imparfait du subjonctif ! Il y a si longtemps que je n'en ai pas mangé... des yeux, je m'en offre une seconde tournée), j'aurais préféré que notre voyage commençât par un site plus rare, plus extraordinaire, plus digne de vous en somme. Venise, nous connaissions par cœur. Du moins, je le croyais. Mais je me trompais. Il ne s'agissait pas de la même ville : votre Venise à vous c'est l'Autre... mais en mieux ! Toutes les façades des palais y sont décorées par Michel-Ange ; les églises par Tiepolo et les gondoles par Francesco Guardi. Quant à notre gondolier, il a la voix de Placido Domingo et le charme indicible d'un Casanova châtré ! Je dis bien « notre » gondolier – possessif singulier doublement justifié, puisqu'il est à notre entière disposition et qu'il n'a aucun confrère : la lagune est déserte. L'eau immobile. Seul sous le pont des Soupirs, Musset – ou bien quelqu'un vêtu de noir qui lui ressemble comme un frère – constate en même temps que moi, mais lui, en vers, que :

Dans Venise la rouge
Pas un bateau ne bouge
Pas un pêcheur sur l'eau
Pas un falot.

Même ces vers que j'ai souvent lus, souvent entendus, que je sais par cœur sans jamais les avoir appris, j'ai l'impression de les entendre pour la première fois. Grâce à vous, mon Rêve, je redécouvre tout. Véronèse et Verdi. La nuit et le soleil. Tu m'as tout redonné puisque rien n'est pareil.

Je suis désolé : ce tutoiement soudain m'a échappé. Ce n'est pas une licence poétique, c'est une impatience de mon cœur. Ne lui en veuillez pas : il y a si longtemps que lui vous tutoie. Ne lui en veux pas. Ne m'en veuillez pas non plus si exceptionnellement ce soir il fait si doux. Merci à vous d'être toi !

Merci à toi d'être vous !

Signé : « Perdican ».

– Aline !

Je viens de crier, comme si j'appelais au secours. Il y a un peu de ça, d'ailleurs : au secours ! Je décolle ! Non ! « décolle ». Avec deux « l ». Pas avec deux « n » ! Quoique... J'ai beau plomber mes ailes avec des kilos de raisons, je plane. Pas tout le temps ! Encore heureux ! Mais par exemple, en ce moment :

– Aline !

Qu'est-ce qu'elle fabrique ? Pourvu qu'elle ne soit pas en train de planer elle aussi. Il est vrai que pour elle ce ne serait peut-être pas mal, maintenant qu'avec son vœu de chasteté, la voilà comme... eh oui... comme François... C'est curieux, je n'y avais pas pensé. Mais elle, a-t-elle fait le rapprochement ? C'est curieux aussi, ce mot : rapprochement, qui m'est venu spontanément dans la tête...

– Aline !

La voilà ! Enfin ! Avec son crayon et son bloc de croquis qu'elle me tend.

L'égoïsme des créateurs me surprend toujours. Chez les autres, bien entendu. Et m'agace. Alors, je lui rends la pareille et lui dis, en désignant l'écran de mon « Mac » :

– Regarde ! Qu'est-ce que tu en penses ?

Elle me demande, déjà sûre de ma réponse :

– C'est Perdican ?

– Oui.

– Quelle chance ! Mon croquis à moi c'est Nikos... Moitié grenouille et moitié prince charmant.

– Décidément !

– Quoi, décidément ?

– Ben... ça rejoint un peu ta vision de François : moitié ange, moitié bête.

Visiblement, Aline ne s'était pas aperçue de la coïncidence. Sans le vouloir je lui ai ouvert une porte. Que dis-je, une porte ?... un horizon !

– Fantastique ! s'écrie-t-elle, tu viens de me donner une idée fantastique ! Si je prends pour thème de ma prochaine exposition : émotion et sensualité... Comme le thème de ton prochain roman sera, sauf imprévisible, assez proche, on pourrait peut-être jumeler la sortie de ton livre et le vernissage de mes tableaux à la galerie de Benoît. Comme on l'a fait à nos débuts... Ce qui, sans nous vanter, ne nous a pas mal réussi.

– C'est certain.

– Alors ? Qu'est-ce que tu en penses ?

– Que c'est prématuré ! Je n'ai pas écrit une seule ligne ; et toi pas terminé un seul dessin.

– D'accord ! Mais comme projet, c'est excitant, non ?

– Mmmm... Mmoui !

– Ecoute ! Je vais appeler Benoît pour avoir son avis.

Elle s'installe à mon bureau, face à mon ordinateur encore ouvert, encore couvert des pépites de mon Rêve, et me lance négligemment :

– Je lirai ça après.

Elle a appelé « ça »... Perdican ? D'un coup, mon taux d'adrénaline augmente. Qu'Aline ait fait passer son Nikos avant mon Perdican m'avait déjà copieusement énervée... mais qu'elle appelle « ça » ce message inespéré autant qu'espéré m'exaspère carrément. Je m'apprête à le lui dire... quand elle est sauvée par le gong : la sonnerie de mon portable. Je prends l'appareil et sors précipitamment de la pièce en affirmant à Aline :

– C'est sûrement Carla. Ça risque d'être long. Lis « ça » en attendant.

Quand je reviens dans mon bureau, mon taux d'adrénaline est retombé et mon sourire revenu. Aline, elle, est toujours assise à ma table de travail, mais le dos à l'ordinateur, la tête appuyée sur le haut dossier de mon fauteuil. Les yeux fermés. Allons bon ! Que voit-elle encore derrière ?

– Un homme masqué et élégant... comme ses imparfaits du subjonctif !

Aline se redresse, ouvre les yeux et prolonge sa phrase sur le même ton élégiaque :

– C'est joli ce qu'il écrit, ton Perdican.

– Eh oui ! Quel dommage que personne ne m'ait jamais dit ça !

Aline me regarde, surprise, et me répond sur un ton redevenu quotidien :

– Mais... quelqu'un te dit ça !

– Quoi ?

– Voyons, réfléchis ! C'est une vraie personne en chair et en os qui te dit ça. Ce n'est pas une baudruche ou un fantôme qui tape sur un clavier.

C'est l'évidence même. Comment ai-je pu l'esquiver ? Simple : à force d'assimiler Perdican à un rêve, je n'ai pas essayé de matérialiser son image. Pour moi, il n'était pas un être humain, mais un personnage virtuel. Dans le fond, je crois que je préférais. C'est sans doute pourquoi je n'ai jamais tenté la moindre recherche sur mon ordinateur. Mais maintenant qu'Aline m'a mise en face de mon irréflexion plus ou moins volontaire, je suis bien obligée de me poser clairement la question : qui, derrière Perdican ? un exalté inconnu ? un psychopathe ? un plaisantin ? un spécialiste du canular professionnel ou non ?

Aline penche pour cette dernière hypothèse, arguant que le mail le favorise par l'anonymat qu'il permet... comme autrefois le téléphone.

– A propos, enchaîne-t-elle naturellement, c'était bien Carla qui te téléphonait tout à l'heure ?

– Non ! Quelqu'un qui se trompait.

– Tiens, tiens ! murmure Aline, caricaturant Columbo... c'était peut-être Perdican.

– Ça, sûrement pas ! C'était une voix de femme.

– Et alors ? Pourquoi pas ?

Aline ne rit pas vraiment.

Moi, pas du tout.

Chapitre 25

Aline m'a inoculé un poison pernicieux. Depuis notre conversation sur l'identité de Perdican, je soupçonne tout le monde : du piéton – ou de la piétonne – qui me reconnaît dans la rue pour m'avoir vue à la télé, jusqu'aux commerçants – et commerçantes – de mon quartier, en passant par les voisins de mon immeuble, la gardienne, mes relations professionnelles ou amicales et – c'est le pire – les membres de notre Club des Copains d'abord. J'examine au scanner leurs propos, leurs silences, leurs plaisanteries, leurs regards. Au bout du compte, je n'ai qu'une certitude : celle qu'on ne peut jamais en avoir, même sur les personnes que l'on connaît le mieux. J'ai payé avec Domani et Bruggen pour le savoir. Le naïf peut se révéler roublard ; l'égoïste, généreux ; le matérialiste, romanesque. L'innocent, coupable. Et vice versa. Comment en serait-il autrement, alors que le « connais-toi toi-même » de Socrate n'est déjà pas une recommandation si facile à suivre ? Alors... A la veille de notre départ pour Marbella, je décide de renoncer à mon enquête simili-policière et en informe Aline. Elle m'approuve :

– Tu as raison : si par hasard, elle aboutissait... adieu, Perdican !

– Pas forcément !

– Ah si ! C'est peut-être paradoxal, mais Perdican ne peut vivre pour toi que sans exister.

– Je n'en suis pas persuadée.

– Enfin, Agnès... aucun être – homme ou femme – ne peut rivaliser avec un Rêve.

– Si ! Celui – ou celle – qui l'a imaginé.

Aline lève les yeux au ciel comme pour le prendre à témoin de mon innocence... ou de ma mauvaise foi. Puis les redescend sur moi avec indulgence puisque...

– Le principal, c'est que tu nous lâches avec ta curiosité et qu'on passe tous de bonnes vacances !

Dès le deuxième jour en tout cas, elles s'annoncent prometteuses.

Nous sommes installés aussi bien que nous le souhaitions, bénéficiant d'un confort décontracté et d'une indépendance à la carte, proposée mais pas obligatoire.

Les cinq hommes sont logés dans la maison de Pon-Pon. Lui-même, Pierre et François disposent chacun d'une chambre fonctionnelle avec douche et les « Cha-Cha » de l'ancienne chambre conjugale du ménage, avec bain, qui selon le maître de céans, n'a jamais été témoin d'autant de rigolades... et de roucoulades !

Nous, les femmes, nous sommes logées à quelques encablures de là, à l'hôtel du Club Méditerranée, avec ce que nous considérons comme le luxe suprême : pas de courses ; pas de cuisine ; pas de ménage et pas de robinets qui fuient !

La répartition des lieux et de leurs occupants, ayant été prévue dès le départ, n'a suscité aucun problème.

Le climat, la plage, les piscines, les sports nous apportent exactement ce qu'on en attendait.

Les vacanciers nous offrent un spectacle permanent et varié avec des « Monsieur Hulot », des « Bronzés », des « Précieuses ridicules », des « Bourgeois gentilhomme », des « angelots aux maladresses attendrissantes »... de loin ! aux trépignements si drôles... de loin ! des dragueurs de tout poil ; des dragueuses de tous âges. Des couples dont on s'amuse à juger la durée d'après leur comportement : un an, trois ans, dix ans, trente ans (oh là là, ça craint !), cinquante ans (eh ben...), quinze jours (profitez-en !).

On va, on vient. Seul. A deux. A trois. Selon les envies de chacun. La grande piscine est notre principal point de rencontre. Lieu d'observation idéal. Réjouissant mirador. On y babille. On y potine. Sur les autres. Très rarement sur nous. Et toujours sans méchanceté. Parfois aussi, on y échange des propos sérieux, mais toujours avec légèreté. On s'y enlève les échardes du cœur avec une pince à rigoler. François est champion dans cette dernière spécialité. Tous les jours, en revenant de son parcours du non-combattant du sexe, il vient rendre un vibrant hommage à la mémoire du papé Marius. Il nous explique à quel point, pour un homme comme lui qui s'est dévoué corps et âme – et portefeuille – à la cause amoureuse, à quel point il était jouissif de ne plus être tributaire de la jouissance... à quel point il était excitant... pour l'esprit, de voir des filles – ou des femmes – se donner un mal de chien, voire de chienne, pour séduire un mâle délicieusement indifférent !

Aujourd'hui, sa gaieté est à son comble et, je crois, non feinte. Il vient de rencontrer sur la plage cette « pute de Chantal », celle-là même qui sans les interventions avisées de son ami Pierre l'aurait sûrement ruiné ; celle qui a provoqué le départ tant justifié de la si patiente Aline et qui a fini par harponner un milliardaire argentin.

– Un ex-milliardaire, nous annonce François triomphalement, en prison pour faillite frauduleuse ! Plus un sou ! Si bien que la pute a été obligée de se remettre sur le marché ! Seulement... avec dix kilos en plus et des poches sous les yeux !

– Chouette ! s'écrie Marie-Jo, voilà une cliente pour toi et pour moi !

– Tu es folle ! Elle n'aurait pas de quoi nous payer !

– Oh, quand même, pour être ici, elle doit avoir quelques petites économies...

– Pas du tout ! Ce matin, elle cherchait le micheton, c'était très net. Si vous aviez vu le cirque qu'elle m'a fait ! Moi qui la connais bien, je peux vraiment vous certifier qu'elle m'a sorti le grand jeu. Et moi... rien ! Mais alors, rien de chez Rien ! C'était jubilatoire ! Elle était désappointée, le complexe en embuscade. Et l'angoisse, pas loin. Je te jure ! Grandeur et décadence ! Tu te rends compte : elle qui naguère, ici même, recevait la gentry sur son yacht, aujourd'hui elle fait le tapin en pédalo !

– En pédalo ? s'exclament en chœur les « Cha-Cha » faussement horrifiés.

– Oui ! Elle en est sortie pour m'aborder, la fesse explosive. Elle y est retournée, démoralisée, le pétard mouillé !

On s'esclaffe sans complexe. Pierre, volontiers passéiste, s'en réjouit avec une préciosité de marquis du XVIIIe siècle :

– Dans un monde où tout change, il est réconfortant de constater que la fesse reste une valeur sûre dans le domaine récréatif !

Je souris, un peu étonnée : je n'ai jamais entendu Pierre plaisanter sur ce genre de sujet. Et rarement sur d'autres, d'ailleurs. Il n'avait rien d'un boute-en-train. A vrai dire, moi non plus. Du moins avec lui. Je ne riais qu'avec les autres. Surtout avec Aline... qui, elle, riait surtout avec moi ; elle que François considérait comme un éteignoir...

Aline attend que nous soyons toutes les deux, côte à côte, en train d'accomplir consciencieusement nos longueurs de piscine pour expulser entre deux bouffées d'air une idée qu'elle croit à tort commune.

– Tu ne trouves pas ça drôle, toi ?

– Quoi ?

– Ben... que François à cause de son opération, et moi à cause de mon vœu, on soit devenus abstinents... presque en même temps ?

– Oui... et que vous n'ayez l'air d'en souffrir ni l'un ni l'autre.

Aline plonge la tête dans l'eau, puis ressurgit avec cette précision :

– En tout cas, pour le moment !

Respiration. Question neutre de ma part :

– Tu as l'intention d'en parler à François ?

– Merci bien ! Pour qu'il voie dans cette coïncidence un motif de rapprochement...

Question exagérément innocente :

– Et ça t'ennuierait ?

– Ben oui...

Plongée dans l'eau, puis re-surgissement avec la même précision :

– En tout cas pour le moment !

Plouf ! Brasse coulée. Eau fendue. Sourire aussi.

Tout à coup, je pousse un cri. Je viens d'avoir l'impression qu'une pieuvre me saisissait le pied. Evidemment, une pieuvre dans une piscine, c'est idiot ! J'ai battu des jambes comme une forcenée. Je me suis retournée, le visage crispé de peur et j'ai vu (et entendu) Pierre hurler de rire. Comme jamais je ne l'avais vu ni entendu rire. C'était lui qui, nageant derrière moi sous l'eau, m'avait soudain emprisonné la cheville dans ses doigts. Sachant que mon imagination déformait, amplifiait tout bruit, tout contact, toute vision, et provoquait de la sorte chez moi des réactions surdimensionnées par rapport à leur cause réelle. Il est enchanté par sa farce de gamin et, sorti de la piscine, me présente à la ronde entre moquerie et admiration, comme un numéro de cirque :

– Mesdames et messieurs, vous avez devant vous la seule femme capable de croire à la présence d'une pieuvre dans une piscine ! Et pour peu qu'elle se concentre un peu, elle est même capable de prendre des palmes en caoutchouc pour un requin !

Je fais semblant d'être fâchée par ces outrances qui néanmoins reposent sur un fond de vérité ; je lève la main dans sa direction ; il l'intercepte ; me tord le poignet ; je tente un croche-pied pour le déséquilibrer... bref, on se bagarre comme deux collégiens, sauf que nous, nous savons que c'est « pour de rire ». Et d'ailleurs, nous rions au point d'en perdre le souffle, l'équilibre et nous tombons dans l'eau. Fin de la partie. Pierre, de nouveau adulte bien élevé, s'inquiète de savoir si je ne me suis pas fait mal en tombant, puis rassuré, me laisse galamment passer devant lui pour remonter par l'échelle. Au dernier échelon, il me tape sur la cuisse comme un maquignon et apprécie la bête... comme un homme :

– Tu as toujours d'aussi jolies jambes !

Et la bête se sent rougir... comme une femme !

Du bord de la piscine, sous son parasol, Aline a capté l'ensemble de la scène avec son œil exercé de peintre. A priori, elle ne lui inspire que ce commentaire qu'elle me balance en même temps que mon drap de bain :

– Je ne me souviens pas d'avoir vu Pierre aussi détendu.

– Moi non plus.

– Et puis, je trouve vraiment que...

Elle finit sa phrase avec ses mains qui évoquent clairement des biceps et des abdominaux d'athlète.

Je reconnais avec objectivité :

– Mon absence lui réussit bien !

– Je crois surtout que c'est la piscine de Suresnes !

– Peut-être...

Aline jette encore un coup d'œil de connaisseuse sur la silhouette de Pierre, puis émet un regret de ménagère qui n'aime pas gaspiller :

– C'est vraiment dommage que tu n'en aies pas l'emploi !

Une demi-seconde. Un demi-regard... Et ce double correctif à la baisse :

– En tout cas, pour le moment !

Nous avons recommencé à rire.

S'il existait un hit-parade des verbes les plus employés ici, on trouverait aux premières places : rire et ses dérivés. Plaisanter. Badiner. Rigoler. Ricaner. Rioter. Ricassser. Railler.

Laurent Barnet, le best-seller des éditions Domani, le « Findus » préféré de Carla, venu la rejoindre pour la semaine du 15 août en est frappé dès le premier jour de son arrivée. Il nous en parle comme dans ses livres avec cette préciosité minutieuse qui en agace plus d'un, mais en enchante plus de cinq cent mille autres !

– La bonne humeur trémule entre vous, comme un courant dans un ruisseau.

Marie-Jo est la seule à ne pas s'esbaudir et à oser demander :

– Qu'est-ce que ça veut dire, « trémule » ?

« Findus » est le seul à répondre, sur le ton de l'évidence :

– Trembloter. Frissonner. Frémir.

– Ah ! s'écrie Marie-Jo, c'est épatant ! J'en trémule de bonheur !

Et nous voilà tous repartis à rire, même Carla. Le best-seller ne comprend pas : comment son éditrice et maîtresse, qui forcément n'est pas une imbécile puisqu'elle adore tout ce qu'il écrit et, dans l'intimité, approuve tout ce qu'il dit, peut-elle se plaire avec de tels amis ? Comment ces gens qui ont tous des situations enviables et, pour certains, éminentes peuvent-ils se comporter comme des demeurés ? Comment sa consœur – en l'occurrence, moi – qui dans le métier a une réputation de fine mouche, réagit-elle comme un veau ? Plein de bonne volonté, il est à l'affût d'une subtilité de pensée ou de langage. Et qu'est-ce qu'il entend ?

Carla, ouvrant le feu avec deux vers de mirliton :

Ici, mes bons amis, avec ou bien sans mec
Il n'est pas de jours « sans ». Rien que des jours « avec ».

Sifflements admiratifs. Soupirs d'aise. Puis une salve de satisfactions exprimées :

François : Ah ! mes aïeux, c'que je peux être bien !

Aline : Moi, je crois que je n'ai pas été aussi bien depuis... depuis mon premier baiser... en 64.

« Cha-Cha Ier » : Je me demande ce qu'on pourrait souhaiter de plus ?

Silence, on cherche. Après quelques minutes, fusent sans conviction quelques propositions :

Pierre : Une glace aux fruits de la passion ?

Le chœur des bienheureux (*moins une voix, la mienne, en souvenir... d'un souvenir*) : Non ! Ça fait grossir !

« Cha-cha II » : Le souffle d'un éventail agité par Johnny Depp ?

Le docteur Pons : Le souffle d'un éventail agité par Vanessa Paradis ?

Lorraine : Brassens qui descendrait de son nuage pour nous chanter « Les copains d'abord ».

Le chœur des bienheureux (*à l'unanimité) :* Oh oui ! Oh oui ! Oh oui !

Echanges de sourires. Puis les deux dernières suggestions pour un éventuel mieux en plus :

Marie-Jo : Un con qui nous prendrait pour des cons !

Moi (*précipitamment)* : Le silence.

Le best-seller n'en croit pas ses oreilles ni ses yeux. Quelle aubaine : lui qui est étiqueté dans la presse spécialisée « Entomologiste de l'humain » se voit confronté à des êtres vivants identifiés (EVI) mais inconnus de lui et sans doute de son public : des êtres heureux, conscients de l'être et qui le disent ! Il se demande s'il s'agit des derniers spécimens d'une race en voie de disparition ou au contraire des premiers spécimens d'une race nouvelle. De toute façon, il estime qu'il se doit de les étudier, afin que ses observations puissent nourrir ses prochaines œuvres. Alors, pendant trois jours, il regarde, écoute, interroge, analyse, dissèque... et bien sûr, note chaque « curiosité » sur ses fiches de documentation.

Le quatrième jour, il s'en va : incapable de supporter plus longtemps les mœurs et le fonctionnement de la tribu. Incapable d'accepter la ségrégation nocturne obligatoire : les hommes d'un côté, les femmes de l'autre, dans leur gynécée, comme chez les Grecs ! Incapable de comprendre la décontraction générale qui débouche sur une bienveillante amitié entre des couples qui se sont déchirés comme entre des épouses et des maîtresses passées ou éventuellement futures. Incapable d'adopter cet esprit de potaches attardés qui règne dans ce Club des Copains d'abord... avec insigne et consignes. Incapable de vivre dans cette anarchie comportementale qui autorise, pire ! qui recommande à chacun de faire ce qu'il veut, quand il veut. Incapable d'admettre que cette indépendance n'empêche en rien la main tendue quand il le faut, et les bras ouverts en permanence.

Tout cela, il l'a dit à Carla avec l'espoir qu'en l'éclairant sur sa tribu d'égoïstes et de débiles, il la soustrairait à son influence et l'en arracherait... comme d'une secte diabolique en quelque sorte !

Il le lui a dit à 8 heures du matin, après avoir dormi – très peu – sur le canapé-lit du living de l'appartement de Pon-Pon. Après avoir été contraint par les lois tacites de notre club, les deux jours précédents, d'attendre que la nuit tombe pour se livrer sur la plage à un coït fonctionnel dans des conditions d'inconfort qui n'ont pas exalté sa libido et ne lui ont inspiré que cet aveu dépouillé d'artifice : « Le grain de sable dans le derrière n'a jamais été ma cup of tea ! », phrase qui normalement ne devrait pas figurer dans son prochain livre !

Réunis une fois de plus autour de la piscine, nous nous réjouissons d'en avoir la primeur et l'exclusivité. Il l'a lancée à Carla au milieu d'un tas de reproches, de récriminations, de revendications et juste avant de lui intimer l'ordre (et puis quoi encore ?) de choisir entre nous et lui. Pour Carla, il n'y a pas eu photo ! Il est parti, ulcéré par son choix. Désemparé de se retrouver seul un 15 août, abandonné par son épouse qui lui avait préféré une femme et par sa maîtresse qui lui avait préféré des cons !

On est presque prêts à le plaindre, mais Carla sabre vite fait notre élan de compassion avec l'argument dont Domani s'était servi pour s'absoudre de ses torts envers moi :

– Il ne faut jamais plaindre les auteurs : leurs déboires, leurs soucis, leurs déceptions, leurs larmes, c'est leur matière première. Vous allez voir, mon « Findus », comment il va transformer son gros chagrin et sa grosse colère en gros best-seller !

Par solidarité confraternelle, je me sens obligée d'intervenir :

– Pendant que tu y es, tu voudrais peut-être que les créateurs versent des droits à leurs modèles ou à leurs inspirateurs ?

– A ce compte-là, me dit Pierre sans rancune, tu m'en devrais des sous !

– Et Aline m'en devrait aussi un paquet, enchaîne François en se tournant vers elle avec une mine de bon apôtre ; mais je ne lui réclame rien... sinon un nouveau tableau.

– D'accord ! s'écrie Aline. Ton portrait ? Ça t'irait ?

– Marché conclu ! Je l'accrocherai dans mon prochain cabinet médical.

C'est de cette façon désinvolte que François nous a appris que, pour des raisons de santé, il avait décidé de n'être plus chirurgien mais médecin esthétique : deux minutes d'une infiltration seront moins stressantes que deux heures de lifting. Dans la foulée, il nous a appris également que Marie-Jo allait installer son nouveau cabinet de massage à côté du sien et qu'ils espéraient bien entendu que la clientèle de l'un profiterait à l'autre. Carla est déjà prête à prendre rendez-vous :

– Où va être votre lieu de perdition ?

– A Ville-d'Avray !

– Ah... c'est loin !

– Ça dépend de quoi ! C'est à côté de Suresnes. Tu pourras regrouper tes déplacements... et équilibrer tes dépenses : le jour où tu te ruines à Ville-d'Avray en soins de beauté, tu viens à Suresnes bouffer gratos à la maison !

– Ça, ce n'est pas bête ! Avec les copines on va s'organiser des circuits esthético-récréatifs.

Les copines adhèrent à ce projet avec enthousiasme. Pon-Pon, un regard pas très discret sur Lorraine, promet d'y participer le plus souvent possible, comme chaperon. Les « Cha-Cha » revendiquent avec véhémence le droit d'y être invités, d'abord en tant que promoteurs de la beauté masculine, ensuite en tant que promoteurs immobiliers :

– C'est vrai, dit François, ce sont eux qui nous ont déniché le local qu'on cherchait, à l'endroit où on le cherchait et aux conditions... qu'on n'osait pas espérer !

– Ça, minaude « Cha-Cha Ier », j'avoue que sur ce coup-là, on s'est bien débrouillés.

– Oh ! Il n'y a pas que sur ce coup-là ! rétorque virilement « Cha-Cha II ». Sur la rue...

Brusquement, son compagnon l'interrompt avec un « chut ! » intempestif, un regard furibond, une tape sur le poignet, suivie d'une réprimande, exagérément articulée, œil exorbité dans œil fuyant :

– Tu es trop bavard. Je t'ai déjà dit que dans l'immobilier, le secret professionnel, c'est important. Il y a des gens qui n'ont pas envie qu'on sache qu'ils déménagent, ni où ils vont habiter. Tu comprends ?

– Oui, oui, très bien, murmure « Cha-Cha Ier », penaud. Tu as raison. Je ne recommencerai plus. Promis. Juré.

« Cha-Cha Ier » a pour son associé un sourire désarmé qui fait joliment office d'absolution :

– Alors, ça va, dit-il. L'affaire est close.

Certes, l'affaire est close. En dehors des « Cha-Cha », elle n'a jamais été ouverte pour personne dans notre groupe. Apparemment. Mais... à l'heure des tapas, entre deux olives, Aline me demande :

– Tu n'as pas l'impression que tout à l'heure notre « Cha-Cha II » a failli mettre gravement les pieds dans le plat ?

– Si, bien sûr ! Mais dans quel plat ? Et en risquant d'atteindre qui ?

– Ça...

Finalement, pour nous, l'affaire n'était pas close.

Chapitre 26

Nous venons tous de quitter Marbella et tous avec le cœur gros d'écoliers en fin de congé scolaire. Nous ne sommes pas tristes de rentrer à Paris. Non ! A part Lorraine et Carla, toujours en quête de deux appartements dans mon quartier et qui regagnent les leurs sans joie, chacun est plutôt content de retrouver sa niche, avec ses habitudes, son odeur, ses miettes de quotidien et, en ce qui me concerne, ma coquette Colombe, en pension chez Monica, comme à chacune de mes absences et qu'il va me falloir reconquérir, comme à chacun de mes retours !

Nous ne sommes pas tristes non plus de nous remettre au travail. Au contraire. Nous avons tous la chance incomparable d'exercer un métier qui nous plaît, et même, dans mon cas et celui d'Aline, qui nous passionne. Nous avons hâte d'ordonnancer, elle sur la toile, moi sur le papier, les provisions que nous ramenons en vrac dans notre tête.

Nous sommes tristes parce que tous conscients de la fragilité du bonheur, « cette chose qui n'existe pas et qui pourtant un jour n'est plus », nous avons peur qu'après avoir à Marbella bénéficié de ses faveurs, sans trop savoir pourquoi, il nous échappe à Paris sans qu'on en comprenne davantage la raison. Bien sûr, nous savons que nous ferons tout ce que nous pourrons pour maintenir les équilibres délicats qui régissent notre paradoxale communauté d'indépendants. Mais... il n'y a pas que nous, il y a la vie, les impondérables, les éternels jeux de l'amour et du hasard.

Pendant notre voyage de retour, pourtant très calme, je sens auprès de moi l'angoisse latente d'Aline. J'essaye pour la calmer d'entretenir la conversation comme je peux :

– Il faut absolument que j'aille aux « Oublières » voir maman... et les enfants : les petits et les grands.

Acquiescement de la tête. Œil rivé sur le panneau « turbulences » actuellement éteint. Je continue :

– Je voudrais bien savoir où en sont Isabelle et Arnaud. A son dernier coup de téléphone, la « Régente » a prétendu que le calme régnait dans le couple, mais qu'elle n'arrivait pas à savoir si c'était un calme d'avant cyclone... ou d'après bourrasque ! Il me tarde d'en juger par moi-même. Pas toi ?

– Si !

– Alors, j'en conclus que tu vas m'accompagner ?

– En principe...

Signe de croix subrepticement tracé dans le creux de sa main gauche. Je continue, agenda en main :

– On va fixer une date maintenant. Je pense qu'il vaudrait mieux ne pas tarder. On pourrait par exemple rester à Paris juste demain : le temps de vider nos valises et de remplir un sac de voyage chacune. Repartir le mardi matin de bonne heure...

de façon à arriver pour le déjeuner... Et reprendre la route le vendredi, après le déjeuner – pour éviter le grand retour du dernier week-end d'août. Tu es d'accord ?

– Oui, mais...

– Mais quoi ?

Nouveau signe de croix protecteur avant de se risquer à poursuivre :

– Si tout va bien ce dernier week-end d'août, j'ai rendez-vous à Bruxelles avec Phidias.

– Oui, je me rappelle.

– Par la même occasion, je montrerai à Benoît quelques esquisses de mes futurs tableaux. Je voudrais avoir son avis.

– Tu as raison.

Soucieuse de ne pas abandonner Aline seule avec sa panique, je me bats les flancs pour prolonger la conversation :

– J'irai avec toi en Belgique. J'essaierai de voir Robinson. Je voudrais lui parler de son *Journal de bord...* et de sœur Agnès. C'est vraiment un garçon...

Un garçon qui hélas n'intéresse pas suffisamment Aline pour mobiliser son attention. Elle ne m'écoute plus. Elle écoute le moteur. Elle guette la moindre rupture dans son vrombissement. Elle épie le sourire des hôtesses. Le comportement de nos amis. L'ouverture et la fermeture des portes des toilettes. Les allées et venues des autres, tous ces inconscients qui n'ont pas peur ! Et puis soudain, elle regarde sa montre et son visage s'illumine :

– Midi ! m'annonce-t-elle triomphalement : l'heure de Perdican ! Tu y pensais ?

– Non, mais ça m'arrive souvent. Je n'y pense pas et il y a quelque chose ou quelqu'un qui me force à y penser.

– C'est quand même étrange, cette histoire.

– Ce n'est pas l'histoire qui est étrange : maintenant il y en a beaucoup dans ce genre-là sur le web, des rencontres entre inconnus. Ce qui est étrange, c'est le personnage.

– Et ce qu'il écrit !

– Et encore... tu n'as pas lu son dernier message.

– Si ! Celui du 15 août ?

– Non ! Celui de cette nuit. Je me suis débrouillée avec la réceptionniste de l'hôtel pour qu'elle m'en sorte un exemplaire. J'ai pensé que ça pourrait te distraire. Tu veux le voir ?

– Ah oui ! Ça, c'est une bonne idée.

Aline semble avoir enfin oublié sa panique. Ça aussi, c'est étrange. A croire que ce Perdican a un pouvoir... j'allais dire surnaturel ! De ma part, ça aussi, c'est étrange. Comme de lire à dix mille mètres d'altitude :

Pardon, mon Rêve, j'ai dû m'absenter. Je reviens des nuages. En langage terrien, je crois que ça s'appelle une syncope... ou un coma, je ne sais plus. Toujours est-il que je n'étais pas là. Mais je vous voyais. Vous erriez sans mot, dans cette île magique où je vous avais emmenée et que j'ai dû quitter... prématurément : mon nouveau cœur a été un peu trop secoué par votre émotion... que pourtant je partageais.

Nous étions à Guernesey dans la maison de Victor Hugo. Vous étiez fascinée. Sur le palier-bibliothèque, devant l'envolée des livres vers le plafond, vous avez estimé normal d'être plus impressionnée que Napoléon devant les pyramides : « Moi, m'avez-vous dit, c'est *La Légende des siècles* qui me contemple ! » C'est là que mon cœur a craqué. Vous ne vous en êtes pas aperçue. Vous étiez déjà dans l'escalier étroit qui mène au bureau du Maître. Il était à côté, sur la terrasse, en train d'envoyer des baisers à Juliette Drouet, sa voisine d'en face. Il l'a quittée pour vous rejoindre. Il vous a regardée avec des yeux qui n'étaient pas vraiment ceux d'un poète... Et j'ai été bien heureux qu'il soit mort ! Et très touché, par la suite, qu'il veuille bien vous tenir compagnie. C'est moi qui le lui ai demandé, par table tournante interposée. A chacun son e-mail ! Par le même truchement, je l'ai chargé de quelques messages pour vous. Je sais qu'il vous les a transmis en alexandrins. C'est gentil mais c'est trop.

Il me tarde de vous les envoyer moi-même, de vous rêver, si je puis dire de vive voix, de vous rêver mon Rêve encore une fois.

Signé : « Perdican ».

Aussitôt qu'Aline a fini de lire, je l'interroge :

– Qu'est-ce que tu en penses ?

– En vérité... je le trouve encore plus étrange que d'habitude.

– Moi aussi ! Tu comprends, la dernière fois, le 15 août, nous n'étions que dans la baie de Rio...

Aline m'approuve avec une ironie décapante :

– Ça, tu as raison : c'est normal que vous tombiez d'un croissant de lune sur le haut du « Pain de sucre » ! Et que, de là, un albatros aux ailes de géant, bien entendu, vous prenne en stop pour vous déposer sur la plage de Copacabana...

Je ris de bon cœur et reconnais que...

– Evidemment, dit comme ça, ça paraît ridicule, mais...

– Mais écrit en langage « perdicanesque » et lu avec des lunettes... de Rêve, ça devient tout à fait normal !

– Non, pas tout à fait, mais quand même plus normal que son mail d'aujourd'hui. Tu me l'as dit toi-même.

– Oui... mais en disant cela, je ne pensais pas à son délire sur Guernesey et Victor Hugo. Ça, c'est dans la lignée du reste.

– Tu pensais à quoi alors ?

– A son état cardiaque, mentionné à plusieurs reprises.

– Moi aussi. C'est curieux. D'autant plus que ce n'est pas la première fois qu'il évoque ses problèmes de santé. Il m'en a parlé même d'entrée de jeu.

– Oui, mais comme d'un obstacle qui rendait impossible entre vous une relation autre qu'épistolaire. Pour te rassurer en quelque sorte. Tandis que là...

– Tu as l'impression qu'il pressent sa fin ?

– Un peu...

– Ça m'est aussi passé par la tête.

– Je suis sûre qu'il te manquerait.

– Non... du moins pas tant que j'écrirai mon livre. Je vais vivre tous les jours avec lui !

Aline sursaute en étouffant un cri. Non ! Ce n'est pas à l'idée de la cohabitation ésotérique. Ni à cause d'un trou d'air. Seulement à cause de Pierre qui vient de lui taper sur l'épaule comme s'il frappait à une porte :

– Je peux entrer ?

C'est moi qui lui réponds pour laisser aux joues d'Aline le temps de reprendre un peu de couleur :

– Oui, bien sûr, tu as besoin de quelque chose ?

– Uniquement, me répond-il entre ses fossettes, que tu aies besoin de moi. Comme d'habitude.

– D'accord ! Et sérieusement ?

– Eh bien, François et moi, en bons pères et bons grands-pères que nous sommes devenus, nous avons décidé d'aller aux Sables-d'Olonne prendre des nouvelles des uns et des autres, avant le retour du grand cirque parisien.

– Nous avons eu la même idée, Aline et moi.

– On s'en doutait un peu et on se disait qu'on pourrait peut-être...

– Nous, nous comptons y être, d'après-demain mardi pour le déjeuner au vendredi, après le déjeuner.

– 14 heures 17 ou 14 heures 24, le départ ? demande Pierre sur un ton proche du mien, du temps où il m'appelait « Madame Chaix ».

Aline, remise de ses émotions, est la première à rire de l'imitation de Pierre. Moi, la seconde. J'admets que ma maniaquerie horaire est un peu agaçante. Pierre m'assure que je suis beaucoup moins chef de gare qu'avant. Aline confirme et renoue le fil de la conversation :

– Et vous, François et toi, quand comptiez-vous aller aux « Oublières » ?

– Vos dates nous conviennent tout à fait, mais nous logerons autre part qu'aux « Oublières ».

– Ah bon ? Pourquoi ?

– Nous préférons être totalement libres, comme nous l'étions à Marbella. C'est beaucoup plus agréable pour tout le monde, non ?

– C'est certain, mais...

– Ça nous permettrait de voir la « Régente » et nos enfants d'une façon plus décontractée, en dehors des repas minutés et de l'extinction des feux à heure fixe.

– Vous avez raison, dis-je, d'autant plus que maman ne rajeunit pas et que j'ai bien senti, à son dernier coup de téléphone, que les trois garçons commençaient à la fatiguer.

– Ça ne m'étonne pas.

– Mais dans quel hôtel vous allez descendre ?

– Nous n'avons pas encore choisi. Nous attendions de savoir vos dates.

La voix du commandant de bord nous annonce la décélération du moteur, la descente sur Paris. Aline ferme les yeux, déjà en actions de grâce.

Pierre regagne sa place. Je boucle ma ceinture et... m'aperçois qu'Aline n'a pas détaché la sienne. La pauvre ! Sa peur silencieuse, vaincue momentanément par Perdican, m'attendrit. Je me penche vers elle pour l'embrasser et lui dire :

– Je t'aime bien !

Elle me sourit, bouche fermée. C'est seulement en posant le pied sur le sol de l'aéroport qu'elle me répond : « Moi aussi ! »

Devant la station de taxis, chacun avec son chariot à bagages, les dix membres du Club des Copains d'abord se séparent. Sans effusions excessives. Sans mélancolie ostentatoire. Sans fausse joie. Sans regrets. Avec un maximum de confiance. Avec quand même un doute. Non exprimé, mais lisible dans tous les regards, sous trois formes différentes :

– Pourvu que ça dure !

– Est-ce que ça peut durer ?

– Combien de temps ça va durer ?

Chapitre 27

« Allô, Pierre ! C'est Agnès. Mardi 24 août. Il est aux environs de 8 heures. J'espère que tu apprécies l'imprécision ! De deux choses l'une : ou tu es déjà sur la route avec François. Ou vous dormez encore tous les deux. De toute façon, aucune importance. Nous, Aline et moi nous partons. Nous espérons être aux " Mieux-Etre " entre 13 et 14 heures (toujours l'imprécision !). Je te rappellerai à ce moment-là. A moins que, d'ici là, tu m'appelles sur mon portable. Ou mieux sur celui d'Aline qui ne conduira probablement pas. Je t'embrasse. Soyez prudents. Ciao ! »

« Bonjour ! C'est de nouveau Agnès. Je suis au " Mieux-Etre " avec Aline. Nous sommes un peu étonnées de ne pas avoir de vos nouvelles. Les enfants n'en ont pas non plus et ne savent pas plus que nous dans quel hôtel vous avez décidé de descendre. Soyez gentils, l'un ou l'autre, de nous appeler, l'une ou l'autre, dès que vous prendrez ce message. Ce n'est pas qu'on s'inquiète, mais enfin... Je t'embrasse. »

« Allô François, c'est Aline ! Agnès a déjà déposé deux messages sur le portable de Pierre pour lui demander de nous appeler. Nous ne savons pas où vous joindre. Nous, nous venons d'arriver aux " Oublières " et n'en bougeons pas de la journée. Vous pouvez donc nous appeler sur la ligne de la maison ou sur nos portables indifféremment. Même si c'est pour nous dire que vous avez changé d'idée et que vous êtes retournés à Marbella... On ne vous engueulera pas. Blague à part, téléphonez ! Au revoir. A bientôt. »

« Bonjour ! C'est Aline encore. Nous venons de téléphoner à nos copines et copains du club. Eux aussi sont sans nouvelles de vous. On commence tous à s'inquiéter. On attend les infos de 20 heures... et puis après... on avisera. Mais d'ici là, on espère que vous aurez appelé. On vous embrasse. »

Trois minutes plus tard, sonnerie du téléphone des « Oublières » :

– Allô, Antoinette ?

– Non, Pierre, c'est Agnès. Qu'est-ce qui se passe ? On vous a laissé quatre messages sur vos portables.

– Oui, je m'en doute. On les a oubliés... tous les deux ! Et on ne s'en est aperçu qu'à 5 heures. Pardon, 17 heures ! En les cherchant pour appeler un garage. Ma voiture est tombée en panne sur la route.

– Ça alors ! Quel genre de panne ?

– Pour le moment, on n'en sait rien encore. Elle est en observation dans un garage de campagne... comme je ne pensais plus qu'il en existait, et on est logé chez l'habitant... qui date de la même époque !

– Mais où exactement ?

– Allô, Agnès ? Je ne t'entends plus. Allô ! Ce doit être l'orage.

– Allô, tu m'entends ?

– Très mal. Je te rappelle demain.

Et le lendemain, c'est-à-dire aujourd'hui, pas de coup de téléphone, mais... à 10 heures un coup de klaxon. Ou plutôt deux. Trois. Quatre. Dix. Quinze. La carte de visite de François et de Pierre annonce que l'humeur est au beau. Tant mieux. Aux « Oublières » elle est à tendance nuageuse. Hier, nous nous sommes payé bêtement un grand coup de blues en racontant à la « Régente » impassible à quel point nous nous étions amusées à Marbella ! Nos joyeux souvenirs se sont écrasés sur les tapis du salon des « Oublières » et les truculentes plaisanteries de nos copains et copines n'ont pas déridé la descendante d'Athanase de Cormantin. Elle qui pourtant rit de bon cœur aux grossièretés d'Elvis et de Jean-Lotus. Sans doute un peu de jalousie... Ou un peu de lassitude.

Ce matin, nous l'avons trouvée plus détendue : elle nous a reparlé d'Arnaud et d'Isabelle avec plus de sérénité que la veille. Elle nous a confirmé ce que nous avions constaté au « Mieux-Etre », à savoir une certaine détente dans les relations du couple. Nous en avons cherché la cause : j'avais bien une idée, mais... elle mettait en cause la confidence que ma fille m'avait faite au sujet de sa cyber-correspondance avec le « marquis de Sévigné ». Je savais par les journaux qu'il était parti brusquement pour la Floride dans les bagages d'une sirène américaine et je pensais bien que ce départ avait sans doute calmé les effervescences d'Isabelle... Mais, bien sûr, pas question pour moi d'en parler. Je suis donc entrée avec Aline et la

« Régente » dans la ronde des hypothèses : résignation ? sursaut de bonne volonté ? solde avant fermeture ?

Nous tournions en rond quand Pierre et François sont arrivés avec des cadeaux pour les hôtes de la maison et... une invitation à déjeuner pour Aline et moi dans un des meilleurs restaurants de la région. Quelle bonne idée ! Une fois de plus, on l'a échappé belle !

A maman qui s'asperge depuis toujours d'eau de lavande, Pierre a offert un parfum dont rien que le nom : « Extase », n'était pas des mieux choisi. Quant à François, il s'était fendu d'une écharpe en soie... malheureusement dans un très joli dégradé de vert : la seule couleur que par superstition, la « Régente » ne porte jamais ! Elle a chaleureusement remercié ses généreux donateurs et m'a dit en douce :

– Je suis contente : Rosalie va être gâtée pour ses étrennes !

A Elvis, Pierre et François ont offert des DVD... qu'ils avaient déjà, mais dont leur grand-mère a aussitôt trouvé l'emploi :

– Vous les donnerez à Jules, votre copain, dimanche : c'est son anniversaire !

A Clément le magnifique, ils ont offert un petit bassin gonflable, gonflé sur l'image de la boîte et bien sûr dégonflé à l'intérieur de la boîte. Les imprudents ! Les voilà mobilisés par le bambin qui leur commande dans son langage économe mais très expressif de « transformer ça, comme ça, avec ça ». En langage adulte : le plastique raplapla doit s'épanouir en transparence rebondie, grâce à l'espèce de soufflet prévu à cet effet ! Un jeu d'enfant ! Certes ! Mais pas un jeu de grands-pères. Pas plus pour François, futur spécialiste de la gonflette labiale, que pour Pierre qui s'est moins illustré avec nos propres enfants dans le gonflage de leurs ballons que dans leurs lâchers ou leurs crevaisons ! Néanmoins, ils se mettent à l'ouvrage tous les deux... un peu pour faire plaisir au petit. Beaucoup pour épater les deux grandes idiotes qui à quelques mètres d'eux rigolent... rigolent...

Mais patience...

A Jean-Lotus, Pierre et François ont offert un croquet ; jeu désuet qui revient, paraît-il, à la mode. Jeu que j'ai beaucoup apprécié autrefois, mais dont je découvre tout de suite aujourd'hui l'inconvénient majeur : il n'est intéressant que si on y joue à plusieurs. Jean-Lotus le comprend immédiatement et requiert le concours de ses « mamies-croqueuses » avec la même autorité que Clément a requis celui de ses « papys-gonfleurs ».

A eux de rigoler maintenant !

Et à nous aussi, avec eux ! Nous voilà repartis comme à Marbella à nous esclaffer pour un rien. J'allais dire, comme des mômes. Non ! Justement ! Les mômes ne rient pas. Pour eux, le jeu c'est sérieux. Allez, les vétérans ! Courage ! Toc ! Toc ! Dans la boule. Pfftt, pfftt, dans le plastique !

– Midi ! annonce soudain la « Régente » à nouveau guillerette.

On échange avec Aline un regard complice pendant que ma mère invite ces messieurs à abandonner le soufflet au pied plus expert du jardinier, et ces dames à remonter dans leurs chambres pour troquer leur jogging contre des tenues plus appropriées à l'endroit un peu snob où ces messieurs les ont invitées.

Quand nous quittons les « Oublières » dans la voiture de Pierre, les hommes devant et les femmes derrière, Elvis joue au croquet avec Jean-Lotus ;

Clément barbotte dans son bassin gonflé et la « Régente » droite sur sa chaise, rigide, a son œil mouvant de perdrix le jour de l'ouverture de la chasse.

Au bout de deux kilomètres sur la route des Sables, Pierre ralentit un maximum et, ô surprise ! tourne dans un chemin caillouteux balisé à son entrée par deux panneaux. L'un : « Voie sans issue ». L'autre : « Propriété privée ». Aline et moi connaissons parfaitement ce chemin. Pendant toute notre enfance nous sommes passées devant en courant, de l'autre côté de la route, nos parents nous ayant assuré qu'il était à la fois un nid de vipères et un repaire de bandits : deux précautions valent mieux qu'une pour nous éviter d'y mettre le pied ! Au fil des années, nous avons appris la vérité : il s'agissait à l'origine d'un chemin très ombragé... qui menait à une porte très discrète... qui ouvrait sur un jardin buissonneux... qui conduisait à une maison close, très ouverte.

Dans la voiture arrêtée devant la porte toujours aussi discrète, François s'érige en guide :

– Ici mesdames, derrière ces murs protecteurs, a été construit au début des années folles un des plus jolis bordels dont la province française puisse s'enorgueillir. Les Parisiens en vacances qui le fréquentaient l'appelaient sous le canotier : « La Closerie des Lits bas ». Leurs épouses déjà pas dupes, mais encore bien élevées, l'appelaient plus sobrement, elles, sous leurs chapeaux-cloches : « La Closerie ». L'établissement, dès son ouverture, rencontra un très vif succès. Jusqu'en 1940, l'argent entra à flots dans les caisses de Madame Claudine – de son vrai nom Jeanne Claudet. Pendant l'occupation, il en déborde carrément. En 1945, les partisans de la fesse patriotique s'émeuvent que l'Allemand ait abreuvé les sillons de nos filles et de nos compagnes. Le vent de l'épuration commence à souffler. Avant qu'il n'atteigne la Vendée, la tenancière avisée ferme La Closerie et disparaît avec bien sûr son bas de laine, en l'occurrence une bonne douzaine de bas de soie remplis de pièces d'or ! On l'a cherchée, recherchée. En vain. Et puis... on a fermé les maisons closes. La Closerie l'était déjà. On l'a laissée à l'abandon. On a oublié Madame Claudine, bien avant que la fesse ne s'européanise et ne se mondialise. Voilà, mesdames, l'historique de cette demeure au passé lourd... de légèreté et de sa propriétaire qui avait, paraît-il, la tête aussi bien faite que le sein !

Aline et moi sommes passablement étonnées. Moins par la teneur du récit que par l'intérêt manifeste qu'il suscite tant chez Pierre que chez François. Notre double étonnement se traduit par une double question. Celle d'Aline :

– Pourquoi nous as-tu raconté ça ?

La mienne :

– Comment es-tu au courant de toute cette histoire ?

Réponse unique de François :

– Parce que j'ai acheté La Closerie !

Nous ne sommes plus étonnées. Nous sommes abasourdies. Nous le restons tout au long des explications que nous donnent alternativement François et Pierre.

– J'ai acheté cette maison avec une partie de l'argent que j'ai enfin touché de mon assurance pour l'incendie de notre propriété du Luberon.

– C'était la tienne, rectifie Aline sans aigreur. Ce n'était pas la nôtre.

– Sur l'acte notarié, oui. Dans ma tête, non. C'était la nôtre.

– Peu importe ! enchaîne Pierre toujours pragmatique. Ce qui compte c'est que François ait acheté La Closerie et à un prix défiant toute concurrence.

– Grâce à lui, précise François, en tapant sur le bras de son copain.

– Grâce à Agnès, reprécise galamment Pierre.

– Moi ?

– Mais oui, c'est toi qui m'as appris à être curieux. Sans toi, je n'aurais jamais été intrigué par le « nid de vipères » de ton enfance et jamais je ne me serais renseigné à son sujet... auprès de ta mère !

– Tu as parlé de La Closerie avec la « Régente » ?

– Bien m'en a pris ! Elle était sûrement la mieux placée pour me renseigner : elle connaissait très bien Madame Claudine.

– Maman ! Mais comment la connaissait-elle ?

– Par le curé ! La « Régente » et la tenancière comptaient parmi les généreuses bienfaitrices de la paroisse. Et les plus discrètes. Un jour elles se sont croisées dans la sacristie, chacune apportant son obole au prêtre. Il les a présentées l'une à l'autre. Elles ont sympathisé. On peut presque dire qu'elles sont devenues amies. En tout cas, ta mère a agi comme telle avec Claudine. Elle a réussi en août 45, grâce au réseau relationnel de ses parents, à l'expédier en Suisse... avec son magot ! Elle est restée longtemps sans nouvelles. Et puis, un jour, elle a reçu une carte postale d'Argentine adressée à Antoinette, comtesse de Cormantin, et signée Jeanne, baronne de La Closerie !

– Pourquoi maman ne m'en a-t-elle jamais parlé ?

C'est François qui ne me l'envoie pas dire :

– Coincée comme tu l'étais, ta mère n'allait pas t'avouer qu'elle avait servi de souteneuse à une pute de bordel !

Aline craignant – à tort – que je me recoince, enchaîne avec célérité :

– Bon ! Alors maintenant, on résume parce que je commence à avoir faim.

Pierre, champion de la compression verbale, réduit la fin du parcours de Jeanne Claudet en un paquet de phrases.

– Personnellement, j'ai espéré qu'elle avait terminé sa vie, à l'exemple de sœur Agnès, en sœur Claude du Repentir ou de la Rédemption. Mais non ! Elle l'a terminée à Buenos Aires, après avoir joyeusement dépensé tout l'argent qu'elle avait gagné à la sueur – entre autres – de son front. Elle n'a laissé, à quatre-vingt-trois ans, qu'une pièce d'or pour son enterrement et l'adresse du notaire nantais « à contacter en cas de décès ». Ce dernier ou plus exactement le successeur de son successeur retrouva dans les archives de l'étude d'une part l'acte de propriété de La Closerie, dûment signé par Mme Jeanne Claudet, et d'autre part un testament succinct où elle désignait comme seule héritière de ce lieu sa bienfaitrice... eh oui, Antoinette-Marie-Eglantine de Cormantin !

– Maman ?

L'incrédulité a ponctué mon cri d'un inutile point d'interrogation que François s'empresse de me retirer avec sa désormais fameuse pince à rigoler :

– Mais oui ! La « Régente », propriétaire d'un boxon !

J'évite de justesse le cortège des mots qui suivent traditionnellement la stupeur : « c'est pas vrai ! », « je rêve ! », « tu plaisantes ? », « je n'y crois pas ! ». Je parviens à détourner ma curiosité sur Pierre :

– Tu le savais, toi ?

– Oui, ta mère me l'a dit il y a deux ans... Un jour où je n'étais pas très gai...

Je baisse les yeux pour ne plus voir dans ceux de Pierre la tristesse qui y est apparue, sans doute même à son insu et dont le souvenir de ma fuite avec Domani est responsable.

– A bout d'arguments, poursuit-il, ta mère m'a raconté ça avec l'idée de m'arracher un sourire et aussi de me prouver que tout est toujours possible, même l'inimaginable.

– Et ça, conclut Aline avec une gaieté un peu forcée, dans le genre « inimaginable », on ne peut guère faire mieux.

– Mieux..., peut-être pas, dit François, mais aussi bien... j'espère.

Espoir confirmé avec la suite de l'histoire de La Closerie : la « Régente », mue par un souci de respectabilité, n'a pas osé s'avouer héritière et propriétaire d'un lieu de perdition... Lieu par chance presque entièrement caché par la végétation, protégé par le secret professionnel notarial et miraculeusement oublié par l'administration. Elle finit par l'oublier elle-même, au milieu de ses soucis... et des miens. Volontairement enfoui dans sa mémoire, c'est involontairement qu'elle l'en a ressorti, ne sachant plus quoi inventer pour distraire Pierre de son chagrin. Le dérivatif se révéla efficace. Il en parla à François qui, trop content de voir son ami s'intéresser enfin à quelque chose, se déclara, lui, carrément passionné par la « mystérieuse succursale des “ Oublières ” » ! Il finit par convaincre Pierre d'en demander la clé à ma mère... pour une simple visite de curiosité.

La visite eut lieu en l'absence de la « Régente », mais avec sa bénédiction, lors du premier Noël que Pierre passa sans moi avec nos enfants, sa belle-mère, son jumeau de cœur... et sa dépression.

Cette visite fut déterminante. François tomba sous le charme de cette maison. Pensa qu'à son âge le climat de la Vendée était préférable au climat du Midi ; que c'était bien de boucler la boucle en terminant sa vie, tout près de là où il l'avait commencée ; que Les Sables-d'Olonne étaient très proches et que son fils Arnaud serait sûrement heureux de s'y détendre de temps en temps en famille ou avec tous ceux qui, comme lui, adoraient cette région et adoreraient forcément cet endroit si peu conformiste : comme qui dirait une maison (close) de campagne !

François décida sur-le-champ de l'acheter à la « Régente », ravie de se débarrasser de cette écharde dans la particule avec une garantie de discrétion maximale. Elle la lui vendit pour une bouchée de pain. Il lui en coûta largement le pain entier pour remettre en état La Closerie et son jardin. Et ce n'est pas fini !

– Mais déjà comme ça, c'est fantastique, dit Pierre avec enthousiasme. J'ai hâte que vous voyiez ça !

Et nous donc ! Nous avons déjà la main sur l'ouverture des portières, mais François nous arrête. Sa mine et son ton sont sérieux :

– Attendez ! Avant de vous montrer la maison, il faut que je vous parle d'Arnaud et d'Isabelle.

– Il y a du nouveau depuis hier ? demande Aline déjà inquiète.

– Oui.

– C'est bizarre, on les a vus au « Mieux-Etre », à l'heure du déjeuner, ils nous ont semblé...

– Nous, on les a vus après vous. On a passé la soirée ici, d'abord avec eux deux ; ensuite, quand ils ont fermé le « Mieux-Etre », avec Pascal, Damien et sa fille : Victoire, qui entre parenthèses est devenue la meilleure amie d'Isabelle.

– Oui, je sais, dis-je. Et alors ? Ils étaient au courant pour La Closerie ?

– Non ! Arnaud m'a même signalé dans le coin, il n'y a pas longtemps, une propriété à vendre qui lui plaisait beaucoup... et qui plairait aussi sûrement à Pierre et à moi. Je ne l'ai pas découragé, mais je n'ai pas fait la moindre allusion à La Closerie. Je voulais que ce soit la « surprise du chef ».

Ça l'a été au-delà de ses espérances. François pense également que ce peut être en plus une planche de salut, une bouée de sauvetage pour Isabelle et Arnaud dont le couple ne risquait pas encore le naufrage total, mais dérivait dangereusement vers l'indifférence.

Pierre revendique l'idée du sauvetage. Elle lui a été inspirée, bien sûr, par son expérience... enfin, leur expérience à François et à lui. Par la découverte progressive de tous les avantages que peut apporter une cohabitation avec un homme – ou plusieurs – et de tous les bénéfices que l'on peut tirer de rapports épisodiques ou de relations strictement amicales avec une femme – ou plusieurs.

La première semaine de nos merveilleuses vacances à Marbella l'avait tout naturellement conforté dans cette idée. Il s'en était ouvert à François qui l'avait initié avec patience aux joies de la solitude à la carte, fromage et dessert, mais service et couverts non compris ! Ensemble, ils en étaient arrivés à cette conclusion qu'ils nous servent maintenant à l'unisson comme un proverbe à la sagesse ancestrale :

– La seule façon de rapprocher les couples... c'est de les séparer !

– En somme, résume gaiement Aline, si on s'était séparés avant, on serait encore ensemble !

Beaucoup plus sérieusement, moi je trouve que :

– Pour les couples, la séparation est un remède risqué.

– Pour les couples fragiles et mal assortis, oui, me rétorque Pierre avec conviction. Mais pour les autres, les couples solides, accidentellement déséquilibrés, la séparation ne peut qu'être salutaire.

Aline, qui a compris aussi bien que moi que le message de Pierre visait notre couple, feint à merveille de croire qu'il concernait celui de son fils :

– Alors, vraiment, tu penses qu'Arnaud et Isabelle, qui étaient naguère profondément amoureux et avec toutes les raisons de l'être, ne sont actuellement victimes que d'un ras-le-bol de présence. Tu penses vraiment qu'une séparation sauverait leur couple ?

– Oui, je le crois.

– Je le crois aussi, renchérit François et – ce qui est plus important que tout – ils le croient également.

– Comment le savez-vous ?

– Hier soir, après la visite de la maison, autour d'un excellent dîner que nous avions préparé l'après-midi – en même temps que nos arguments –, nous leur avons exposé notre point de vue...

– ... étayé par nos exemples personnels, complète Pierre avant de repasser la parole à son partenaire :

– Et nous leur avons proposé de mettre entre eux deux kilomètres : ceux qui séparent les « Oublières » (où continuera à vivre Isabelle avec ses enfants) et La Closerie (où s'installerait Arnaud qui lui aussi est tombé sous son charme).

– Arnaud ? Tout seul dans cette baraque ? s'écrie Aline qui imagine sans doute déjà son tout-petit de trente-cinq ans assailli la nuit par les fantômes des gourgandines d'antan ! Combien y a-t-il de pièces ?

– Au rez-de-chaussée, une seule, mais très grande : l'ancienne salle de rencontre ou d'attente pour ces dames et leurs clients. Un grand escalier, digne de Nana, avec en haut, de chaque côté, cinq chambres Napoléon III et leurs sanitaires Rambo II !

– Quoi ? Dix chambres pour une personne ?

– Pas une ! Tu es folle ! Comment comptes-tu ? D'un côté, Pierre et moi, les « Cha-Cha » et Pon-Pon, ça fait déjà cinq.

– Vous allez y habiter ?

– Pour le moment, pendant les vacances : petites, moyennes, grandes. Ce n'est pas ce qui manque dans notre civilisation de loisirs. Et plus tard, on l'occupera peut-être à plein temps.

Pierre prend le relais dans l'énumération des futurs occupants de La Closerie :

– De l'autre côté : Pascal et Damien...

– Parce que eux aussi vont venir ?

– Et comment ! Trop heureux de quitter leur appartement de ville pour une maison de campagne ! Et par la même occasion, pas mécontents de ne plus avoir Victoire dans leurs pattes.

– Ils lui ont trouvé un studio ?

– Bien mieux ! Elle va aller vivre aux « Oublières » avec Isabelle !

– Maman est au courant ?

– Evidemment ! Elle est ravie. Victoire est jeune et intelligente. Elle pourra à la fois jouer avec les enfants et bavarder avec elle.

– En somme, si je compte bien, il y a encore deux chambres libres, dit Aline de telle façon qu'on pourrait supposer que nous les convoitons.

– Non ! s'empresse de lui répondre François. Arnaud a deux copains : un génie de l'informatique et un génie des affaires et qui sont nés tous les deux avec le gène du célibat !

– Finalement, il y a juste la place nécessaire, remarque négligemment Pierre : dix chambres, comme aux « Oublières » et comme à Marbella !

Je ne relève pas l'allusion. Elle va tranquillement squatter dans ma tête. Y tourner en rond. Je sais déjà que ce n'est pas demain que je vais l'en déloger.

Chapitre 28

Deux gourmandes devant la vitrine d'une pâtisserie ! Voilà à quoi nous ressemblons, Aline et moi, devant la façade, trouée de vitraux, de La Closerie. Au rez-de-chaussée, à notre premier coup d'œil sur la grande salle multifonctions, nous ne sommes pas emballées. A l'étage, après notre dixième coup d'œil sur la dixième chambre, laissée comme les autres dans son jus d'époque, nous ne le sommes pas davantage. Nous trouvons l'ensemble insolite, original, « rigolo », mais nous ne sommes pas tombées sous le charme. Notre impression générale pourrait se traduire par une chanson que fredonnait souvent ma mère : « C'est gentil quand on y passe, mais s'il fallait y rester... » Nous avons beau ne pas lésiner sur le compliment et l'exclamation, François et Pierre sentent bien que notre enthousiasme est loin d'être au niveau du leur. Ils ne s'en formalisent pas, ni ne s'en étonnent :

– C'est une maison qui a été conçue pour les hommes, exclusivement pour leur plaisir, nous explique Pierre. Les femmes doivent le ressentir et en concevoir une instinctive animosité contre ses murs.

A l'appui de cette analyse, après tout possible, François nous apprend qu'aucune de nos congénères n'a été jusqu'ici séduite par le lieu :

– Lorraine, Carla et Marie-Jo ont été encore plus sévères que vous... ou moins polies !

– Elles sont déjà venues ? s'étonne Aline, comme si notre passé commun avec nos hôtes nous octroyait d'office une carte de priorité dans leur vie, comme les épouses des retraités de la SNCF dans les trains !

– Oui, une vraie surprise ! Elles sont passées en coup de vent en allant voir les parents de Marie-Jo à l'île d'Yeu. Nous ne savions pas qu'elles étaient au courant. On ne leur avait rien dit.

– Alors, comment ont-elles su ?

– Indirectement par ta mère qui en a parlé à une amie, qui l'a répété à Marie-Jo, qui est depuis longtemps sa kinési.

– Qui est-ce, cette amie ?

– Tu demanderas à la « Régente ». Moi, je ne te le dirai pas. Ce n'est pas la peine d'insister. D'ailleurs, je ne suis même pas sûr qu'elle, elle te le dira.

– Ça, ça m'étonnerait.

Eh bien, disons-le tout net, une demi-heure plus tard en tête à tête avec ma mère, dans sa chambre des « Oublières », je suis étonnée. La « Régente » me ressort presque mot pour mot tout ce que m'a dit Pierre. Elle ne me lâche pas le nom de sa mystérieuse confidente. Ni son âge. Ni son métier. Ni son statut social. Tout juste qu'elle a des attaches dans la région et qu'elle y a passé souvent des vacances.

– C'est comme ça que tu l'as connue ?

– Oui, nous avons des amis communs qui l'ont amenée aux « Oublières ». Elle adore. C'est sans doute pour ça qu'au départ nous avons sympathisé.

– Et après ?

– Comme souvent, nous nous sommes perdues de vue : elle à Paris avec sa vie, moi ici avec les miennes... C'est dommage, je pense que nous aurions pu être de vraies amies.

– Et vous ne l'êtes pas ?

– Non, on se téléphone beaucoup et longtemps. On bavarde. Elle est aussi curieuse que toi. C'est comme ça que je lui ai parlé de La Closerie.

– En somme, c'est plutôt une copine ?

Je n'ai pas lancé ce mot par hasard. Il est arrivé dans le sillage d'un souvenir pas très lointain qui m'est revenu pendant que j'écoutais ma mère : celui du jour où après m'avoir conseillé de « mettre le turbo », expression complètement insolite dans sa bouche, elle avait aussitôt ajouté : « Comme dit ma copine. » Autre incongruité aux « Oublières », dont elle s'était justifiée en proférant que le terme de « copine » convenait parfaitement à cette personne qui n'était ni une camarade, ni une amie, mais... une copine.

Ma mère a suivi sans difficulté le cheminement de ma pensée dans mes yeux et ne s'étonne pas de ma nouvelle question :

– Ta confidente anonyme d'aujourd'hui, ne serait-elle pas la copine dont tu m'as très vaguement parlé il y a à peu près deux mois et qui avait quelque peu élargi ton vocabulaire ?

– Oui.

– Alors ? Comment s'appelle-t-elle ?

La « Régente » a un soupir d'impatience. Mon insistance l'agace visiblement. Elle met fin à notre conversation avec son autorité habituelle :

– Agnès, ça suffit. Ne cherche pas. Tu ne trouveras pas. Je ne te dirai rien. Mais je te le promets, tu sauras qui elle est.

– Quand ?
– Bientôt, je pense...
– Mais c'est quoi bientôt ? Demain ? Dans une semaine ? Dans un mois ?
– C'est... dans pas longtemps.
– Mais enfin, pourquoi tu ne veux rien me dire ?
– Parce que.

Fin du premier round. Je réfléchis à la façon d'attaquer le suivant. Mais il n'y en aura pas. La « Régente » se lève et me lance avec le sourire du vainqueur :
– Point barre... comme dit ma copine !

Je ne peux décemment pas me fâcher : ce serait me fâcher contre moi-même : je suis la fille de cette femme-là. Nonobstant (comme elle aime à dire, quand elle n'est pas sous l'influence de sa copine), nonobstant, je suis énervée. Et énervée de l'être. Je m'engueule :
– Franchement, madame Cazeaux, réfléchissez, où est le problème ? Vous avez juste un point d'interrogation en travers de la gorge et, en plus, vous savez qu'on va vous le retirer bientôt. Alors, je vous en prie, un peu de patience ! D'accord ?

Oui, d'accord, mais j'ai quand même envie d'aller dans le jardin respirer un grand coup sous les tilleuls. Hélas ! pas question, mon adorable petit-fils est dans son joli bassin bleu comme ses yeux et il m'appelle :
– Mamie ! Mamie !

Le mot m'amuse. Me surprend presque. Mamie ! Je ressemble si peu à la mienne !
– C'est normal, tu sais, mon Clément, les grands-mères ne sont plus ce qu'elles étaient. Oh là là ! Plus du tout ! Les grands-mères quittent leur mari, des grands-pères qui, c'est pareil, ne sont plus ce qu'ils étaient.

– Hi ! Hi ! Hi !

– Oui, mon bel ange, tu peux rigoler. C'est comme ça. Maintenant, les grands-mères batifolent, s'éclatent, jettent leurs principes par-dessus les maisons closes ! Mais oui ! Les grands-mères s'émancipent. Pas toutes, non ! Mais de plus en plus ! Moi, j'en fréquente quelques-unes qui envisagent d'un très bon œil de vivre en copines à portée de main de grands-pères, bien décidés à vivre en copains. Tu te rends compte ?

– Rah ! Rah ! Rah ! Rah !

– Non ! Je n'exagère pas ! Mon babounet, j'en connais même une, de grand-mère, pourtant pas très « cool » de naissance... qui va pousser sa fille à adopter ce genre de vie pour sauver son couple. De toi à moi, je crois qu'elle n'aura pas beaucoup de mal à la convaincre ; que son grand-père a raison : la séparation, ça rapproche !

– Mamie ! Mamie !

– Non, chéri, ce n'est pas mamie, c'est maman dont je te parle, ta maman.

– Agnès ! Agnès !

Non ! Ce n'est pas Clément le magnifique qui, sous le choc, s'est mis à m'appeler par mon prénom. C'est Aline qui descend l'escalier en short, et T-shirt et tongs tintinnabulantes de sequins. Sans même un regard pour son petit-fils qui l'accueille avec des « Mamie ! » jubilants, excitée comme une puce, elle crie presque :

– Benoît vient de m'appeler sur mon portable. J'ai rendez-vous avec Nikos à la galerie le 28, comme j'avais prévu, à midi !

Elle s'arrête net, œil et bouche d'Aline au pays des merveilles : pas un œil ni une bouche de grand-mère !

– Midi ! C'est drôle, l'heure de Perdican...

Je ne dois pas non plus, en entendant ce nom, avoir l'œil d'une grand-mère. Ni la bouche. L'un et l'autre traduisent une espèce d'inquiétude que je trouve objectivement aussi ridicule que l'excitation d'Aline... et aussi inutile que sa suggestion d'« aller voir là-haut si Perdican n'y est pas » ! Je suis déjà au pied de l'escalier. Je m'efforce de le monter plus lentement qu'elle ne l'a descendu. Ce qui me permet de l'entendre expliquer à notre petit-fils :

– Mamie est partie prendre des nouvelles de Perdican.

– Kikan.

– Non ! Per-di-can.

– Di-can ?

Dans ma tête, j'écris : « Dis quand ? »

Sur le message de mon si présent absent – car il y en a un à l'intérieur de mon « Mac » ! – il ne sollicite pas un rendez-vous. Il me le donne, impérativement : Quand ? Où ? Pourquoi ?

Le 28 août prochain. Comme le Phidias pour Aline. A midi... évidemment ! Quant au lieu, il est expliqué par la cause : un centre de soins palliatifs, un de ceux où dans des conditions de confort maximales, on attend le dernier train pour une destination inconnue. Avec le courage du désespoir, Perdican l'appelle le « terminus ». Il y entre demain. Pendant quarante-huit heures, les visites sont « déconseillées », afin que les voyageurs en partance s'habituent à la solitude. Le troisième jour – pour lui le 28 –, elles sont autorisées. Mais il me rassure. Il attendra la mienne. Il ne pourra pas ne pas l'attendre. Il préviendra à tout hasard le service d'accueil. Son nom à lui, le vrai, c'est Musset. Il me prie presque de l'en excuser. Au cas où je viendrais par curiosité, par intérêt, surtout pas par compassion, il me rassure : il ne veut ni m'entendre ni me parler. Le pourrait-il, d'ailleurs ?

Je veux, ma Dame, seulement vous voir, vous apercevoir derrière une vitre, échanger avec vous un regard, un seul et puis m'en aller... m'en aller... m'en aller... avec vous, mon Rêve.

Signé : « Perdican ».

Si c'est vrai... c'est sublime !

Si c'est faux... c'est bien inventé !

De toute façon, inutile d'en discuter avec quiconque. Pas davantage avec moi-même : incorrigible romantique ou naïve attardée, j'irai au « terminus » !

Chapitre 29

Samedi 28 août. 8 heures du matin. Dialogue lapidaire entre Aline et moi dans la cuisine de l'avenue Duquesne :

Elle : Bien dormi ?

Moi : Aussi mal que toi, merci !

Elle : Fatiguée ?

Moi : Pas du tout. Survoltée !

Elle : Comme moi.

Moi : A quelle heure ton train, déjà ?

Elle : 10 heures 20. Arrivée 11 heures 40.

Moi : Tu risques d'être en retard à la galerie.

Elle : Exprès ! Je ne veux pas arriver la première !

Moi : Moi, je ne voudrais pas arriver trop tôt au « terminus ».

Elle : Tu y vas en voiture ?

Moi : Non, à pied. Ce n'est pas très loin. Ça me détendra.

Elle : Comment vas-tu t'habiller ?

Moi : Mon ensemble beige.

Elle : Tu as raison. C'est neutre.

Moi : Et toi ?

Elle : Le bas en Rykiel. Le haut en Monoprix.

Moi : C'est bien : un peintre qui joue sur les deux tableaux !

Elle : Amusant !

Moi : Bof...

Elle : Je vais me doucher.

Moi : Moi aussi. A tout à l'heure.

Elle : A plus !

Même jour. Une heure plus tard, dans l'entrée.

Moi : Tu pars déjà ?

Elle : Ben oui ! J'ai commandé mon taxi pour 9 heures 15.

Moi : Tu es folle ! Ton train est à 10 heures 20. Il faut à peine une demi-heure pour aller à la gare du Nord.

Elle : Il peut y avoir des embouteillages... un accrochage... une grève... une manif...

Moi : Ça, évidemment ! Mais de toute façon, il n'est que 9 heures : tu ne vas pas mettre un quart d'heure pour descendre nos quatre étages.

Elle : Ah non ! Regarde ! A ma montre il est 9 heures 10. Comme à la tienne d'ailleurs.

Moi : Tu sais très bien que nos deux montres avancent toujours de dix minutes.

Elle : Ah, c'est vrai... j'avais oublié.

Moi : Bon ! Je vais descendre avec toi. Nous irons acheter les journaux. Ça nous fera passer le temps.

Elle : Ça va nous sembler long jusqu'à midi.

Moi : Non ! Moi j'aime bien attendre.

Elle : Moi, pas !

9 heures 07. A quelques mètres du kiosque où nous venons de faire provision de gazettes. Peu importe lesquelles. Jusqu'à midi et sans doute pendant toute la journée, elles s'appelleront pour nous le *Pelican Magazine* et le *Phidias illustré*.

Elle : Regarde ! Moi qui parlais d'embouteillages tout à l'heure... il y en a un beau qui se prépare en face.

Moi : Sûrement ! Un camion de déménagement dans une rue aussi étroite...

Elle : Probablement au 13. Quand Lorraine et Carla cherchaient un appartement dans ce coin-là, notre gardienne m'en a signalé un dans cet immeuble.

Moi : Ah bon ? Pas à moi.

Elle : Ça n'avait aucun intérêt : un rez-de-chaussée sur cour !

Moi : Dommage ! C'était à côté de chez nous.

Elle : De toute façon, il y avait un appartement et il en faut deux !

Moi : Pierre m'a vaguement dit à La Closerie qu'elles avaient peut-être trouvé quelque chose.

Elle : Dans le quartier ?

Moi : Hélas non ! Mais pas très loin, dans le 15e.

Elle : Pas très près non plus. Où ça au juste ?

Moi : Rue Cambronne.

Elle : C'est pas vrai !

Moi : Non ! C'était pour nous porter bonheur.

Elle : Je t'adore !

Moi : Tiens ! voilà ton taxi !

Bien sûr, j'ai déjà cherché dans l'annuaire téléphonique et sur Internet : des Musset, il y en a une vingtaine. J'ai eu la tentation de les appeler. Je me suis imaginée au bout du fil : « Pardon, monsieur, ou : pardon, madame, vous n'auriez pas dans votre famille un certain Perdican ? – Qui ? – Perdican ! – Il fait quoi ? – Des Rêves ! » Clac ! Une détraquée !

C'est vrai, je suis une détraquée. Enfin, une « décalée » comme dit Elvis... devant moi. Derrière, il dit une « fêlée du plafond ». J'aime bien. Evidemment, je préférerais que, pour évoquer mon activité cérébrale, il parle de « tempête sous un crâne », mais il n'est pas Victor Hugo. Moi non plus, hélas ! Je n'ai en commun avec lui – et avec tous les écrivains, je pense – que le réflexe de prendre la plume – ou le clavier – pour un oui, pour un non, pour un...

« Merci, Perdican,

« Dans deux heures maintenant, je vais vous voir, vous apercevoir, vous découvrir... peut-être ! Je n'en suis pas sûre. Je ne suis même pas sûre de le souhaiter. Il me suffit de savoir que vous existez, que vous avez existé. Vos messages le prouvent. Ils sont arrivés juste au bon moment, c'est-à-dire un des pires de ma vie. J'étais cassée par le chagrin. La honte. La haine. Ça ne se voyait pas ou peu. Je suis par nature et par éducation quelqu'un qui ne montre pas : “ Une dissimulée ” pour certains, une “ introvertie ” pour d'autres. A l'époque, sur ma façade : à peine quelques lézardes. A l'intérieur : des brisures entremêlées et disparates. Le sourire miraculeusement retrouvé d'un petit enfant miraculeusement attachant a balayé beaucoup de ces morceaux, devenus d'une dérisoire inutilité. Vous m'avez permis de recoller les autres.

« Merci, Perdican, vous avez rouvert la fenêtre de mon imaginaire. Grâce à vous, j'ai recommencé à aimer mes insomnies ; à y entendre des violons ; à y cultiver des herbes folles, complètement folles ; à m'y pencher sur une fleur bleue, fragile... fragile..., à y construire de nouveaux châteaux en Espagne, oui justement, en Espagne !

« Merci, Perdican, à l'âge où, l'Idéal enterré, on sait que les étoiles ne sont jamais plus belles qu'inaccessibles ; et les symphonies jamais plus émouvantes qu'inachevées, vous avez été et vous serez à jamais le héros inaccessible d'une histoire à jamais inachevée.

« A force de m'appeler votre Rêve, vous êtes devenu le mien.

« Merci et sans adieu... Perdican. »

Je relis cette lettre. Vais-je l'emporter ? Pourrai-je lui remettre ? Pourra-t-il la lire ? Que deviendra-t-elle si hélas...

Après mûre réflexion, je la laisse sur mon bureau. Ça m'ennuierait qu'elle soit perdue. Je m'en servirai peut-être dans mon prochain roman !

Un coup d'œil à ma montre : le temps passe vite quand on écrit lentement ! Je vais me préparer et j'y apporte un soin... comme si vraiment, j'allais à un rendez-vous d'amour. En aurai-je encore ? Mauvaise question ! Question de rattrapage : un rendez-vous galant ? Uniquement sexuel ?

Arrivée au numéro 1 de l'avenue de Breteuil, je suis encore en train d'en délibérer avec moi-même, quand la sonnerie de mon portable m'interrompt :

– Allô, madame de Cormantin ?

La voix est enrouée. Je ne la connais pas ou ne la reconnais pas. J'hésite à répondre quand mon interlocuteur se présente :

– Je suis Perdican.

Je ne m'évanouis pas. D'ailleurs, entre parenthèses, les femmes ne s'évanouissent plus. A croire que c'est une question de mode. Néanmoins, j'ai tous les symptômes des dames d'autrefois qui « réclamaient leurs sels » dans les romans de Balzac – entre autres : palpitations au cœur, tremblement des mains, sang dans les pieds. Quant à ma voix, elle est encore plus voilée que celle de mon interlocuteur.

– Excusez-moi, j'ai mal entendu.

– Perdican. Je suis le funambule qui vous aime, en équilibre entre la vie et la mort. Entre le Rêve et la Réalité.

Je le laisse parler. Je guette une intonation qui va le trahir ou un éclat de rire qui va dénoncer une farce. Ou simplement l'aveu de sa véritable identité. Mais rien de tout cela. Au contraire ! Il me cite des phrases de ses différents messages avec une précision qui ne me permet pas de douter que « mon inaccessible » est à portée de sans-fil. Mais où ? Comme il vient de me dire qu'il s'est échappé de ce « terminus » sinistre, incompatible avec son Rêve, j'en déduis qu'il est dans Paris et lui demande de m'indiquer dans quelle rue.

– Je ne sais pas, me répond-il. Attendez, je vais aller regarder la plaque. Je ne suis pas loin. Voilà, j'y suis.

– Alors ?

– Avenue de Breteuil.

Ça, c'est trop ! C'est la goutte d'eau qui... qui... qui fait tilt dans ma tête ! Que je suis sotte ! Comment n'y ai-je pas pensé plus tôt ! Je suis filmée par une caméra cachée pour une émission de télévision ! Peut-être une idée de Carla pour me rappeler au bon souvenir de mes lecteurs avant la sortie de mon prochain livre. Je suis bonne joueuse. Je félicite mon piégeur :

– Bravo ! Je me suis laissé avoir comme une débutante !

– Pardon ? Je ne comprends pas ce que vous dites.

– Ah non ! Ça va... C'était bien joué mais je ne joue plus. Dites à votre cameraman qu'il peut sortir de sa cachette.

– Mais je n'ai pas de cameraman. Pardon, mon Rêve mais cette fois, c'est vous qui rêvez.

Je suis déstabilisée. Mon interlocuteur a eu dans la voix une inflexion tendre qui sonnait étrangement juste. Et encore maintenant :

– Je ne sais quelle comédie vous avez imaginée. Mais elle n'est pas plausible. Réfléchissez ! A la rigueur, moi, je pourrais vous mentir. Mais pas Perdican. Surtout à l'instant de mourir.

Je suis de plus en plus troublée. Je tire ma sonnette d'alarme : où est le problème ? Entre les mains de cet homme qui prétend être au bout de la même avenue que moi. Et qui en plus détient la solution. Alors, pas d'hésitation : je vais le téléguider.

– Avancez droit devant vous. Quel est le numéro de l'immeuble devant lequel vous êtes ?

– Euh... le 115 !

– Parfait ! Continuez à marcher. Moi je suis au niveau du 17.

– Je viens de dépasser le 93.

– Moi le 39.

– Vous marchez vite !

– Je suis curieuse de voir votre tête.

– Moi, j'ai déjà vu la vôtre à la télévision, mais quand même... je suis devant le 71.

– Moi devant le 53.

– Vous avez un ensemble beige ?

– Oui. Et vous ? Un costume gris ?

– Oui. Vous venez de vous arrêter net ?

– Oui. Vous ressemblez à un de mes amis, d'une façon...

– Hallucinante ?

J'ai cru crier. En réalité, j'ai chuchoté :

– Pierre ?

Oui, avec un point d'interrogation au bout du prénom, comme si vraiment je pouvais avoir un doute sur l'identité de ce monsieur qui avait été mon mari pendant trente-quatre ans et que j'avais vu deux jours avant en Vendée !

– Oui, mon Rêve, je suis Perdican !

Elles avaient bien de la chance de s'évanouir, les dames d'autrefois ! Ça leur donnait le temps de réfléchir... Moi, je ne l'ai pas eu. Résultat : je me suis effondrée en larmes dans les bras de... de qui au fait ? De Perdican ? De mon copain Pierre ? Du père de mes enfants ?

Au bout d'un moment, je me suis écartée de lui à la recherche de la juste réponse. Je l'ai eue : j'étais dans les bras d'un homme qui pleurait.

Par bonheur, nous n'avions pas de mouchoir, ni l'un ni l'autre. Nous avons reniflé et nous nous sommes essuyé le nez avec le revers de nos mains, comme des gosses, comme notre Clément le magnifique. Ça nous a amusés. Ça nous a attendris. Un passant très poli nous a abordés :

– Excusez-moi de vous déranger, est-ce que vous pourriez me dire l'heure, s'il vous plaît ?

Le vieux monsieur n'a pas compris pourquoi, sans regarder nos montres, nous lui avons répondu en chœur : « Midi ! »

Chapitre 30

Pourquoi ça s'est fait ?

Parce que ça devait se faire.

Parce qu'on avait tous les deux envie que ça se fasse.

Parce que le corps a ses raisons... que la raison ignore.

Comment ça s'est fait ?

D'abord avec timidité, avec appréhension.

Ensuite, avec délicatesse.

Enfin, avec une ardeur inédite.

Où ça s'est fait ?

Dans notre ancienne chambre commune qui depuis longtemps déjà est devenue ma chambre.

Et après ? Quand ça a été fait ?

Il m'a dit une des phrases que Perdican m'avait écrites : « Tu m'as tout redonné puisque rien n'est pareil. »

Je lui ai murmuré que c'était une des plus jolies déclarations d'amour que j'aie entendues.

Il m'a avoué avec une honnêteté louable qu'elle n'était pas de lui, mais d'une certaine Marceline Desbordes-Valmore. Je me suis étonnée qu'il connaisse un seul vers et même le nom de cette poétesse, bien peu citée depuis un siècle dans les écoles et jamais dans les cabinets des fiscalistes !

– Qu'est-ce que tu as lu d'elle ?

– Rien !

– Alors, qui t'en a parlé ?

– Une dame.

– Secret professionnel, bien sûr ?

– Bien sûr !

Je n'ai pas insisté. D'une part, je savais par expérience que ça n'aurait servi à rien. D'autre part, j'étais presque certaine que Lorraine devait être la dame en question. Ça m'amusait presque.

Et après les « musardises de l'oreiller », qu'est-ce qui s'est passé ?

Pudiquement, l'un après l'autre, nous sommes allés nous rhabiller dans la salle de bains, puis nous avons ensemble retapé le lit, comme des amants adultérins.

Après ? Dans la cuisine, nous avons picoré n'importe quoi, n'importe comment... comme des amoureux.

Présentement, nous bavardons dans le living... comme des copains. Avec, bien entendu, un invité d'honneur : Perdican ! Celui sans qui les choses ne seraient pas ce qu'elles sont entre nous deux, à cette minute même. Pierre est en train de lire la lettre que je lui ai écrite ce matin... quand il s'appelait encore Perdican. Il ponctue sa lecture de hochements de tête, de soupirs, d'exclamations enthousiastes : « Etonnant ! Incroyable ! Insensé ! » Il a conclu en apothéose par :

– C'est vraiment extraordinaire !

Je prends l'air modeste de l'auteur gêné par un compliment qu'il juge (un peu) excessif et proteste sur le ton qui va avec l'air :

– Tu exagères !

Pierre récidive :

– Ah non ! C'est extraordinaire ! Toute cette histoire est extraordinaire !

J'enregistre au passage que ce n'est pas ma lettre qu'il trouve extraordinaire. En tout cas, pas seulement elle. C'est l'ensemble de l'histoire dans laquelle ma lettre est incluse. Bien entendu, j'abonde dans son sens avec, bien entendu, une arrière-pensée :

– Tu as raison : c'est toute l'histoire qui est extraordinaire. A commencer par l'idée de départ, quasiment ésotérique ! Ça te ressemble si peu ! Jamais je n'aurais imaginé que tu puisses avoir une idée pareille !

– Mais elle n'est pas de moi !

– Ah bon ! Ça m'étonnait aussi. Elle est de qui ?

Pierre recommence à jouer les mystérieux :

– De la dame qui m'a parlé de Marceline Desbordes-Valmore.

– Je la connais ?

– Oui.

– Et toi, tu la vois... à titre professionnel ?

– Oui !

– Donc secret... de nouveau professionnel ?

– Exact !

Cette fois, je suis sûre qu'il s'agit de Lorraine et n'ai aucun mal à respecter ce secret de Polichinelle. Ça m'amuse doublement que ce soit elle parce que je ne l'aurais pas crue, plus que Pierre, capable d'une invention aussi romanesque. C'est donc avec un certain sourire que je joue le jeu :

– A la dame... ça lui est venu comment, cette idée de Perdican ?

– Pendant une représentation de *Cyrano de Bergerac* où elle m'avait entraîné de force.

– C'est drôle ! C'est la pièce qui me touche le plus.

– Oui, je sais. Elle aussi ! Elle jubile, comme toi, de voir le vilain nez de Cyrano triompher du joli visage de Christian... grâce à la seule magie du Verbe. Elle a pensé tout à coup que tu pouvais y être aussi sensible et m'a suggéré de t'écrire sous une fausse identité.

– Elle était donc au courant de notre fracture ?

– Oui, je ne suis pas bavard d'habitude, mais je n'étais pas vraiment dans mon état normal et je lui ai tout déballé. Je ne le regrette pas... puisque, sans elle, pas de Perdican et pas d'Agnès !

– Le procédé était risqué : je n'étais pas Roxane et tu n'étais pas Rostand.

– Surtout ça ! C'est immédiatement l'objection que je lui ai faite.

– Et alors ?

– Elle m'a conseillé d'essayer quand même, arguant que si ça ne marchait pas, ce n'était pas grave, personne ne le saurait ; et que si par bonheur, ça marchait, ça serait...

– Extraordinaire !

J'ai dû malgré moi envoyer mon adjectif avec une goutte de citron. L'eau de rose de Pierre en est troublée : il craint que je ne sois pas aussi emballée que lui. Il s'inquiète : c'est bien. Il devine pourquoi : c'est encore mieux. Il a vraiment changé !

– Tu as peur que ce soit la « dame » qui ait écrit mes lettres ? Enfin... les lettres de Perdican ?

– Ben... oui !

– Je comprends, mais... si ce n'est pas tout à fait faux, ce n'est pas tout à fait vrai.

– C'est-à-dire ?

– On les a écrites ensemble. Les idées sont de moi.

– Vraiment ?

– Bien sûr ! Elle ne pouvait pas savoir que Venise et Guernesey te fascinaient.

– C'est le principal, les idées.
– Ah... la façon dont on les présente aussi. Mais ça, honnêtement, c'est elle.
Je suis touchée par la franchise de Pierre, par sa gêne, par son regret de m'avoir déçue. Si touchée que j'en oublie le reste... Surtout quand il sollicite mon approbation avec – quel malhonnête ! – le charme de Clément !
– Ça valait le coup quand même ?
Je badine :
– Et si je te répondais non ?
– Je t'attaquerais pour non-assistance à personne en danger !
– En danger de quoi ?
– De misogynie et de machisme aggravé.
– Aggravé !
– Et définitivement ! Les récidivistes sont irrécupérables !
– Tandis que là, tu te juges récupérable ?
– Ne crains rien, pas en mari.
– Ah bon ! En copain à plein temps ?
– Oui... Et en amant intermittent !
– Et clandestin : ni ici, ni à Suresnes.
– Evidemment. Ce ne serait pas très gentil pour Aline. Ni pour... Merde !
Pierre se lève d'un bond, fonce dans la chambre, en revient aussitôt avec son portable, m'apprend en style télégraphique qu'il l'avait fermé en arrivant, qu'il avait promis à François de l'appeler à 4 heures et que...
– Il a laissé un message, me dit Pierre en commençant à l'écouter.
Je vois son visage peu à peu s'éclairer... de plus en plus... de plus en plus... jusqu'à exploser de joie :
– Superbe ! Ecoute !
Il remonte le message de François et me met le portable à l'oreille.

Tétanisée, j'entends : « Allô Pierre ! C'est François ! Si tu ne m'as pas appelé, c'est que tout s'est passé aussi bien pour toi que pour moi. Ce qui n'est pas peu dire ! Aline plane. Je plane. Nous planons. Et nous, vraiment sans moteur de secours ! Et sans envier le vôtre ! On vous aime. On vous embrasse. A tout de suite ! A toujours ! »

Je n'en crois pas mes oreilles ! Jamais l'expression n'a été plus juste. J'avoue que...

– Je ne comprends rien : Aline avait rendez-vous à Bruxelles, chez son galeriste avec...

– Nikos Phidias !

KO debout, je balbutie :

– Tu es au courant ?

– Et pour cause ! C'est moi qui l'ai sorti de ses oubliettes, celui-là.

– Toi ? Mais pourquoi ? Comment ?

Pierre, d'un seul coup, perd son assurance et sa fluidité verbale :

– Ben... le jour où on a appris... enfin... quand on a lu dans les journaux que... Aline et toi... enfin... ce qui vous était arrivé... en même temps... et que vous étiez devenues... comment dirais-je ?

– Récupérables !

– Voilà !

Bref, en clair et en résumé, le jour même où Bruggen et Domani sont morts, François venait d'arrêter avec le docteur Pons la date très prochaine de son opération de la prostate.

Ce jour-là, relative consolation, Pierre, qui gérait depuis toujours les dossiers financiers de François, lui avait remis le dernier chèque – substantiel – que son assurance lui devait, toujours pour (selon l'expression de Pierre) feu sa propriété du Luberon, disparue dans un incendie ! Propriété dont François s'était voulu, devant notaire, le seul acheteur, oubliant à l'époque tout ce que sa carrière, du moins au départ, devait à Aline... et à ses beaux-parents.

Ce jour-là, il s'en est souvenu... ainsi que de la tendresse, des soins, des intentions, de la patience de celle qu'il avait surnommée par dérision la « diva du quotidien ».

Ce jour-là, il est pris de remords – réaction antéopératoire très fréquente – et décide de payer à Aline les dettes de reconnaissance qu'il a contractées envers elle en trente-trois ans de mariage.

Ce jour-là, il met Pierre au courant de sa décision et le charge de trouver un moyen discret et élégant de rendre à Aline tout ce qu'il lui doit... moralement. Si tant est qu'une dette morale puisse se rembourser.

Ce jour-là, Pierre qui, la veille, a concocté avec l'aide de la « dame » le premier message de Perdican, suggère à son ami repentant d'acheter des tableaux d'Aline non pas sous son nom – ce qui pourrait passer auprès de la toute nouvelle veuve comme un appel d'offre... pour le moins prématuré –, mais sous un nom qui à la fois l'intriguerait et la flatterait.

Ils ne tardent pas à se mettre d'accord sur le nom de Nikos Phidias, la fameuse « grenouille enceinte d'un prince charmant » dont on leur a rebattu les oreilles – dixit Pierre – au temps de nos fiançailles respectives.

Ils se renseignent aussitôt sur son compte et apprennent que le pauvre et richissime Grec vit depuis une vingtaine d'années cloîtré dans sa thébaïde arizonienne, avec pour seule compagnie ses innombrables œuvres d'art et deux serviteurs : l'un muet, l'autre... aveugle ! L'idéal... pour eux !

Le lendemain de ce jour-là, Pierre et François sont allés à Bruxelles expliquer à Benoît leur projet : sa motivation et son but, ainsi bien sûr que le rôle très important d'intermédiaire qu'il aurait à y tenir. Le galeriste, ravi de l'aubaine, leur avait promis sur-le-champ sa collaboration et sa totale discrétion. Promesse tenue avec rigueur et subtilité.

Pierre est content de constater que dans l'ensemble son histoire m'amuse. Je n'y relève qu'une lacune :

– Laquelle ?

– Tu ne m'as pas dit pourquoi François a décidé tout d'un coup de sortir de sa clandestinité.

– Pas tout d'un coup. Progressivement : le déclic initial a été provoqué par la découverte dans une vieille valise de son grenier de l'aquarelle d'Aline, *Les Oiseaux séparés* ; après il y a eu sa dernière opération, plus précisément sa frustrante conséquence qu'il a apprise presque en même temps que le vœu pareillement frustrant d'Aline dans l'avion New York-Paris.

– Comment l'a-t-il su ?

– Par leurs filles.

Je ne m'étonne pas vraiment : je savais qu'Aline, en arrivant à Roissy, dans l'exaltation de son retour à la terre ferme, avait laissé sur le portable de ses filles ce message délirant : « Suis saine et sauve, mais définitivement vierge. Haut les cœurs ! Bas le reste ! »

Les filles avaient transmis l'information à leur père, frappées qu'elles étaient par la concomitante condamnation à l'abstinence de leurs parents.

– Je les comprends, dis-je, moi aussi, j'ai été très frappée.

– Comme François. Comme moi. Comme Aline. Comme la « Régente ». Comme sa copine.

– Ah... parce qu'elle aussi était au courant ?

– Eh oui !

– Mais enfin, qui est-ce ?
– Ecoute, je crois que tu vas le savoir bientôt.
– Mais quand ?
Pierre consulte sa montre. Moi la mienne. Je m'exclame, étonnée qu'il soit si tard :
– 19 heures 55.
– Moins dix minutes ! corrige Pierre en souriant.
– Oui. D'accord, mais quand même je suis surprise qu'Aline ne m'ait pas téléphoné.
– Ne t'inquiète pas, tu vas avoir bientôt de ses nouvelles.
– Quand ?
– En même temps que tu en auras de la copine de ta mère. Dans un quart d'heure ! Nous avons rendez-vous avec tout notre petit monde.
– Qu'est-ce que tu appelles « notre petit monde » ?
– Eh bien, Aline et nos copines : Lorraine, Carla, Marie-Jo et toi bien entendu ; François et nos copains : les « Cha-Cha », Pon-Pon et moi. Plus, à titre exceptionnel, la copine de la « Régente » !
– Mais où a-t-on rendez-vous ?
– Dans la rue, juste derrière l'avenue Duquesne.
– Celle où il y avait un camion de déménagement ce matin ?
– C'est cela même. Et justement, notre rendez-vous a lieu chez les personnes qui avaient leurs meubles dans ce camion et qui ont emménagé aujourd'hui.
– Mais quelles personnes ?
– Celles qui doivent être sales et fatiguées en ce moment et qui vont nous accueillir avec les autres dans sept minutes maintenant, pimpantes et au comble du bonheur.
– Mais enfin qui ?

– Lorraine et Carla !

– Quoi ? Elles n'ont quand même pas pris le rez-de-chaussée sur cour, signalé par notre gardienne ?

– Non ! Au quatrième étage, comme ici, deux appartements jumeaux qui jadis n'en formaient qu'un et que les « Cha-Cha » leur ont dénichés.

– Elles les louent, je suppose ?

– Oui... à un prix d'ami.

– Un prix d'ami... dans le quartier ?

– C'est le terme adéquat : les deux appartements appartiennent à une SARL que nous coprésidons, François et moi.

– Ah... comme ça, je comprends.

– François y avait placé le premier remboursement de son assurance pour la perte de sa propriété du Luberon et moi, l'argent que, grâce aux « Oublières », je n'ai pas dépensé dans une maison de campagne !

– Elle a un nom, votre société ?

– Non, on compte sur les deux gérantes pressenties – Aline et toi bien entendu – pour avoir des idées.

– J'en ai une : la SRC, Société de Recyclage Conjugal !

– Adjugé !

De nouveau, avec un bel ensemble, nous avons consulté nos montres. Pierre a dit :

– On y va !

Et nous y sommes allés, sans échanger un mot.

Trois minutes plus tard, sur le palier commun de nos deux nouvelles locataires, il a dit :

– On y est.

Mieux ! Ils y étaient ! Tous ceux du Club des Copains d'abord. Assis, debout, au milieu d'innombrables colis, paquets, avec chacun une étiquette indiquant son contenu et la pièce à laquelle il était destiné. Un ordre certain dans le désordre général : pas de doute, nous étions dans l'appartement de Lorraine. Carla est arrivée du sien, avec deux bouteilles de champagne dans deux pochons réfrigérants. Marie-Jo la suivait avec des verres-gobelets et des paquets de croustillants sur un plateau.

On a débouché les bouteilles. On s'est complu à dire qu'on « pétait le bouchon » ! On a versé le champagne ! On l'a laissé déborder des verres ! On s'est mis le surplus derrière les oreilles ! On a trinqué aux deux « rapatriées » – Lorraine et Carla ; aux deux anciennes – Aline et moi ; à la dissidente de Ville-d'Avray – Marie-Jo ; et à nos cinq copains ! On était heureux... comme des cons ! Mais avec la conscience de l'être (heureux, pas cons !), ce qui changeait tout.

Pierre s'est éloigné pour répondre à un appel de son portable. Il est revenu peu après et m'a glissé dans l'oreille :

– C'était la copine de la « Régente ». Elle ne viendra pas. Elle était en plein travail. Elle n'a pas vu passer l'heure. Tu sais ce que c'est.

– Pourquoi je le saurais ?

– Parce qu'elle écrit, comme toi.

– Ah bon ?

– Ben oui, c'est elle qui m'a aidé à rédiger les lettres de Perdican.

Je regarde Pierre, déconcertée :

– Ce n'est pas Lorraine ?

– Quoi, Lorraine ?

– Ce n'est pas elle, la « dame » qui nous a rapprochés ?

C'est maintenant Pierre qui me regarde, déconcerté :

– Ah non ! Lorraine n'est pas au courant.

– Mais alors, c'est qui ?
– Une de tes consœurs qui t'aime bien.
– Laquelle ? Elles ne me détestent pas toutes...
– Françoise Dorin.

Je répète le nom, incrédule, et demande, ironique :

– C'est une de tes clientes ?

– Ah oui ! Depuis très longtemps. Je peux même dire que maintenant, c'est une amie. C'est moi qui l'ai présentée à ta mère... aux « Oublières » !

Ma tête s'emballe comme un moteur de Formule 1 :

– Mais alors, c'est à elle que tu as raconté notre histoire ?

– Oui, je te l'ai dit tout à l'heure.

Je remonte le film en arrière : je nous revois dans le Thalys, elle et moi. Je soupçonne quelqu'un de lui avoir parlé de Pierre et de moi. Elle nie. Le prend de haut. M'accuse presque de mythomanie...

– Elle est gonflée, ta copine !

– Oh non, tu verras, elle est très timide, très réservée. Elle peut même paraître un peu distante, comme toi !

Quand je suis rentrée avenue Duquesne, j'ai trouvé un message sur le répondeur de ma ligne personnelle :

– Bonsoir. Pardon de vous déranger. Je suis Françoise Dorin. Nous nous sommes rencontrées dans le Thalys. J'étais ravie à l'idée de vous revoir ce soir. Malheureusement, à l'heure où j'aurais dû partir de chez moi, j'étais à mon bureau en train d'écrire la dernière page du dernier chapitre de mon prochain livre... Inutile de vous en dire davantage : vous connaissez le problème.

A propos, ce livre doit s'appeler : *Et puis après...*

En attendant, encore mes excuses pour ce soir... et peut-être à bientôt !

J'ai appelé Aline et lui ai demandé d'écouter attentivement ce message.

Au dernier mot, elle m'a dit :

– C'est drôle... je trouve qu'elle a un peu la même voix que toi !

www.pocket.fr
Le site qui se lit comme un bon livre
Informer
Toute l'actualité de Pocket, les dernières parutions collection par collection, les auteurs, des articles, des interviews, des exclusivités.
Découvrir
Des 1ers chapitres et extraits à lire.
Choisissez vos livres selon vos envies :
thriller, policier, roman, terroir, science-fiction...
POCKET
Il y a toujours un Pocket à découvrir sur www.pocket.fr

Impression réalisée sur Presse Offset par

BRODARD & TAUPIN

GROUPE CPI

33585 – La Flèche (Sarthe), le 18-01-2006
Dépôt légal : février 2006

POCKET – 12, avenue d'Italie - 75627 Paris cedex 13
Tél. : 01.44.16.05.00

Imprimé en France